U0469728

夜樱与四季

张玲玲 著

上海文艺出版社

目 录

夜樱 1

奥德赛之妻 37

洄游 81

江洲月 131

面具 179

移民 209

四季歌 241

后记 319

夜櫻

昨晚刚下过一场雷雨，暴雨摧枯拉朽的力量，在次日午后仍有余威。崩碎的山石倒灌进江流，漩涡裹挟枯枝钢筋，钻过大桥，向东怒叱而去。医生在桥下站着，看镇民卷起裤腿，赤脚踩进泛滥的河泥，用竹竿加长的铁钩打捞断钢与纸壳，慢慢抽完一根生烟，剩下半截，掸进江里，趿着拖鞋回到诊所。阿杰带着他母亲新做的芙蓉酥刚到。前段时间大水漫溢，长安下游几个村庄被淹，死了几个人，阿杰被招去水文局，充了几天临时工，负责写撰写报告，结果感冒不断，背痛加剧，一天灸三柱艾绒也没起色，只能隔三差五来他诊所。

"其实也没做什么，"阿杰趴在诊床，脸比做工前浮肿了一圈，"每天光坐办公室，但人就是不舒服。"

"气的问题。也怪我，停了这么长时间。"

医生拍了两张照片，给他看背后揪出的紫痧。阿杰点点头，下床穿鞋，接过诊单，开始抓药。仙灵脂，蛇总管，熟地，白芍。蛇总管只要3克，医生嘱咐。最近库存不够，昨天大早他上山找了一位熟悉的药农进了一批。老人招呼他试下新到的麻药，他拿起一片干嚼，啐出药渣后，感到嘴里阵阵发麻。痛了个把月的右臂好了一个下午，结果到了傍晚，头重脚轻，饭也没吃，就躺倒了。

抓完药，阿杰把车钥匙和十块钱放在诊桌上。诊桌玻璃下压着一张朋友手抄的心经。一八年，他一位做设计的朋友来镇上调理身体，仅仅一周，大有起色，走前不知以何为报，于是抄了经文，又画了幅释迦给他。

"车子我待会儿还给你。"

"没事，不急，"阿杰说，"就是现在到处在查驾照，你尽量五点以后出发。"

"我考虑不做了，"他又说，"到月底就辞了。"

"开会都有两只鸡拿，不是挺好，"医生将钱收进抽屉，压在诊单上，钥匙揣到口袋，"哎，辞工后不急着做事，先休息，好了再说。"

阿杰走了，他锁上门。有人打电话来，说五点半左右到。他说明天吧，今天有事，想早点收工。他抓着电话，换了双鞋，踏步上楼，见她趴在矮桌，切好的番茄豆角码在砧板，顶上风扇缓缓转动，仿佛睡着了。他拍了下她的脖子，叫她起来，"这样容易着凉。"

他快速做好了饭：薄荷豆角，番茄鸡蛋，用昨天剩下的一把生菜烧了碗汤。吃饭时他跟她说，今天在江边又遇到那人抱着吉他唱歌，还是只唱第一句，"又见炊烟升起"。已经唱了好几年，来去就这么一句。以为对方不会别的，结果有次天黑后去骑楼买甜酒，意外看见那人坐在邮局门前，唱"暮色照大地"。还是只有一句。

她告诉医生今天下午两点，有人在门口坐了一会儿，说是从浮石那边过来的，问医生还在不在做，胰腺癌能不能治。几年前，他父亲生了肝腹水，镇医院说晚期没办法，让拖回家。母亲不知从哪儿听说这家治病很灵，抱着死马当活马医的心态过来，喝了三个多月药，腹水居然消失了。他记得看病的医生很年轻，人瘦瘦小小，两个老人帮打下手。她说，二老是他父母，去世已经好几年。您那是多久之前的事？

那会儿医生正在大庄出诊。村里一名七十八岁的老人高热不退，他将自行车从地下室拖出来，灰也没擦就出了门。她跟客人说，医生还在做，但不一定能接。癌症他治好过，但胰腺癌没听他提起。要么等医生回来，您亲自问问。对方拍了张渔具店的招牌，说不等了，回头让朋友自己来一趟，看看具体情况再说。

他将豆角舀进她碗里，说一般问某某病能不能治，多半跟自身相关。胰腺癌接不接，得看具体情况。这病变化很大，且重病多有因果，不一定能插手。他有个师弟，以前同在重庆学针灸，婚后定居在漳州，说邻居有个小女孩，今年五岁，看去比同龄的要小，面色蜡黄，好动而不知疲倦。有次傍晚遇到，想随手为她调理脾胃，左手刚握住她的右手，即见一男性大手从其小手推出，掌心穿过他的，扣在他外关穴处。师弟感觉不到任何推力，但心知对方是要自己松手，只能作罢。

再说一案。清代道医李冠仙，著有《知医必辨》。书里提到某日为徐子治病，见小儿八九岁，立大厨榻床上，手扣厨环不止。模样清秀，毫无病容，不一会儿，跌倒在床，随即爬起，身往后，弯头面，出两脚前，中腹挺起，后又跌倒，敲环不止。父求治法，李乃告之：小儿前身为教戏法的师傅，因小儿伤命，前来报冤，故宜请高僧放焰口以释之。徐父照做，一日而愈。四十年后，再见徐子，年将半百，读书不成，呆形痴样，无少时貌。

"对方来时我刚好不在，他又走得急，多半没什么缘分。"

她点点头，倒了杯山楂酒，将瓷杯推向他。他一口饮尽。

"病人好些了。"他说。老人年轻时打过仗，现在还有老干部的做派，见人上门，分外客气，只要还能起身，都要下床相迎。今天也是。坐起时被痰卡住，差点酿成大祸。他沁了一身冷汗，处理许久方才缓解，所以回来比计划晚了半小时。

前天他去同户出诊，中了病气。看诊回来，发现外套在暑天寒凉如冰，隐有腥气，知其有异。到了夜里，左腿髋骨剧痛难忍，强撑着爬起煎药，用烧热的秤砣和白酒熏蒸衣物。早上十点方才睡下。下午两点醒来，第一件事就是给病人家属打去电话，细教处理。当天夜里，老人已可起身，第二天就能自行吃饭。

"嗨，不能说，说多了讲你搞封建迷信。"

厨房没灯，她将手机电筒打开，反扣在微波炉上，赖以照明。厨房灯泡坏了很长时间，医生借了只梯子，亲自换上，好了没几天，灯又坏了。煤气灶边的老灶是他父亲用来炒药的，现在早已机械化炒制，铁锅不再使用，蛀满老锈，叠放一只铝皮锅。她来时打开看过，发现内有一汪残水，旷日已久，不知怎么处理，只能由它去了。灶台下堆满碎裂的陶罐，碗碟放在坏掉的消毒柜。姑姑劝他把灶台推倒重做，打几只免漆柜。他不解释，但也不行动。太潮湿了。回南天刚刷洗过的皮鞋皮衣，晾在楼梯间，没两天就长起白毛。打什么样的柜子都会烂掉。

这边的老宅几乎没法住。父母去世后，除了三楼书房，其他房间都堆满了遗物：父亲开照相馆时用破的镜头，做茶水生意存下的玻璃杯垫，和笔友的几封往复书简，摔断腿的老花眼镜。我母亲不知道他们通信的事情，他说，那人是文学期刊的编辑。他在三楼书房西侧搭了张简铺，陈年薄席摊着辨不清原来颜色的绒毯。浴室没有热水。去年冬天洗澡时，热水器忽然冒起火星，底部烧出偌大圆洞，浴室电线老化不堪，无法安装新机器，他后来便只洗冷水澡。那天中完病气，全身发冷，左腿不良于行，他一壶一壶烧热，一壶一壶扶着楼梯，腾挪上楼，才擦净了身体。这些年他就一直这样潦草过着，她甚至觉得，这厨房，这老宅，就是他生活的一种象征。这个时代到底有多少人会这样？应该很少。就像她所知的反面。

他喝完酒，说起另一件事。

"有个人只用电磁炉烧水洗澡。我的病人是扶贫干部，说政府可以免费给他安装热水器，对方就是不要。"

她笑了，问为什么。

"他三十出头的时候，在东莞灯具厂打工，认识了一个女孩子，两人同居在一起。后来那女孩怀孕了，因为年纪太小，没法生下来。家里也不同意，逼她回贵阳。于是他们说好，她先回去，打胎休养，之后再来找他。他边打工边等着，等了一年又一年，那女孩没再回来。"

他为什么不去找她呢？她问，他明明是可以这样做的。如果他爱她。

"我不知道，病人没说，"他说，"后来那人疯了，住了一段时间的精神病院，过了半年，又治好了。他回到这边，独自在西山看林。"

你去过的，他说，我们去过西山。有一次。

她说是的。

他用筷头点蘸菜汤，在桌上画出一条曲线：上山后过了林场，右手边第一栋就是。

她记得那栋屋子，记得前院杂乱堆砌的木头，以及两只踱来踱去的山鸡。外墙立着一块不规则的长石板,粉笔写着"不要偷八角"的警示。但一路下来,他们并未看见任何八角种植地。那里真有个疯疯癫癫的看林人吗?她对此很怀疑。那屋子荒凉,凄楚,像废墟,像垃圾,随时都可能塌掉。

从镇里去西山,得经过市郊文体中心,再穿过一条昏暗的隧道。国道改到二桥之后,这条山下的省道就废弃了。沥青路面破损不堪,大飞蓬花沾满尘土。白色塑料袋和方便面包装散落四处,溪边的电箱横七竖八地写着"电鱼违法"的蓝字。稻田间的几间草屋是专卖棺木的。这里尚未实行火葬,镇民去世后,都会葬于山上,他的父母如此,大表姐和姑妈也是。四月初,大哥打电话来,说今年人星散各地,三表姐在东京,侄子在南宁,他又在上海,人力急缺,政府又叫停扫墓,只能出钱请工人修葺。医生答可以。后来的一个月,他每晚都会梦见父母,梦见自己走进老宅的中堂,将带回的糕饼放在八仙桌上,父亲看也不看,将礼物撇到桌下。他弯腰捡起,抬头看见一张久违的怒容。

从上海回来后,他一直想去墓地看看,趁她还在。一天下午四点,他提前休了诊,去铺子买了纸钱香火,又拿了六只苹果,一瓶白酒,叫了辆出租,带她去山上。在父亲墓前倒酒时,烈日灼热,晒得人头晕。给母亲墓前拔草时,一团丝云飘来,遮住了日头。下山时他误踏了一座老墓的坟头,球鞋骤然脱胶,整张鞋底掉下,他抽出鞋带,扎住鞋头,一瘸一拐地下了山。旧鞋不能留了，他找了只红塑料袋，合着一起在河滩烧了。清明或中元，镇民都在滩边祭祀，去晚了，香烛线香便无立锥之地。

她第一次来时，他在财富广场的二十六楼替她找了间民宿。民宿老板是他的一个病人，年轻时在广州一家中药房做店员，对药味憎恶得不得了。初恋男友是本地人，在荔湾区做交警，脾气温吞。男方家里嫌她穷，出身农村，逼他和她分手。他同她说了，她觉得伤了自尊，赌气说，那就分吧。他每天将车子停在她宿舍楼下，副驾驶立一大束玫瑰，祈求她回心转意。她透过窗子，看见那辆熟悉的红色本田，心下一横，拉合窗帘。眼不见为净。车子不再出现的那天，她盯着窗外望了许久，直到天黑，才意识到他真不会来了，大哭一场。

在一起时也不知道会那么喜欢他，分手后却接连躺了十天，体重跌到不足八十斤，乳腺生满结节，经期时有时无。她回到长安，一一年经二姐介绍，嫁了一个做基建的玉林人。双方工作都很忙，男方忙于出差，她忙于做生意，长的时候，两三个月才见一次，因她身体不佳，夫妇便决定不要小孩。她总说老夫老妻，谈不上感情，但每次见面前，她都会买上一堆新衣。

民宿的房间和去年变化不大，无非旧了些。电梯四周的木板结满灰尘和蛛网，贴在上面的电器优惠广告还是同一张。公寓的衣柜从卧室被搬到了客厅。原先放在柜边的琴叶榕被移到了阳台。阳台的树脂吊篮还在，悬挂在上的 LED 串灯再也亮不起来。花瓶内的向日葵业已枯萎，换成了永生羽毛草……和他的宅子比起来，这里的变化不值一提。老宅顶楼的砖罅长起了蘑菇，老鼠蟑螂在厨房自由进出。阳台的那株老石榴早已枯死，从前每年的春天，都会结出一两个果实。他从不摘下，看它萎谢掉落，再被鸟雀轻轻啄食。猫神隐在地下室，过着醒来就吃的日子，胖了一大圈，而且差点认不出他了。

妄想一成不变的人是痛苦的，他说。可他自己就是这样的人。

去年七月，她刚来时，曾跟他说好在此定居，于是他拿出几年的积蓄，在诊所对岸的东方明珠买了套三室公寓。买完房账户还剩六千块钱，欠药商的两万块钱还没给。他打算有点钱装一点，但近一年过去，房屋还保持着购入时的狼藉。他也很久不再问她，到底什么时候才来。昨天知道她要走，他从斗柜里翻出一只老侧把壶，想给她泡点朋友寄来的古树生普。茶叶存了好几年，一直没舍得喝，结果心神一动，壶盖从手中滑脱，碎成两半。

把茶喝完，他说，带你去一个地方。

她点点头，喝掉茶水，洗净碗筷，沥干放在槽边。忽然想起在上海时，有次无意说起煤气费太贵，反复打火的话，走表很快，所以他洗碗只用冷水。左手中指和食指为此生了冻疮，烂了后结痂，愈合了又破。一个冬天都没好。

她想，自己其实是能够理解他的失望的。这一年不断积累的失望。不会兑现的承诺。毫无理由的苛责。

听见他们下楼的脚步声，猫在地下室发出呜咽。父母去世后的一天，他出门吃饭，见一只小猫在饭店前的榕树下徘徊。瘦骨嶙峋，看去出生还不到二十天。他跑去杂货铺，买了根双汇，掰碎了喂它。吃完他走路回家，猫紧随其后，关门时略一迟疑，它从缝中溜进，就此住下。其后四年，人猫相伴，倒也合拍。有时它中焦虚弱，会跑到药房，吃两块白术或木香，入秋后则吃冬青子。天气好些，它到露台晒太阳，啃吃鸡尾草和车前草。她第一次来，猫外出觅食，见她坐在厨房，呆了片刻，迅速直起身体，跌跌撞撞蹿下楼，踢翻了一只水桶。此后但凡她在，它就不出地下室。

他还要喂猫，她便先出了门。走到渔具店，见展示架上的彩灯亮着，照着一排长短不一的鱼竿。饵料一包累着一包，"黄尾鲷""红虫大王"，甜腥扑鼻。阿英坐在转椅上跟小廖打视频电话，转椅坐垫烂了好几个洞。小廖和阿英夫妇在这儿租了快十年。两人长于江西的一个农村，全村都靠编织渔网为生，渔网要扣铅坠，做久了会慢性铅中毒，但他们也没有其他更好的出路。小廖夫妇和医生几乎同龄，但初中毕业就结了婚，跑到广西做生意。三个小孩中，最大的已经二十一岁，在南昌打工，二儿子十七岁，在本地读高中，最小的女儿才四岁。傍晚她常和小女儿对着电视机跳减肥操。

阿英电话打完了,从头上捋下发绳,箍在手腕:"要出去啊。"

她说是的,阿英笑说:"挺好。"

小廖这段时间去了广州,包下天河区一栋烂尾楼的两层,统共十二个房间,想做钟点房生意。快三个月没回了。阿英一个人管两个店铺,有些忙不过来。这里的渔具店装了个监控,一有客人她就来,平时她都在隔壁织网。父母前段时间从老家来看她,不太熟悉渔具价格,所以只能坐在门口看店。但那几天阿英心情不坏,难得穿起裙子,裙子和上衣的银色珠片在日光下闪闪发亮,见她下楼,主动说起店里最近又来了一只野猫,脸庞尖尖,耳朵耸立。但不吃鱼肉,只吃淮山。小鱼瘪成一张皮,也没见它舔一口。怪得很。如果他们有兴趣,可以抱走。她说好是好,就怕医生的猫吃醋。

野猫在一个大风天里跑出门,再也没回来,也可能误食老鼠药。领养一事不了了之。今天店里刚到了一包改性尼龙丝,因为太重还扔在门口,她帮阿英一起拽进屋内,和一堆铅锭泡沫靠在一起。

"没想到你力气那么大,"阿英说,"明天要是空,来我家吃饭。"

"明天回去了。"她说。

"下次什么时候来?"

她刚想说什么，二儿子将电瓶车停在楼下，撞开大门，冲上二楼，楼上传来一阵满含怨气的敲打，必必剥剥的。她悄声问怎么了，阿英顿一下说，儿子高中毕业，想买辆电动车，说其他同学都有，就他没有。但是一辆车四千块钱，现在每个月除了基本吃用、学费开销，还有六千的房贷。大儿子在工厂，每月三千五百块。小廖要求他自留一千，剩下的都寄回家。

但还是入不敷出。这几年渔具店越开越多，他们赚得越来越少。

"广州那边的房租一给就是二十万，也不知道什么时候能赚回来。不亏就好了。买车的事情怎么能答应。"

十年前阿英跟着小廖去了一次义乌，想看看有没有机会。初来乍到，人地皆生，不知怎么打开局面，于是将电话号码抄在卡片上，逐户派送。作用不大。不过那是她第一次旅行，记得蜿蜒的山路，密集的厂房，薄如宣纸的肉饼。记得自己很想尝尝那饼，但小廖没同意。

现在做生意不用走那么多路了，她说，可以开个线上店，淘宝之类，抖音上也能卖货。

"想过开店，但淘宝不是要那个……客服嘛，可我们都不会打字，只能算了。"

她差点脱口而出，空了我教你，再一想不知什么时候，未必有机会，只能笑了笑。他换了件岩灰色衬衣出来了，手里还在系着第二枚扣子。隔壁电脑店的父子坐在路边，对着简易折叠桌，一壶接一壶地喝茶，问他们要不要来一杯，他拍了下肚子，说不用了，刚喝过，胀得很。

医生叫她上车，抓好自己，不要摔下。一开始她没弄清要去哪里，他也不说话，沉默着往前。驶上沿江长道后，她才反应过来是要去岛上。这条沿江窄道宽不过五十厘米，长不过三公里，二层石屋已经至少矗立了四十年。即便那么漫长的时间，屋主依然来不及粉刷。裸露的红砖土墙早已发黑，攀满薜荔、喜林芋、白粉藤、紫青葛、酸叶胶藤。吊金钟与玉叶金花在晚风中此起彼伏，赤红浓烈，暗夜也遮蔽不住。有些残墙上画着褪色的"拆"。这里算最老的镇中心，说了要拆，但一拖再拖。唯一的那栋高楼还是〇八年建起的，迄今也未售空。镇民说是风水问题。这里原先有个屠宰场，污水至今还会顺着管道渗到路面。深夜他们常能听见死去牲口的哀嚎。

"这里还好。但广场以前是刑场，煞气更重。地产商请高工来看，打夯时杀了几百只黑狗，埋在下面。血流得到处是。"

站在公寓阳台，可以看见那片广场，就算亮着灯，也比别的地方暗哑。

今天钓鱼的人不多。有几个人坐在岸边听山歌，腰胯上的便携蓝牙音箱开得很大声。

"阿杰说他水文局的工作不做了。"

很好啊，她说，要是他肯回来帮忙，你也轻松一些。

"嗯，他身体还没完全恢复，等他想来时再说。"

阿杰从小患有强直。大学读的是物流，毕业后在南宁工地开夜车，半年后背痛加剧，佝偻如虾。家人束手无策，一三年在成都辗转找到一个乩童，乩童说过几年他会遇到一个人，病会有所转机。一六年他和医生相识，如其所言，好了七八成。之后医生叫他一边治病，一边学习抓药。因为没法固定时间上班，怕他拿了定薪反有压力，每月医生在微信上打几个红包，作为酬劳。

"小徒弟空了也会来，"他说，"但也不能指望太多。"

小徒弟的父亲是黑龙江人，九五年来广州做服装生意，遇到她母亲，定居下来，在南方结婚生子，直到〇九年罹患肝癌去世。父亲去世之后，母亲在广州独自打理，觉得离家太远，把生意转回柳州。服装店很快倒闭。后来她辗转又做过贷款，中介，都没赚到什么钱，一六年认识了一个南宁人之后，一年最多回来一次。剩下十三岁的女儿和八十岁的婆婆还在镇上。婆婆老得听不见声音，做菜常忘记给过盐，凝神思索半分钟，又撒一把下去，吃的人要跳脚。几年前，小徒弟月经初来，痛到唇色发白，体育课上到一半，被几个同学架回了家。婆婆不知怎么处理，只记得某年右手腕痛，桥西的一个医生扎了两针，重又活动自如，于是骑着三轮车带她来到这里。她刚来就对樟木柜上的药名很感兴趣。这些小楷是医生读二年级时他父亲责其写下的。那会儿医生还不怎么认字，在膝上摊开一本《本草纲目》，依样画葫芦。没有金墨，跟邻居讨来一碟黄油漆，秃毛笔沾一沾，写在抽屉面板上。油漆的气味粘在记忆中，久久不去，颜色历久弥新，至于那些字，写得太像样，太骨清神秀，仿佛意在说明他注定要吃这碗饭。

后来她经常放学后跑来，扔给他一盒尚且温热的米饺，看他施针、用药。他觉得她有天赋，三不五时教上几味，教其性味归经。她学得很快，抓药又稳又准。那会儿她拿柜子上层的药草还需垫脚，现在都十七了，不怎么见高，但敦实了不少。

严格意义来说，没有行过拜师礼，不算师徒，所以她叫他"阿叔"而非"师傅"。高中毕业后，她不读书了，在红楼酒店对面的糖朝甜品店做服务生。有次他们去店里看她，她笑嘻嘻地走来，系一条黑围裙，戴着帽子，脸圆圆的，头发留长到肩膀，但还像个男孩："阿叔，吃什么？"

两人合吃了一碗芒果西米露。店里空调打得太低，她的手臂冻起一层鸡皮疙瘩，蓦然抬头，看见小徒弟坐在一旁，深深地望定她。等他们吃完，小徒弟抽走桌上残碟，仿佛很顺手地把账单扔在她面前，这才意识到小徒弟对医生不单是师徒之情。要多出些什么。

她想，其实这些年，他是有机会的。结婚生子，告别孤独，过一种更正常，或是更合理的生活。刚认识的时候，医生就曾和她说过"那个女孩"的故事。她长在山里，而他是"街仔"，小时候的周末，她常走十几里山路过来看他，再走回去。高中毕业他离开了小镇，过了几年，女孩去了海藻饲料厂工作，嫁给了另一个街仔。公婆开水果店，对她不很友善。婚后几年她生不出孩子，连父亲都觉得她没用。她在这调理了大半年，每次煎药都得背着家人。婆婆嘲讽她，说医生光靠你就能吃饭。后来她怀了孕，生下一个女儿，出生十天，婴儿全身湿疹，面目俱赤，脸部浮肿，耳朵溃烂。老人带去急诊输液，久久不愈，她抱过来吃了几服药，湿疹很快褪去。他给她的小女儿写了首曲子。再后来，她离了婚，在老街开了家私房蛋糕店，一个人带小孩。有时见他三餐无着，会送来几袋无水蛋糕或奶油泡芙。又过了几年，她说要去桂林，走前来诊所告别时送了一大把鸡血藤，塞进他手里，什么也没说就走了。

这么多年，他不是没有机会，但那些机会，都被他有意无意地或忽视，或放弃了。她其实不明白为什么是自己。一年前的五月，他从朋友那要来她的联系方式，第一次给她写信，第一次跟她说故事，谈论自己，谈论他人，直到现在，她都觉得古怪且不真实。他从未在她身上发现任何值得珍惜的特质，他甚至都不了解她，那些想法或是愿望。她猜他只是因此望见了另一种生活的可能，她所代表的、跟他当下全然不同的生活，就像她在他身上看见的一样。

现在已经能看见岛屿的轮廓。岛在江心，一条铁桥与岸边相连。发大水时桥会被收起，镇民生活只能仰赖政府空投。夜间江流渐回清澈，铁桥也放了下来，桥边停泊了两艘海事趸船。他重踩油门，叫她抓牢，车轮碾过年迈生锈的铁板，发出隆隆巨响。

岛上没有路灯，只能靠记忆辨别道路。医生告诉她，左手边那座爬满常春藤、类似村委会的长方建筑，原先是个旅游中心。九六年起建的。老镇长以为会有人想来岛上看看。但岛上什么也没有，没有景观，没有建筑，只有少数传说，少数居民。没人对一座荒凉贫瘠的孤岛感兴趣。游乐场还没来得及命名就倒闭了。只剩一座秋千架，挂在高大的榆钱树下。绳索断过一次，后被换成钢制，偶尔有小孩来。长椅下和廊檐下结满蛛网，灰尘如串珠，绿色烧烤炉已经褪色，一只气球拴在烤炉铁架上，在风中缓缓飘摇。这里有灯，有三四条长椅，其中一条坐着两位老人，闭着眼睛，摇着蒲扇。他将车停在路边，说我们坐一坐吧。

檐下的长椅正对一栋三层民居，墙上刷着彩色农机广告，居委会登记募捐数额的粉纸挡住了广告上的联系方式。她说每天都会看到阿杰在刷手机，他手机上有个约会APP，不知道叫什么。闲暇时分，他就在那上面浏览女孩儿的照片，一张接一张，从不厌倦。他是急着找女友吗？

哦，医生笑笑，阿杰有过女友。三年前他在网上认识了湘雅医院的一名主治医生，两人在线上鸿雁往来，感情迅速升温。她决定飞来和他见面。在机场遇人抢劫，她放弃了箱子，想夺回手提包，因为包里有给阿杰的特效药，争夺中对方用尖刀刺中了她后背。她活了下来，但脊髓神经受损，再也站不起来了。她删掉他的联系方式，也不告知他自己的任何现状。阿杰则大睡一觉，过了一天，如常醒来，如常吃饭，如常灸三柱艾，晚上看三个小时免费的往期《非诚勿扰》，十点前必洗澡睡觉。床边放一本黄皮《周易集解纂疏》。空了就翻，书页打卷得厉害。

他不提她的名字，也不提这件旧事。只是不管去哪里，他的腰带都会拴着那一大串钥匙。钥匙扣是女医生出发前寄来的。一只黄色橡胶皮卡丘。

这些事情不可思议，但也是有可能的，你知道吗？

她说她知道。她想，也许女医师比阿杰要难。因为阿杰从一出生，就知道他的一生注定歪斜了，扭曲了，但她是被意外陡然截断的。但也不好说。从未得到还是得到后再失去，在已经发生的人身上，从来都不是个选择题。对于他们来说，选择并不存在。没有选择，也就没有探讨的余地。阿杰又想参透什么呢？吉凶悔吝，世事不外乎四字而已。

风吹起她的裙摆，他伸手将其掖好，叫她细看墙下的一排陶钵，里面是扦插的多肉。她认出旭鹤，姬胧月和立田锦。他教过她。散步的时候，他会随口报出动植物的名称。屋侧的那株古树裂成了两半，很多年前被雷劈过，悬瘘累节，枯根又发新藤，龙蟠虬结而上。像老街那一户，儿媳孕检，没有胎心，预备取掉，老人过世后，胎心重又出现。生死相继，迎送往来，他也只能这么讲，"玄妙之门。"

最近你常做噩梦。梦里大叫,醒来都忘了。

是的,都忘了,她说。他因此无法睡着,只能起身,读书,写作,去厨房煲药。

你做梦吗?她问。

最近很少,他说,以前也很少。

他睡得太少,体力透支,躺下不足三秒就会发出鼾声。梦早被疲劳挤兑出局。所以噩梦只发生在上海,他四年中唯一的一次休息。他在梦里看见父母再度死去。他努力想分析梦境给出的信号。该去修坟了,他说,墓园长满了杂草。父辈都葬于那座山上,以后他也会躺在那里。一座空墓永久地等着他。

他大学读了一年就退学了。2003年前后,学校乱糟糟的,学生个个无心向学,朝楼下扔被子枕套,还有脚盆水瓶。连电话亭都被砸了,一片狼藉。他不想参与,对学校生活也深感失望,于是揣着最后的五百块钱,坐火车去湖州找网恋了几个月却还没见面的女友。从车上下来,还没出站,他发现灯芯绒夹克前襟口袋被人划了一刀,放在里头的钱和学生证都不见了。学生时代以这样一个方式自此告一段落。同样记得的还有他们在湖州旅店告别的那个潮湿的下午,他蹲在地上,用剪下的衬衣布片反复擦拭唯一的一双皮鞋,听见女友轻轻地说道,我们不合适,还是分手吧。

家里反对还是觉得他太穷?任何一个答案都会叫他心碎。他没再问下去。离开湖州后,他独自坐车去了北京,住在团结湖一间密不透风的地下室。香肠放几天就发霉，水龙头下冲一下煮了继续吃。后来的几年，他当过编辑，跟过剧组，混过酒吧。编辑干了半年，出版公司倒了，前老板介绍他到朋友的剧组做宣发，剧组说他写得一无是处，借着去上海转场，将他开除了。他失业了大半年，饿得撑不下去就找朋友蹭饭。但朋友的口袋里也经常摸不出十块钱。一〇年圣诞前夕，他跑到亮马桥的一家酒吧，恳求老板给个活儿干，什么活儿都行。当天他洗盘子洗到两点，打烊后老板清点账目，将他拉到一侧，掏出裤袋里所有的纸钞，告诉他这是今晚所有的收入，歌手的钱还没付。很多人一瓶酒坐一宿，操蛋得很，可你也没什么办法。他粗粗估计，只有三百来块，心下一沉。老板踌躇一会儿，抽出几张，拍在他手上。他羞惭攥紧，出门后才敢细数，发现只有二十五块。公交早停了，打车费都不够，他从凌晨三点走到天明，倒在床上，再也起不来了。

离开北京后他在广州待了几年。走投无路时，在夜市买了本盗版的《卜筮正宗》和《增删卜易》，开始自学六爻，此后在地铁站卖课为生，一课十块，一天能得几十块。过了半年，发现自己尚无片瓦遮头，哪来能力替人消灾，这才决定学医行医，先后赴山东和重庆，跟过几位师傅。一四年他去成都，他出技术，一个师兄出钱，两人合开了间社区诊所。一年后师兄去世，给他留下一包针，叫他继续行医，好好行医。他这才知道师兄有肺结核，学医多少为了自治。两人同吃同住这么久,他自查后,发现并未患病。但诊所也开不下去了。一个伙计做艾灸时烫伤了一个病人,对方带了三四个人,堵在门口,要走了五千块钱。不多,却也足够使其破产。一天早上过去,发现门诊门口被人建了一堵墙。异乡再没有自己的位置了,他只能回到长安。此时他已三十四岁,人事杳然,一贫如洗,唯有一张旧诊床随身。他坐在父亲的诊所,终日无所事事,父亲私下对病人说,那是我儿子,看病很厉害,可以不收诊金——这才有人肯让他一试。

回来一年后,母亲走了。那是一六年的冬至。她晨起后说头晕,可能感冒,于是睡了一天。傍晚她起身喝了米粥。深夜他进她房间时,见她光脚踩在砖石地板,在昏暗的壁灯下对镜梳头。见他进门,母亲笑笑,又躺回床上。他给她摸了脉,喂了药,听她说腹部微恙,乐观觉得明天会好起来,于是守在床边,继续读书。凌晨一点,他下楼给火炉添炭,其中一根在炉内裂开,心头大跳,冲到楼上,听见她喉头咽痰般发出声响,头如朽枝折向一侧,猝然走了。

他要到后来才意识到,回来时母亲已一夕老去,瘦伶伶的身体瑟缩在老气横秋的棉服下。他还停留在她年轻时在镇上国营宾馆做服务员的模样,乌沉沉的头发盘进发网,穿着绛紫色窄裙,背对着他,在阳光下抖开一床散发着消毒剂气味的雪白被单。他记得自己穿着胶皮水靴,跳进巨大的洗衣池,和其他人踩踏衣服,将水花溅得到处都是。

他记得最多的始终是小时候的事。那时家里太穷，没有零花钱，又长身体，嘴巴很馋，见同学喝橘子汽水，也想尝尝，但母亲从不同意。一天他无论如何都要吃雪糕，以不去上学作为威胁，母亲说，好好上课，回来吃绿豆粥。他看向父亲，试图寻找盟军，父亲怯懦地望了眼厨房里忙碌的母亲，道，还是回来喝绿豆粥吧。他扔下书包，坐在地上，嚎啕大哭。母亲没有理他，他只能擦干眼泪，背起书包，悻悻上学去。后来他学会了偷钱，每次偷五毛、一块，藏于褥下，居然攒到二十五块，被父亲打扫卫生时发现，挨了顿打。

现在想想，母亲可能只是希望他健康，不单因为拮据。只是许多话他彼时没来得及问，现在也没机会了。他刚回长安的那一年，母亲每日煲汤，熬粥，也不再拦着他吃零食，只忧心他的瘦弱。听闻镇上新开了一家东北饺子店，味道很好，她便走了三公里路，花十块买了一碗，装在塑料袋里带回来，见他在书房写作，敲一敲门，放在桌上，又悄无声息地退下。他嫌时间太久，皮子泡得发腻，嫌她打断工作节奏，将碗搁在一旁，任其变冷，彻底糊掉。

用竹杖扒开重重芒草时，他还是无法相信她从此将长眠山间硬土下。还以为人生低谷，低无可低，四十三天后，连父亲也走了。一个师兄从成都跑来帮忙。大年三十，大殓都找不到人。按习俗要到初四出殡，他坐在父亲身边，说，和你商量件事，别让他们等太久，年前就送你去吧。棺木中的父亲好像霎了霎眼，他且作同意。抬棺上山时，他发现棺木莫名的沉重。风水师说，那是你父亲不想走。母亲去世后，他整夜睡不着，在江边一根接一根地抽烟，抽到手发麻，人发木，但父亲落葬之后，他坐在碑边，想抽根烟，发现连一根都打不着。

父母有只樟木箱，常年锁着，从未打开。他们走后，他找来铁钎撬开，发现里面只有一床大红丝绸被套，正中用金丝绣了一对振翅嬉游的凤凰。他翻了又翻，什么也没有。什么也没留下，只有被褥和一本翻烂的账本，写满一笔笔的欠账。想起有年老街改造，没法接诊，他们倾家荡产搬到河西，为造房欠下十多万债务。能卖的全卖了，相机，桌椅，才一点点还清。他记得高二那年的冬天尤其冷。他吃得太差，长到一米七三就不长了，好像欢愉和希望都就此冻结在了那个冬天。他总说如果不是穷，可以长到一米七八以上。而今他总因身高而自卑。

后来的几年很难，一门中医，连走了两人，病人避之不及。他只能从头做起。但也正是从那时开始，他渐渐读懂了生死奥义，医者使命。年轻时他四处漂泊，一条道路走不通，就换另一条，一个目标达不到，就换另一个。他也曾想过一切办法，避开行医之路，却最终发现，还是得回到这条大道上，于是在日记里写，人该怎么度过这一生？"暴霜露，斩荆棘，以有尺寸之地"，唯有躬身下去，方有天地自明。

你呢，他问。

她告诉他，自己小时候和祖父母生活在一起，父亲在新疆采矿，好几年没什么消息，母亲在大伯的农场做门卫，有时在深夜搭顺风车回镇，陪她睡一夜，再坐凌晨最早一班大巴离开。有时她夜半醒来，闻到一股甜软的气味，知道正在母亲怀里，嘴里塞着半片威化。醒来后她已经走了，吃剩的威化还在床头。母亲带回的礼物有时是雪碧，有时是奶糖。就这些：饼干，雪碧，糖果，没什么特别的。她们在一起的时间不多，交流的也不多。现在也一样。

她在北京待过几年，但情感稀薄。只记得有次为做一起拆迁坠楼案，转了两趟公交去大兴。坐在公交上，一过六环，车窗外昂首过去几头高大的黑驴。大兴集聚着为数众多的家庭服装作坊，屋檐灰如泥炭，一片压着一片，格局大同小异：一楼放机器，二楼做老板办公室，三层四层是职工宿舍。民用电路做工业，实在不堪重负。一一年，一栋四层民居起火，烧死了十八个人。许多工厂就此被清理出城。负责那起报道的同事，当时刚满二十六岁，誓言做一辈子的记者，五年前离了职，成了一名民法律师，负责过一起轰动全国的煤企争产案。从写新闻的变成了新闻的中心，也挺好的。本就没有一成不变的计划，也没有持续一生的宏愿。她也不做记者很多年了。一二年离开北京后，她去了杭州，在另一家报社供职。传统媒体江河日下，她想过和它们抱在一起下坠，到了一五年，省内全面叫停调查报道，稿件做了无法刊发，杂志只能靠发软文维生。她熬了半年。某个凌晨，主编签完属于他的最后一期版面，爬到二十八楼，跳了下来。她也离了职。辞职后大病一场，休息半年后决定离开杭州，去上海做点别的。只要是工作就行，只要不是新闻。

经历不等同于履历。人的过去也无法三言两句简单概括。她想，其实人生归根结底，是一个一个不甚连续的瞬间。离开北京，去向杭州，离开杭州，去向上海，无论如何，都不过某个时刻的决定。人人希望深思熟虑，事事完满，实际多数不过瞬间之下的冒进；人人喜欢勇敢坚定，实际上，遇事临头，从不勇敢，更不坚定。

风变小了。他出了点汗，叫她上车，我们再往前走一走，他说。接近月牙湾时，他停下来，脚掌抵住地面，让一辆电瓶车经过。接着是一辆白色起亚，汽车卷起一阵尘沙。他们等车经过，但车也停了下来，大灯照亮一方空地，车里走出两个小小的人影，靠在车头望月。她终于看清，眼下他们正置身于一大片芦苇之中。

新闻上说今晚有最大的月亮，他说，就算中秋，也见不到了。

像把今年的幸运份额都透支完了，她说。

是啊。他说，不过，可能你觉得今年不好，但过段时间回头再看，会发现今年还不错。

或是这样，她说，不是一年比一年坏，只是当下够好。

芦苇旁长满双荚决明，金黄纷纷，剔透如盏，红色的是扶桑，明丽近妖。越过芦苇就是江水。他告诉她，江中有种五彩大鱼，偶尔得见，浮游水间，憨态可掬，见者一旦忘情，伸手去捞，鱼旋即重如大石，捕者如不甘心，随之而去，鱼会愈来愈重，待得回过神，人已深陷水涡。几难生还。

喔，很像说一种欲望。

不，他笑笑，摇头，不是比喻。都是真的。

那辆车开走了，剩下他们。她不说话了，抬头看月。芦苇的影子映在后视镜，在流淌的夜色中曳动。她想，他的生活，他的故事，很多时候她其实也只能理解一部分。

你知道，他忽然说，很多人都说我看病专注，就我知道，不是这样的。也会觉得很烦，接到电话想，最好这些人，这些事，都给我滚蛋。

你知道吧，他顿了一会儿，说，我妈妈的死，我有责任。那天我没有好好照看，满脑子都还是写医书。我在她床边写目录和大纲。我以为会没事，以为明天就好。但你要很久之后，才肯承认，曾以为是一念的疏忽，让你错失掉多少。

她看向他，寰宇洁白，清辉胜雪，远处山影轮廓分明，但无法看清他的表情。只有他们身在孤岛，这里没人。他微笑着，叹息着，背对她，走下石阶，走向底部。远处有几个中年人，站在浅水处泼水嬉闹。他脱尽衣物，叠放一旁，手举过头顶，活动踝关节，跃入水中。一轮皎月落在江流，那么澈亮。她看着他慢慢游向远处，游向江中之月，赤裸的脊背在稠黑江水中雪亮。像蛟。她想，他的生活，他的故事，她不是不相信，就是很多时候，她也只能理解一部分。

如果我们说的故事不全是真的，如果我们竭力也无法说出全部；如果忏悔也可以虚构，她想，其实有很多她也只是没法讲。而李冠仙的故事其实是说，要观察一个人，了解一个人，或许应该用上一生的时间。

春天你给她打去电话，问楼下的樱花是否都谢了，她说不是，吉野樱谢了，但八重樱还开着。她知道这些名词是因为你说过一次。如果你想看，我可以带你去，她说。每次你说要下楼走走，她都会很高兴，因为你几乎从不下去。在家时你伏在案前工作，躺在床上读书，或给情人发消息。你几乎从不下楼。你一而再、再而三地忽视她的邀请。

可她记得每一次的出行。记得四岁那年的夏天，你们一起去西溪湿地，洪园的木绣球开得到处都是。白色的芍药，紫色的马鞭草，开得到处都是。你告诉她，很喜欢绣球，大花绣球色泽艳丽，花枝饱满，中华木绣球要小一些，颜色多为纯白，但也很美。只是花期太短，不到一个星期就谢了。上海思南路和瑞金路的花坛，到了夏天就会缀满蓝粉花球，但你大部分时间都在工作，轻易就错过了花期。她应诺说，如果看见就通知你。第二年夏天，你回到杭州，她说有礼物要送给你。你以为又是绘画课上手工粗劣的作品,她说不是。她恳请你下楼。起先你跟过去一样,说等会儿。等会儿之后,就不再有下文。她央求你下楼,承诺不会让你失望。你这才收起手机,跟她下到楼底。绕过几个灌木丛,到达一座老楼后,她蹲下身,指出重重树叶下边缘微黄的花朵。小小一朵,长在灌木底部,浓密的叶片和近旁的枫树截住了倾泻而下的日光,使得她的盛大比其他的到来得都要迟一些。

所以你才知道,四月开始,她每次放学回家,走在小区里,都会注意到哪里的绣球开了:你都不知道我们小区的绣球有多少,这里一蓬,那里一蓬,比天上的星星还多。但你一直没回来,它们都谢掉了。她记得每一株绣球的位置。她记得樱花的位置。她记得荷苑旁的两排关岛,记得你说她出生时,树木才刚种下,七年过去,已枝繁叶密。游乐场有一株吉野染井,旁边是山茶。红色山茶被风吹落一地。她捡起最大的那朵,托在手心让你拍照。鱼池旁的松月尚未凋谢。天已经黑了。小区装了地灯,但还不够亮,要借助别的光源。你把手机电筒打开,照向树枝,它们在黑暗显露面容,仿佛重新开绽了一次。

你被这美震了一震。于是知道,她守着这株仅存的樱,日复一日地等你。等光照向它,等它再开一次。

疫情开始后,有四个月的时间你没回家。她奶奶发来消息,告诉你她深夜大哭,问自己是否从垃圾箱里捡来的,又说很想死。可她不过六岁。六岁对她来说，也是长大了，换下的乳牙被她包进布包，藏在枕头下，等着你去收起。你不断猜她究竟是何处境，是何心境，猜测是否和她父亲吵架，但这条消息你一直没回，怯于面对吧你想，见面的话总会好的。

是的，见面总会好的。见面时她抱着你，安静得像什么也没发生过。你依然吝于付出，专注自身，为了哄她睡觉，才肯读一会儿《了不起的卡梅拉》，半小时，快速读完两本。她记得你讲《睡鼠睡不着》会犯困，所以这本书被她藏进了书柜深处。她记得你说过《精灵书》的翻译不大好，所以小心地问你，米小圈可以吗。你迟疑了下，答，挺好的。她松了口气，说，那就好，我觉得可太逗了……但在日记里，她的母亲从未出现过。她不会虚构，只能写到了和祖母吵架的情景：因为去酷嗒动物园必须要人陪，祖母不愿意前往，最后没能看成，路上她们吵了一架。她写到在学校包饺子，"在家很少能吃到饺子"，写到某日雨后看见彩虹，"那是上帝和人的永约"。

她记得那些话，多数连你自己都忘了。

她不会虚构，只能写无法实现的愿望：珊瑚礁和小丑鱼不要消失，海水越涨越高。陆地变大，文明退场。人不会衰老，也不会死去，你们会一直在一起。

见面时都很好，唯独不见面才不好。每次回上海，你从家里出发，在东站下车，站在送客区，都能看见她坐在车里，透过车窗，笑着朝你用力地挥手，于是你也笑着挥手，轻松转过身，轻松上火车。两个小时后，她的父亲会告诉你，今天她又哭了很久。她每次都是哭着睡去的。每次告别，都像又失去你一次。

她只向他们发脾气，也只向他们求和，你离开时她会找他们各种麻烦，再软弱地站在一旁祈求原谅。她从不跟你发脾气，因为你们在一起的时候太少了。但她记得你罚过她，唯一的处罚，因为欺负邻居小孩，她被勒令面壁思过；记得小时候她磨牙，咬破了你的乳头……她连这些也记得。

你只会不断地缺席，不断地错过。忘掉身份，忘掉责任。自以为寻找生命的热情。

但你不会和他说这些。永远都不。你只会说，一切都好。都还不错。温、良、恭、俭，我们能够呈现的、应该呈现的外观。不会说一再撂掉女儿打来的电话，因为深彻的负疚整夜失眠。你更不会说遇到他之前，你也遇到过别人，痛苦地等过好几年，然后某天的傍晚，站在一间陌生的厨房，站在龙头锈蚀的水池前，给他打去电话，说你爱上别人了。他正开车去往北方海边的路上，那么多年和家人的第一次出游。有一段路他不知道怎么开下去，于是摘下眼镜，将车停在路边，笑着跟后座的家人说，开累了，休息一下好吗。在冰凉的海水边，好几次他都想跳下去。

不，你不会讲，只会说，一切都不错。情感需要共享平静和喜悦，也需要你独自吞咽苦难。

有人喝醉了，拿着一只塑料饭盒，摇摇晃晃地走下台阶。她站起身，听见对方嘟囔着支离破碎的句子。她无法听懂，也无法听清，但担心他落水，于是大声叫着医生的名字。医生终于听见了，游了回来，接过饭盒，从河里打了一盆水递给酒鬼。酒鬼"啪"地立正，行了一个军礼。天起了凉风，医生打起哆嗦，嘴唇发白，于是手撑台阶，爬上了岸。穿好衣服后，他朝远去的人影挥手示意。

你还好吗，他侧头问她，说话时水珠从发梢滚下。

她说是的，还好。但是，"想到离开就睡不着。"

"回去也好。长安太小了，"他说，"我是没办法。你不一样。在这儿久了就会废掉。这鬼地方，连个能上班的单位也没有。你能做什么呢？人这一生，最重要的是不为难别人，也别为难自己。"

他用袜子慢慢擦干脚底，揉成湿塌塌的小球揣回口袋："你知道吗？这边就是这样，待久了无法出去，待久了人就会废掉。十多年来，我一直想克服，后来发现解决办法也很简单。那就是到了新地方后，好好吃餐饭，很快就没事了。"

"我不知道，"她说，"我不知道是不是这样。"

"信我的，下了飞机，好好吃顿饭，吃完睡一觉。醒来你就忘了世界上还有这么一个地方。"

我不知道，她说，我不知道会不会这样。她流下眼泪，对不起啊，我真的不知道。

她记得南方难以忍耐的烈日,空阔理智的政府大楼,经年不换的广告牌;记得群山笼罩白雾,渔船长泊浅滩,江流日夜搅动灯光与色彩;记得雷雨绵延不绝,一到清晨,就消失无踪。像一场梦。

她记得夜晚那么长,吃清补凉和玉米凉粉的食客直到十一点还在骑楼排队,店铺顶上的电风扇呼呼吹着,无止无休,炒粉摊的炉火终夜不灭。她记得老火车站的每个凌晨,都挤满等活儿的背夫和苦力。记得傍晚的孩子坐满文体中心的草地,年纪轻轻就有了衰老疲惫的姿态。他们从不把读书当作出路,也无法将读书当作出路。

开始你会觉得贫穷堕落,但时间久了,你就会习惯,习惯潮湿闷热的天气,习惯辛辣粗糙的食物,习惯雷雨只发生在黑夜,消失于白天,你会渐渐觉得,迟慢也没什么,迟慢才孕育得出善良。

他们开在回去的路上。他开得不快,但也不慢。夜晚温煦的风吹拂在脸上,人变得柔软而困倦,她想,其实就在这里睡去也无妨。

她还记得一年前刚来长安的那个下午。夜晚刚下过一场雷雨,暴雨摧枯拉朽的力量,在次日午后仍有余威。崩碎的山石倒灌进江流,漩涡裹挟枯枝钢筋,钻过大桥,向东怒叱而去。她站在桥梁下,看见雾霭深锁的苍翠岛屿,心想,如果去一次岛上会怎样，会不会有什么不同。她一直以为是台风阻断了去岛屿的道路，后来发现不是。如果人真的想去一个地方，什么都无法阻挡，雨会停，道路会变干，群山会被移除，海水和云柱可以分开，只要等得够久，足够虔诚，总会到达，只是你不一定要去那里。你常常困于中途，并不知道自己想去哪个方向。

奥德赛之妻

萧萧的戏剧工作坊设在静安区万航渡路和康宁路交叉处的一栋半废弃的老楼里。说是废弃，也还开着几家小公司，住着一些身份、数量都莫测的房客。物业公司隐在地下车库，对一切都不闻不问，到收费时才肯现身。室内消火箱的玻璃门碎了，水带拖到了地上，大家视而不见，直踩过去，毫无负疚；两部电梯轮流坏，要都停了，众人就走楼梯；拐角处充塞着缺脚的沙发、拆散的木条及吃剩的外卖饭盒，经年累月，留驻不去，成了大厦的一部分。保洁的存在是个谜题，厕所和走廊脏得无从落脚，又总能看出一点打扫的痕迹。保安倒是有，一个干瘦的爷叔，每天坐在一楼喝酒，顺便代收快递。

不过对萧萧而言，这却是一个理想居所，不仅因为租金便宜，还因为这种刺目的荒凉与贫瘠，对于现实的无畏与轻蔑，都与戏剧本身很相宜。他的工作室位于大厦十九层，是个五十多平米的单间，他把泛黄的白墙刷成了铁灰色，铺上桦木贴皮地板，又找了块黑色幕布，盖住唯一的长窗。

出门经走廊向东,到底是一扇矮矮的绿门,油漆剥落,把手也断了。推门而出,一条铁皮窄梯绕墙而上,藉此可达天台。七点开课,他喜欢在开课前在那儿待会儿。天台很大,中部砌了几只水泥石墩,墩上插着竹竿,竿间拉有丝绳,纵横交错,如若大网,衣服在绳上缓缓旋动。有些已经晾了很久,变得干瘪僵硬,敲去梆梆响,有些落在地上,泡浸在污水里,像失去主人的弃儿。他用脚尖挑起衣服,看一眼又踢平,走至围栏,俯瞰地面。左侧一块区域正在打地基,工地上亮着无数镝灯,雪白明亮,看久了会流泪,会产生幻觉,像目睹星辰与垃圾一齐升起,铺出一条同时通往天空和荒原的道路。夜幕落下,事物淡去,事物逼近,如在质询。他在栏上揿灭烟头,塞进口袋里。

这期学员共十三个,他数完,笑道,你们是十三门徒。有人捧场微笑,更多人一脸茫然。他挠挠头皮,略觉尴尬,让他们先做自我介绍。染了一头褐发的妇人是一家药剂公司的财务,姓李,戴眼镜的男生是一家国资集团的法律顾问,姓顾,穿白衬衫的男生是连锁酒店的内刊编辑,姓赵,圆脸大眼的女孩跟他来自同一集团,不过是做人事的。年纪最大的五十多了,只说刚刚退休,会拉小提琴,但之前做什么,他却讳莫如深。年纪最小的叫关杏儿,中文硕士在读,深棕肤色,双目漆黑,齐耳短发,戴一顶黑绒报童帽,白色高领衫外套一件咖啡色开衫,毛边牛仔裙长到脚踝。萧甯说,既然都认识了,那我们做一个游戏。大家各找伙伴结对，相互熟悉，然后商量一下，谁做盲人，谁做向导。

人群分成了两组，他把黑布条发至各组手中，说，大家都看到了，地上有软垫、木箱、电线，麻烦向导带着盲人避开障碍，适应场地。他们照做了。他问，感觉怎样，都还好吧？他们说是的，还好。有人举手说了盲人的烦扰，又说，幸亏有伙伴。他说，那好，现在请向导松手。你们得告知伙伴自己的所在，同时要想办法，不被他们抓到。他们也照做了。他退至角落，双臂抱胸，静静看着。喧闹持续了一段时间：有人踢到了障碍，在空气里思量着，摸索着，有人干脆停步，疑虑重重，就此不前，向导指引着，回避着，起先笑声不断，慢慢地，场内沉默下来，和过去一样。

有人还会因此大哭呢——这是他常用的十多种游戏之一，从二百七十余种戏剧教育游戏里筛选、合并、修改而来，其他的还有国王游戏、纸条游戏、摸盒游戏，等等。基础训练做得差不多了，才能进行戏剧表演，所排戏剧多为经典，如《雷雨》《茶馆》。每期结束会有一次小型汇报演出，对外售票，但观众多是学员亲友。很多人兢兢业业，一课不落，就是为了最后登台的那刻。

场内没有椅子，只有几十张软垫，演出时，观众席地而坐，挨着音响，贴靠墙壁，像背景，也像道具。四周皆暗，舞台上空射下光束，演员从侧缓步入场。无论是谁，只要登上舞台，进入光束，就自动有了庄严的面貌。他无数次目睹，从未失望。这正是舞台或戏剧的魅力所在：它引诱你，净化你，让你变成另一个人，但沉溺其中，它也可能摧折你，毁损你。热爱如此容易，对于代价，我们却往往一无所知。可寻常的爱好者能付出什么代价？他们不过在日常生活外找点乐子罢了。

一六年至一八年，开课的三年，萧萧完整排过的只有一出戏，参演者都是白领，来自静安一家农业投资公司。基地设在云贵，他们便在那儿开展了一系列慈善助学项目。那年主事人换了个女性，提出应尝试些新的，例如，教山地的孩子表演，并在当地公演一出戏剧。受限于条件，最好场景简单，布置简洁，观众既是孩子或山民，那情节和台词也不能太复杂，太生涩，要浅明易懂，最好最好，还得激励人心。

开始他们想得很简单，自己写。每个人写一段过去的经历，拼凑起来，找个主题，加诸形式，够了，他们想。第一、第二次的陈述尚可，几次排练之后，情绪迅速衰减。他们困惑了一段时间。萧萧说，要么排《三姊妹》吧。谁能拒绝契诃夫？他们同意了。但剧本有十三个角色，他们却只有十个人。萧萧动笔压缩了剧本，去掉安德烈和娜达莎，将费多季克与迭洛合并。录音代替也无不可。

教室无法终日排练，一个学员主动贡献出自家屋子，严格来说，是她公公的屋子，在娄关山路一带，名为"春天花园"。屋主刚离世不久，旧物多已荡尽，剩几只面粉袋靠墙叠立。有人翻出一只电筒，搁在柜顶以照明。陈年的面粉在光束里，空屋中，如鬼魂般四处飘荡，演员们举起手，说着希望、爱与苦，他总觉得这一幕比戏剧更像戏剧。

好几次，他们排练结束，一起走出那间昏暗陈旧的屋子，踏入林荫掩映的小径，他都感到一种被台词熏染的醉意。树影落下，虎纹遍布，往事醒觉，回忆纷至沓来。他是来过的，这里，十年前，做一部剧的后期录音。那些貌不惊人的民居藏着几个专业录音棚，许多乐队都会来此租用。社区当时还很新，住客也比现在年轻。过去的住客永远比现在年轻。他还遇到了一只黄鼠狼。小动物蹲至跟前，直立身体，双手合十，像人作揖。它等了一会儿，见其毫无反应，跃入林间，隐遁不见。后来听人说，它大概是想讨封，说对了，或可满足你一个愿望，他没吭声，那就是错过了。没什么，那些年他错过的，何止这一件。

在山地的那次演出据说颇为成功，可是后来呢？他们还在做着白领，沉闷日复一日吗？他们还记得这件事吗？那些看戏的孩子们呢？他们怎样了？台词和故事会在他们内心种下什么，长出什么呢？他很好奇，也有期望，但不多，他的期望是谦卑虚弱，微不足道的。

下课了，学员都已离去，关杏儿还在慢慢收拾，手边依次是布包、书籍和笔记。这么点东西，她倒出来，装进去，折腾半天。他走去问她是否需要帮忙,她说不用了,快好了。他说,你还在读书?她说是的,不过快不读了,要毕业了。他说,这个时候还来上戏剧课?临近毕业,应该很忙吧。她说,是的,但要排毕业大戏了,想学点儿东西。他说,毕业大戏是复旦传统。她说,是的,今年导演是我。他说,你们没指导老师吗?有的,她说。那还自掏腰包来上课啊?他笑道,觉得外面的和尚好念经是吧。她不否认,背起背包,包侧荡下一串珍珠,每颗约杏仁大小。好几年前,我在杭州看过您的戏。他讶道,好几年前?我很久没导戏了。四年了,当时我读大三,我看了您的剧,《暴风雨》。剧场很小,很破,坐在台下,舞台后面都看得一清二楚。不过您改得很好,明明是喜剧,我却看哭了。那时您还留着胡子,头发那么长,她比着下颚,您把胡子都剃了。

他想起来了。那是在杭州武林门,共演了三天,每场大概卖了两百余张票。他并不指望能卖出多少,但能多卖些总是好的。当时他想给祝楠买台操作机,还差一万多块钱,一直凑不上。

他默不作声,关杏儿又说,我后来就一直找您的戏看,后来您不出来了,还跟朋友四处打听来着。有天我同学说,您在这儿开戏剧课,我就报名了。

难怪。难怪刚才在做游戏时,她一直目光灼灼地盯着。他虽习惯了被看,仍万般不自在。她说,我因为您才喜欢上了戏剧。他说好,有些窘迫地走到墙边,作势关灯,走吧,不然太晚了,你回学校吗?要么我送你去车站吧。我送您好了,她说,我开车了。

他到家时,阿姨已经睡了,客卧门没关,布帘拉着,鼾声从帘后不断传出。祝楠侧躺在床,面朝墙壁,他想了想,开口道,今天上课还算顺利,学员都到了。有个小伙子做法务,还有几个是同一家公司的。

这次的学员里,有人看过我的戏,他说,《暴风雨》,她看的是杭州那一场。你还记得吧?在武林门,胜利剧院。那场你不在,只有我和长青、宋悦他们。她还记得,还特意来上课。也不算特意,她要导毕业大戏了。

"困了吗?能睡着吗?人还舒服的吧?我先洗漱,很快就来。"

他也影响过人,真不可思议,不过话说回来,他也是受人影响才走上戏剧之路的。那可真是很久之前的事了。一九九八年,他在中山西路一所专科学校读会计专业,如无意外,毕业后他会留在上海,找份职员工作,中规中矩地过掉一生。孰料一天,他从网上看了一部画质模糊的纪录片。片子摄于五年前,讲了一名戏剧导演带着一群没考上表演学校的孩子排戏的故事。他看着他们在乡村四寻材料,锯木头,缝帘幕,制道具，接电线，搭起简陋的舞台，又在演出结束后，一个接一个地脱光衣服，跳入泥坑。演员的衣服是用报纸剪的，排戏的地方只有两张长椅，导演抽着纸烟，盘腿坐在砖地，逐句调校台词：

有谁知道，我们身在何处！……你梦见你还完整无缺，可是突然坠落摔破……有谁知道，我们身在何处！

什么是节日？导演说，一群无所畏惧的人待在一起，就是节日。

他大受震动，以至看到最后落下泪来。因此而起的高烧持续了下去。他在上海找一切能看的剧目来看，最后对女友胡雅莉说，想退学去北京，报考中央戏剧学院。她说，好，我不能陪你去，但可以在上海等你。

胡比他小一届，上海崇明人，天真甜美，也不乏叛逆。他很爱她，她也是，依依不舍地，一路从徐汇区送到闸北，送上月台。汽笛声声，敦促着别离，他松开手，准备上车，她两步并一步，踏入车厢，笑嘻嘻地扑进他怀里。

在北京，他们住在北师大附近的一间民居。他高中同学徐俭松在北师大读中文，说学校附近房子多，租金也不贵，他和女友住一间，还空出一间，可以给他们住，租金象征性地给点就好。过了半年，徐和女友分了手。一个月后，胡雅莉也走了，她认识了一个人类学博士。萧霡痛苦不堪，终日除了喝酒就是喝酒，喝完爬到楼顶吹风，感到年纪轻轻，生命已走至尽头，非常想跳下去。怕自己真想不开，于是改成了散步。出社区一路往北，左转再行一公里，就能抵达那条河。河流没有名字，河心架着一座古旧的木头小桥，涨水时被淹过，淤泥留在桥面，像旧铠甲。夏日的花菖蒲和酢浆草从河岸蔓延到了桥底。一只小船反扣在水面，折纸般玲珑。桥梁尽头是座荒岛，或说土坡，很小，四根铁桩沿边楔入，生锈了，进水了，长满了杂草，孤零零地搁浅在这里。

起先他以为只有自己，独享一个没有命名，新旧杂陈的世界。后来发现还有别人。有个女孩常在河岸画画，画水和光，像是在竭力捕捉什么。那是个单眼皮、高个子的姑娘，身量单薄，面容冷淡，劳作的姿势让人感到她是一堆骨头组合起来的意志。他主动搭讪，问她哪里人，读什么专业，她答是答了，却很冷淡，他的问题问完，无话可说，闷闷看着湖水。过几天再去，她仍在，但像不认识他一样。他不作声，坐到天黑，径直离去。如此过了大半个月。一天，她忽然开口道，喂。他说，怎么？她说，你听得到鱼在跳吗？他侧耳倾听。水面响彻着轻盈的破碎声：啪，啪，波。他说是的，要下雨了，我们得走了，再不走就来不及了。她笑道，哎，你这人。他说，怎么？她道，没什么。她收起画架，他在旁等着，然后，走在前面，想给她开道，她大步超过了他。他说，喂，这么急干吗？她停下，转身，大胆地吻了他。

萧鼐在北京的时候，导演已不再做剧，而是在万通中心上班，每晚听一位民谣歌手朋友唱歌，就此度过了世纪末与世纪初许多明亮或黑暗的夜晚。两千年年底，他离开北京，前往深圳，做起网站运营。那年萧鼐也离开了北京，他回到上海，在安福路租下一个阁楼，开始了在上海戏剧学院的旁听生涯，听了一年不到，居然奇迹般地考上了。他比班上的同学都大，加之留胡子，蓄长发，更加显老，坐在课堂，好几次被错认为是老师。

萧鼐做了个老学生，祝楠在黄埔区的一家图书公司找了份工作，专给童书绘插画，由此担负起两人的生活费以及他的学费。此时萧鼐已和父亲彻底决裂，再也没开口要过一分钱。他勉强可算世家子弟，曾祖父做过清军统探，革命失败后郁郁而终，走前嘱咐五个子女，要么读书，要么营商。祖父真的做起实业，先后在唐闸造起一家纱厂，一家铁厂。但几轮决策失误，几轮政治变幻，产业一一流失殆尽。到了父亲这代，祖母卖掉金条、银簪，才勉强供其读完了师范。父亲最终成了个小学教员。他没见过家里的盛世，可父亲所见的也只是夕照挽歌。

无论如何，那些煊赫旧绩，红砖小楼，跟他，跟他们，跟当下都没关系了，早过去了。剩一间黑瓦白墙的四合院，屹立不倒，又破败不堪，他们一家三口，加一个大伯，和一堆租客挤在一排厢间，洗水池子还得加把锁。院中植物长得比人还高，丧气又污秽。每次他听父亲说起哪里哪里曾是自家祖业，都有大梦未醒之感。他长大了，再也不想听父亲指点江山。母亲知道他过得艰难，打电话时常问，钱还够吗，要不要我打点给你？他说够了。她说，不够跟我讲。他说好，但仍拒绝开口。她便悄无声息地打来，逢年过节，或他生日，就多打一些。他收到提示，默然领受，从不回复。她之前在制衣公司上班，退休后每个月拿一千多的养老金。〇三年年底她走了，没留下任何，无非一些书册，照片，衣服。萧飒姑婆说她有张存折，谁也没找到。

仿佛作为一种补偿，母亲去世之后，运气忽然就此光临。他在学校招募了一批人，周长青，任飞，程安，吕忆及宋悦，先后做了四部剧，分别是让·热内的《阳台》、尤奈斯库的《椅子》、莎士比亚的《暴风雨》，及自编自导的《冰冻》。他们的排练地除了学校教室，还有下河迷仓。一家连锁咖啡店的老板将几间旧厂房改建成了剧场，免费提供给戏剧工作者使用。排练间隙，一群人在仓库外抽烟，脚下是成堆的酒瓶、易拉罐、塑胶瓶，伸腿就会踢到，骨碌碌滚老远，滚进苏州河。

任飞家在苏州河畔，他说那儿过去确实常见人跳河，人跳下去了，画还留在河边，"画得好极了，黑的黄的，看了就伤感"，"咱以后可别这样，都好好活着，谁要死了，我一定很难过",他嘱咐道,语气越庄重,众人笑得越快乐。

〇五年,萧霜在一本戏剧内刊上意外读到了自己的名字,剧评人说他是八〇后最令人瞩目的导演之一,读完他不禁哑然失笑。但那确实是他最好的几年。好几部戏都冲上了国际戏剧节。他还记得,他们抵达捷克时已至深夜。坐在飞机上,他望见昏黄的钠灯勾勒绵长的海岸线,海水无限伸展,大地没有边际,坚实,明亮。他的希望和将来也是,膨胀伸展,坚硬明亮。他就像一个国王。只是他没想到,国王有任期,领地也会溃散,失去。

那天他上到天台,看见关杏儿也在,骑跨在栏杆,后背很挺拔,两条小腿垂下,来回摇晃着。她穿了一条黑色牛仔长裙,一件毛衣,戴着一顶贝雷帽,几缕短发溜出了帽檐,她伸手扣住,不让它被风吹跑。那模样看起来很像某个卡通人物。谁?想起来了。贝蒂小姐,Betty Boop。不,更像原型克拉拉·鲍,她在许多早期默片里都戴着帽子。形形色色的帽子。小心,他说。她说,您来啦?他问,你怎么上来了?她说,到早了,看见梯子就爬了上来。您每次都在这儿吗?做什么?他说,不做什么。抽烟?放空?是啊,他含糊道,手在外套口袋里乱窜。摸到了。他迟疑片刻,掏出火机,从盒里抽出一根点上,"见到什么好玩的没?"

"没,那边的花都谢了。"

她说的是楼下那排樱花。花谢了，只剩下灰褐泛红的枝干。春天即将过去，天气已然回温。但有那么一会儿，他以为她在说对面的高空障碍灯，它们透过暮色及雾霭，闪着淡薄绯红的光。他问，毕业大戏想好了做什么吗？她说，差不多了，偏女性向的，既现代又古典的。

他点点头，走到栏边。譬如？她道，譬如美狄亚，莎乐美，欧律狄刻，刻瑞斯，或是克吕泰墨特斯拉这样的。啊，这样，他说。她补道，还有卡吕普索。哦？他说，为什么？我以为她和基尔克差不多，都是奥德修斯返程的障碍。她调了个方向，面对着他。不一样，她说，一点也不一样。好的，他说。她说，对男性来说，是不是无论魔女神女，都是荡妇，都是阻碍？这可从哪儿说起？他苦笑，我谈的是文本，叙事里的阻碍。

好吧，她说，跟基尔克不同的是，卡吕普索爱奥德修斯。她救了他，并爱上了他，和他生活了近十年。她和他在一起的时间，可能比佩涅罗佩和他在一起的时间都长。奥德修斯对她们的情感也不一样。他到达伊塔卡之后，跟佩涅罗佩讲起他的十年之旅，他在谈起她们时，表述是完全不同的。他说，不好意思，我不大记得这段。她说，是这样的，他说一个"狡狯"，一个"热情"。好，他说。

她问，那您觉得，奥德修斯爱卡吕普索吗？他想了想，道，他爱佩涅罗佩。是吗，她说。他听出了她口气里的嘲讽，怎么？她说，我想，他坚持离开卡吕普索，大概是受不了她一

奥德赛之妻

个又一个的英雄吧。他是凡人，会老，会死，就算卡吕普索爱他，他也只是她众多英雄中的一个，只占到她无限生命的极小份额，只能拥有她一小部分。但佩涅罗佩不一样，她是完全属于他的。否则，他何以要试探她，校验她的忠诚？

他没说话。她也许读了不少，也考虑过某些问题，但总有些想当然。跟年龄有关，可能，年轻时都有些想当然。她问，您觉得呢？我不知道，他说，我不太这样考虑问题。爱不爱这个问题，对我来说有些复杂，我也不知道你们说的爱到底指什么，怎么定义。我认为他是爱他妻子的，但如果你觉得不是，也没问题。卡吕普索在诗里占比不重，集中在开头，他们的十年生活到底怎样，到底好不好，这个咱也不知道。

她想了一会儿。可能十年就像一天，跟他离去的那一天差不多。可能，但我们不知道。他停了一会儿，掸去烟灰。总之，我考虑问题的方式可能跟你有别，如果要改编《奥德赛》，我也不太会从这里切入。我不是否认你的——不，她打断说，我不是说他不爱佩涅罗佩，我只是在说，情感不止一种层次，他在不同层次里爱着两个不同的女性。

是吗？他说，这样的爱很可疑，不是吗？她说，忠贞不可疑吗？它的历史也没有很久，对吧？在很多地方，这是一条单向的约束，只针对女性。是的，他说，是可以这样讲。

她脸转向外面，像有什么吸引了她的注意。他忍不住也朝那看去。没什么，只有工地重复、单调的打桩节奏。在那些林立的铁桩间，极其意外的，飞过一只白鸟。

佩涅罗佩是贤妻的典范形象，她说，过去到现在女性的角色都这样，大差不离，但卡吕普索更复杂些。是吗，他说，佩涅罗佩简单吗？在不同时期，她的意义，她的阐释，都不大一样吧。不好意思，我不知道是不是跟你的剧有关系，如果是，我会很好奇戏的落脚点在哪里。说实话，在经典文本里，找到一个沉默的女性形象，置换主客体位置，进行反向书写，我觉得并不算很新鲜、很困难的做法。她说，不，你不知道我想说什么。他说，对，也许。她说，正因为我们考虑问题路径的不同——他说，不同就意味着好，或是正确吗？

困难就意味着好，或是正确吗？她说，什么是正确？什么样的爱不可疑？

他说，是的，我觉得困难比不困难好，因为困难意味着你得直面障碍，而不是越过或转移。她说，您并不了解我们是否困难，因为你没有这样做过。你们也并不在我们的处境，不清楚我们得直面什么。还有，什么样的爱不可疑？您是有一个更高标准的定义吗？

没有一个人能够完全置换另一个人的处境，你要这样说，等于完全否认不同个体间相互理解或对话的可能。我没什么标准，他揿灭烟头，但你要问我，我可能会说，爱本就不存在。快七点了，先下去吧。

您肯定有，每个人都有。您的标准到底是什么？她跳下栏杆，追了上来，我想知道。

阿姨在帮祝楠洗漱。等祝楠上床躺好，阿姨开始洗泡在水池里的衣服，然后说，儿子毕业了，去了武康一家五金工厂。她给他看手机里的照片，男孩黑黑胖胖，比之前又大了一号，穿着蓝色工服，跟她很像，只是牙齿整齐。她的牙齿断了，被前夫打断的，一直没补上。他问她祝楠白天情况如何，她说，尿了900CC，还好的。他点点头，换上鞋子，准备下楼跑步。

跑步的习惯不是在她确诊伊始开始的。是某个时刻他忽然意识到的，意识到自己得活得健康，持久。他每周尽量跑三次，绕社区跑上五圈。不下雨的夜晚，抬头时能看见金星在东面闪耀。想起那年她坚持分开，独自回了天津，中秋时他给她打去电话，提到苏轼诗歌里的共时性，说"我们拥有同一个月亮"，她反驳说，不，没有所谓共时性，南北半球所见的月亮，上下弦正好相反，"我们看见的从不一致。"不知为何，他总记得这一句。

还有其他人在跑步，一个男人，看不出年纪。他没见过。社区老了，住的多是租客，冷不丁又一张新面孔。一年前，他在楼下跑步，看见一个年轻女孩，胖胖的，化着很浓的妆，穿着极短的百褶裙，沿着社区绕圈快走，雪白丰腴的大腿在冬日寒风里冻得通红。回去后他一直想着她，翻来覆去，硬了许久。他睡得不早,但那个夜晚,直到三点,他才睡着。他想起关杏儿的腿,轻盈、健康地垂下,在栏杆上不断摇晃。

他出了一身汗,于是放缓步速,调整呼吸,活动腕关节及踝关节,准备上楼。

祝楠的板床贴着他们过去的双人大床。他洗完澡,看见她侧身朝着自己,试探着把手放在她腰窝,缓慢滑至臀部,轻轻摩挲着。那里温柔而干燥。她的手臂颤动了几下,似乎有点醒了,但仍未睁开眼睛。

骨骼肌的问题,应该不影响快感,医生说了。那是个年轻的医生,三十岁出头,萧萧问时颇为羞惭,对方答得却很坦然。也许在他们医生看来,这只是一个正常不过的问题,肉身之下,无非白骨,快感情欲,也不过是神经激素。

他没问题,他四十岁了,那方面仍然毫无问题。他可以取悦她也可以取悦自己,但他迟疑了一会儿,还是将手放下,帮她重新掖好被单。

年轻时,他们也有过被炽热的情欲挑逗得在林间、河道等各种人迹罕至处四下实验的时刻,也曾在行事途中,遇人经过,只能一动不动,相互贴紧,乔装无事发生。他一再震惊于自己当时的蓬勃与疯狂,她的活力与热烈——工作和时间削减了一部分,她生病后,那些事理所应当地变得更少,甚至彻底消失了。亲吻、拥抱固然还在,但性另当别论。

有次他和祝楠主动说起一位朋友的经历,他陪同上司一起去过那地方，在驾校附近。总共两个女人，上司坚持要他选一个。他慎思之后，选了年纪大的。两人聊了一个小时，关于她的丈夫，从事这行前的工作及生活。上司事毕，他也起身出门，佯装饱足、尽兴。祝楠听笑了，然后问他，你呢，换你怎么办。他说，这些年，我受的最大教育是能自己解决的，尽量不麻烦别人。她不依不饶：非要选一个呢？他说，都不选。你啊，怎么回事，非得把我推给别人，还非得安排个老太太。我偏不选。她笑笑，背身睡去，不再追问。

那时他们的性事已经极少。她是否信了他的说辞？还是当作一句机灵话？其实也不算欺骗，他确实自行解决居多，和这个年纪的真实欲望相较，他所解决的并不多。和很多人比起来，他连糟糕都算不上，因为他从未主动猎寻过。

年轻的时候，不名一文的时候，总还有爱慕者。虽则不及乐手多，但还有些。一部新剧，带来一个两个新女孩。那时候，冒险在剧院，在现实同步发生，缠绕交织，密不可分。每一天，每一次，都是新的。发现他们的处境，理解她们的处境；发现一种形势，发明一个形式。冲击边界，逾越边界。不断发现，不断发明，危险隐伏在黑暗，未知交还给上帝。

其中一个是策展人。当时他们在朵云轩二楼做演出，她在三楼做展览，电梯里时常遇到。他在展览门口默读她写的展览导言。她走出来，将一张门票塞进他手里，叫他明天下午两点来。他如约而至,她带他走进多媒体室,那里在循环播放一部黑白影像,一个德国女艺术家在世界各地拍下的枯树。他看了一会儿,明白她篡改了片子,剪入了自己的局部:赤裸的手臂、大腿及颈项,不仔细看,极难辨别。他没错过。厅里就他们两个,她坐前面,他在后排,看见她的剪影打在画面上。离开时他往她的手里塞入一张戏票。她来看了,站在后排,人群散尽了他才望见。她朝他点了点头,什么也没说就走了。

还有一个女孩,河南洛阳人,在北京现代舞剧团工作。当时他想以舞蹈剧场的方式改编法国荒诞派戏剧,经朋友介绍,找到了她。她是参演演员,也是指导老师,两人亲密同处了三个月。演出结束,他们联系不算多,他极少主动找她,她也是,但每年四月,她都会写信来,邀他去洛阳看牡丹。他没回复,她便寄来一张又一张的花卉照片:白天的,黑夜的,盛开的,枯萎的,从生到死,从花期开始,到花季落幕。最后一次,她寄来一本画册,是皮娜·鲍什的《春之祭》。快递盒里还有一包胭红的牡丹花球,一张薄薄的卡片,写着皮娜最后一次采访所述:

> 没错,我有这样的感觉……人生确实很短暂,我们完全不知道我们会在世上活多久。但总是这样。我,或者我们,不能回到过去。我们有太多计划。我只能希望

那样。我们继续走向未来。但时间真的流逝了。我看过了很多春天。我想看更多的春天。

他很抱歉,也很感动,但仍未有勇气飞去洛阳,陪她看一看。那会是一个怎样的春天?他想象过,却从未亲历,仅存于头脑及影像。他怕她走得太深,徒收懊恼心碎,也怕自己走得太远,以致歧路难返。所以他选择固守原地,保全自己也保全他人,保全她也保全祝楠。

从纸盒取出时,干花还是完整的,某日拿出再看,已经碎了。他放在纸袋,藏进衣柜。摆到最高,祝楠无法企及的地方。有些东西,留在深柜,留在暗处就够了,然后,贴上封条,别去打开。

可是那些事,那些过去的事,祝楠真的一无所知吗?有段时间,她不再来剧场,不看他的彩排和演出,甚至不读他写的剧本了。他不知道她是否捕捉到了什么,从那些台词,那些改变里嗅出了什么。她不提,他也不说。她拒绝了跟他的性事,他还有别的路径。他还自以为稳妥地掌握着两种流速不同的风险,从未失控。得后来,真的是很久之后,确诊之后,他跟她说起两人曾踏足过的一些地方,以为是种鼓励,鼓励她振奋精神,一生还很长,一切皆有可能,毕竟医生也说了,护理得当,是可以长期存活的,她却勃然大怒:滚,滚得越远越好。和她们一起滚。他愣了会儿才明白她们到底指谁。他等她发泄完，恢复平静，才抓住她轮椅的扶手，反复解释，她所想的，不管是什么，都不是真的，他和她们之间，什么都没发生。他直视着她，表情诚挚，毫不躲避，就像真的什么也没发生，他也把她们都忘记了，从记忆的每一条沟渠，每一丝狭缝里，都扫去了。她们如此不真实。和祝楠相比，她们一点也不真实。

他们重修旧好。她仍不时发作。他改了策略，变得更小心，更谨慎。她选的是另一种策略：要力证自己的尊严，自身的价值。她是他的支柱，过去到现在，都不会有任何变化。

她们离去了，她们消失了。他的生活纡步不前。一开始跟钱有关系，之后是演员的渐次退出。小安第一个退出了剧团。她考上了公务员，分配去了海关，每次见他们，都会带几包中华烟，说起见到王力宏、郑伊健的景象，"真人脸很小，特别好看。"宋悦认识了一个澳洲女孩，随之去了新西兰。吕忆在北京人艺，找了份灯光活儿，跟剧场还算搭边。长青陪他时间最久，捱到〇九年也离去了。他在闵行纪瞿路开了间广告公司。十月他打电话来，说大飞被人发现死在一条河里，因为身上没什么可见的伤痕，最终被警方定为自溺。他问为什么，长青说，不知道啊，警察都不知道，我怎么可能知道。停一会儿他又说，他租的屋子在蓄能水电站附近，收拾得很整齐，桌上计算机开着，QQ也登录着，但一个联系人也没有。他把所有人都删了，包括我们。

　　既然都已删除，账号还留着做什么呢？是在等谁吗？是情感遇挫，还是工作不顺？之前听闻他去广州，和一个已婚女人同居，那个女人真的存在过吗？无数谜题中的一个。那些年。那些年。萧鼐撞上了许多谜题，每一道他都不知道答案。他记得大飞的故事，记得他说"好好活着"，众人就哄堂大笑，记得有回场地费不够，是大飞垫的，"那天我收拾衣柜，从死鬼老头的外衣口袋里找到了这么一笔钱。巧不巧？正好这么一笔。"他记得这些，然后一一忘掉，让它们留在了新世纪的第一个十年。

　　后来也只有祝楠在。全世界都走光了她还在。海报、传单都是她手绘的。她画出图纸，等公司的人走光后，用公司的机器打印。演出需要木箱，她就去建材市场买来木条，自己刨，自己钉，需要纸灯，她买来纱纸，自己叠，自己拼。演出的木椅、长桌也是她打出的。她真是无所不能，还坚不可摧。有时他睡去了，一觉醒来，还能看见她在昏暗的光线里，躬身劳作着。阁楼很矮，只能搁下一张床铺，斜顶开出半扇窗。她半蹲着工作，脚麻了就换一个姿势，能空下来就读他的剧本，读着读着，她就哭了。他的手指插入她的短发，用力地揉了揉。傻不傻，没什么的，戏而已。她起身坐直，将稿子摊在腿上，抱住他，大哭不止。他正色道，你再哭，我可就……他假装中枪，向后倒去，本想逗她一乐，却忘了后有茶几，后脑勺被翘起的铝条削掉一块头皮，血一下子涌了出来。她吓坏了，拿起纸巾拼命摁，又用毛巾压住伤口。好不容易才止住。他不肯去医院，她忍痛推去他头发，贴上两块创可贴。大半个月，每次洗头，泡沫刺激伤口，他都疼得倒抽气。后来，伤口愈合了，疼痛也忘记了，结疤的地方再也长不出头发。

祝楠的父亲过去是风琴厂的老工人，知道他们在一起后，专程跑到上海找萧霾见了一面。他说，不是我嫌贫爱富，但一穷二白，以后过日子必成问题。我是苦出身，知道穷多考验人。有诚意的话，先拿五十万。我不贪钱，就想看看你有没有真心。萧霾亲友问遍，才凑到二十万，硬着头皮问祝父行不行，能否慢慢补上。他说不成，说好了五十，那就是五十，一分也不能少。他手指门框，对祝楠道，今天不跟我回去，你老子就抽了裤腰带吊死在这儿，信不信？三个人挤在那么小的屋子，剑拔弩张的，话稍说重了，都会割伤他人。祝楠坐在小方椅上，起先没说话，过了会儿，望向萧霾，你娶我吗。他说，娶。她说，好，那等我消息。

他记不起她回去的那一周是怎么熬下来的。那时已经没有演员，没有剧场，没有演出了。他接商业剧，广告剧，参加音乐节，给店铺开业热场。他尝试过多媒体单人剧，效果不佳，他只能停下。那段时间，他像回到了在北京的九九年，只是困难得多。每天睡到下午他才起床，下楼去罗森便利店，买两只梅子饭团，放在一旁。饭团从冰变温，从硬变软，才想起咬一口。饭团的味道很酸，分不清是变质了，还是梅子本身的味道。每一天，都这样，漫长得无法预计。一周后，祝楠回来了。她父亲把她送了回来。她瘦了许多，看去憔悴且疲惫。祝父示意先让祝楠休息，两人沿街走了一段长路，谁也不开口。满地枯叶，被风吹卷了，吹跑了，飞上路面，软软落下，被疾驰的车辆碾过，咔嚓脆响。萧霜想，或是应该找间茶楼坐一坐。没等开口，祝父转身停步，跪了下来，咚地磕了个头，他吓了一跳，想帮忙扶起，却被一把推开。祝父说，我就这么一个闺女，其他不谈了，就一点，以后要急眼了，你也多担待，无论如何，都不要打她。

祝父离开后，他问她，你爸怎么忽然同意了？她病容未消，精神倒还好，笑盈盈道，不告诉你。他默然一会儿，你不说我也知道。唉，你这样……你这样，万一有事，我可怎么办？她慢慢道，我们说好的嘛，我回来，你娶我。

剧团最后一次重聚正是萧霜的婚礼。他导了一出哑剧，除大飞外，所有人都到了。婚宴设在锦江饭店，宾客不多，但也有十来桌。他们对婚礼及各色花样已司空见惯，所以并未怎么留意演出，而是专心对付面前菜肴，等新娘出来，才礼貌性地停箸观看。祝楠披着镂满玫瑰的蕾丝头纱，穿着一件二手鱼尾礼裙，在灯光下缓步向其走来，她走得那样从容稳健，就算下为悬崖深渊,她也不会胆怯。而他就这样,伸出手,在道路尽头等她。

你那时在河边画什么?

没什么,在等你。

他在想,自己在游戏里,在课堂中,对关杏儿的照应是否有些多了。财务开过他们的玩笑,但注意到这一点的,并不止财务。那天他们下课后一起出门,正巧遇到内刊编辑从洗手间走出。编辑和他们打了个招呼,笑容充满意味。之后他们又在电梯里度过了尴尬的一分多钟。下课后,她照旧留了下来,能陪我走一走吗?方便吗?他看看手表,九点半。祝楠应该还没睡着。可以的,方便的,他说。

她提出走愚园路。已经很晚了,愚园沿街仍很热闹,跟他小时候所见的全不一样。恢宏,现代。并没什么人说话,但嗡隆嗡隆的,像要挤兑掉他们这些过时的人。路面泛着黄。她的脸在灯光下是泥金色的。

她说,今天您生气了吧。我老是这样,说话很冲。没有,哪会,他说。她侧身让一对拉着手的情侣经过,但在她避开前,两人已撒开了手。他说,这戏对你来说很重要吧。她说,每部都挺重要。我写过五六部了,都公演过。挺好,他说。

旁边是个咖啡店,店里正在更换季节餐单,樱花拿铁、桃花拿铁这些都被撤走了,换成了生椰拿铁,橘皮拿铁,听去苦涩又清盈。她停下脚步，您想喝点什么吗？我们喝点什么吧。

他说好。他看了眼身后，那儿有一个拉洋片的，对面一张旧长木凳，旁边一列斑驳石阶。他想在那阶上坐会儿，而不是店里。

她仰头看着招牌，您想喝什么？这么晚了，我们不喝咖啡，还是喝茶吧，洋甘菊？香草茶？都行，他说。那就香草茶吧，她说。

里面空间很大。十多张长木桌全都空着。服务生端出两只大号咖啡杯，放在桌上，手柄上系着两只三角茶包，胖鼓鼓地浮在水面。桌子表面印着几道白痕。她抽出纸巾，沾水擦了擦。白痕褪去，很快复现。他忍不住道，擦不掉的，这些木头上的细微刮痕，得用细砂纸打磨，再上一层木蜡油，彻底阴干后就好了。她固执地擦着，好一会儿才停下，把湿巾抛入脚下的垃圾桶。

他说，你剧本写得怎样？她说，就叫《卡吕普索》。挺好的，他说，只是，"很难想象是一个怎样的本子。"不用想象，她说，回头我发给您，我写好了。他略感惊讶，这么快。不算快，她说，想了一段时间，但实际写起来还是很困难。他说，困难是指？她说，就是因为太具体，所以才不好解决。我知道存在很多问题，可耻的是我不仅想说服自己，还想说服您。

她从包内拿出笔记本，记下他的邮箱，一回住的地方，我就发给您。他说,哦?我以为你这个阶段还住校。大部分是还住校,但我很早就搬出来了,她将毛衣袖子拉下,覆住手背,掌心捂在杯侧,剩下的课程我未必能来,戏要开始排了。他说这样,剩下的课时也不多,学费我退给你。啊,没必要的吧,她说,没必要的,不用退给我。万一我空了,想过来怎么办?

他不坚持了。需要的话跟我说,他说,什么都可以。

"是有些舞台空间上的想法,譬如多个空间放置一起,随意起落,散点铺陈。不过节奏很难控制,弄不好会相互干扰……没事,"她说,"我再想想吧。我还没完全考虑好,到底要不要这样做。"

他盖住茶杯,婉拒了服务员添水,没事,可以先试试。试了再说。我倾向于做单线,不是体量问题,是遇到了问题,不可跳开。是的,慢慢调整吧,她说,届时您会来看演出吗?可以带朋友或是家人,需要几张票子跟我讲。尽量,他说,哪一天?几点?不知道有没有课。她说,希望没有,希望您能来。嗯,他说,尽量。

"你以后真的想干戏剧这行吗?"

"不好说,想归想,但万一养不活自己呢。"

嗯,也是,他说,现实点好,活下去比什么都重要。

"您之前为什么不做了?"

他顿了片刻。"我不想做了。"

她不置可否："是吗？"

"嗯，就是这样。"

"那您现在还写本子吗？"

"不写了。有段时间不写了。"

"不管怎样，都别停下。"

是啊，他说。

好像很多人都这么对他说过，前辈，朋友，都说无论如何，不要停下。他们说的时候，都带有一种天真纯良的善意，好像运气和机会可以守株以待，而不是劝诫，暗示体力会下降，热血会冷却，幻觉会消逝，声音会涅灭。困难时刻，他常常想起导演。八九年到九一年，他筹备的两部话剧被迫搁浅，他就此离开了戏剧圈。网站运营失利后，导演重返北京，待了一年半，在国家大剧院工作，给一些大导演做剧本顾问，或是舞美设计。他对这段经历提得不多。之后他一直在学校教书，教空间叙事。

二十年了。人的一生，能承载得起几个二十年？可他就这样，毅然决然地放下一切。八九年年初，他还在新剧上映时说，"春天带来了不可忍受的生命之杯，带来了灿烂辉煌的生命之冠"，藉此谈论新时代的来临和旧时代的离去。

或许吧，那个时刻，可以这样说。但哪个时刻不是新旧交迭，好坏相融？哪个时代不是高尚与卑贱的合集，堕落与飞升的拉扯？星球旋转不歇，时间昼夜无止，将许多人都抛掷在后,他也老了,世界不再是他曾想出拳抗击的模样,而是一团污脏的棉絮,软软地抱住他的拳头,将力量层层缴械,瓦解。

他觉得他们说话时都小心翼翼,像上次争吵的创伤余波。她说她要回去了。他拦下一辆的士,把她送上车子。他走回豫园,走到她看不见的地方,找了个公交车站,耐心等待巴士的到来。附近一户店铺正做开业前的准备,看名字像童装。店里灯火通明,墙壁刷成了奶橘。婴儿会钟意的颜色,温柔,友善,充满希望。工人忙碌的身影框在玻璃上。他感到自己像站在舞台背后。我都公演过五六部了。在哪儿?哪些剧场?

第一次出国门,他才知道戏剧有那么多种玩法,有特定场地表演,也有民间艺术和多媒体结合,有大型装置,还有单人演出。关注点也多种多样,环境自然、人文科学、政经媒介,无所不揽。地区间各有特色,实验性也很强。东欧重政治,美国重艺术,以色列、法国等地宗教、哲学色彩浓郁,且媒介新颖。格鲁吉亚等地区喜做神话和当代的结合。日本偏好莎士比亚及契诃夫,舞踏也是其强项。捷克学生作品亦成熟异常。他印象最深的是爱沙尼亚的某个演出,三天演出,场地不断搭建、拆卸、重组,到了晚上,又摇身变为酒吧,空间性质从不固定。傍晚时分,他们去伏尔塔瓦河乘坐渡船。夕阳落在拜特申山上,落在圣维特大教堂上。天鹅游戈碧水,黄金巷22号门楣低矮。巷尾是座小型露台,他们坐在露台边,越过塔楼，凝望远处尖尖的红瓦屋顶。日光倒灌云层，漂白树影，人们边走路边吃蘸糖浆的苹果片及面包卷。

那里的啤酒尤其好喝，尤其廉价。他们每晚都在不同的酒吧，看着不同的球赛，听球迷和酒鬼笑骂争吵，痛饮至烂醉，然后并肩趔入深夜的窄巷，高唱走调的歌曲，背诵大段的台词。萧甯走在最后，拍下许多照片，张张模糊不堪。年轻而黧黑的影，《浪荡子》的片头。

柏林那次不大顺利。刚下飞机，祝楠的背包就被扒走了，内有相机、护照和银行卡。他们找到大使馆，好不容易才拿回。到了酒店，两人惊魂甫定，放下行李，想去街上找点吃的，回来后却发现钱包内少了几张面值五十欧的纸币。他们报了警，警察来了，做了笔录，又打了电话，叫来另一个警察。萧甯提出想调监控，却被对方拒绝，他不甘心，问有无可能是服务员拿走的，警察说，可能，你们给小费了吗？

连出意外，他们的心情败了大半，加之经费有限，只能捡了几部剧目，草草看了看。其中有一部，他猜原型来自于赫尔佐格的《陆上行舟》，讲的也是个人制造剧院的故事。只不过建造地从非洲搬到了南亚小国。演出结束，剧院也搭了起来，约半人高，画满壁画，颜料未干，空气里是松木与丙烯的气味。观众一个个走进去，跪下来，庄重地看着。朝圣者的脸。戏的旨意应该相反吧，他觉得。

最后一天，他们途经一座市心墓园，在门口驻足了半天，还是决定进去一看。那是一座平民的墓园，规模不大，墓碑标注着逝者的生卒年份，最古的距今已经三百年，最近的写着两千年。一代人，又一代人，埋身于此，压进地基，成了城市和历史的新岩层。他们在林木、雕像及十字架间缓缓行进，本是夏天，但因在墓园之故，仿佛正行于沉闷冻结的冬日。他们走着，不停走着，直至光线凋谢，晚风及黑夜将其接管。

好像在哪儿读到过，新年去墓园是不吉利的。可那是夏天，夏天去也会招惹不幸吗？年岁渐长，他原本坚定不移的唯物主义信仰也被啃噬了大块。她确诊前，祝父因脑溢血骤然离世。她母亲打电话来是周二，中秋节前夕。她请了假，和他一起赶回天津奔丧。他们家在一栋工人宿舍的六楼。上世纪八十年代的建筑。爬到五楼，她已经无法再继续。楼道有个垃圾口，铁皮闸门没拴好，奶盒、果皮及骨渣溢了满地。他想带她下去一层，但她抓着栏杆，瘫坐阶上，拒绝移动一步。那时，他和她似乎一齐嗅到了某种可怖的预感，嗅出死亡尾随着他们，走出了屋子，来到了上海。

起先左腿肌肉酸痛，步行乏力，之后是连环的摔倒，身体不听使唤。一场感冒伴随冬日降临。一周后感冒痊愈。嗓音迟迟未恢复。吞咽时有异物感。他们以为是她太累，体力透支所致，所以她休息了一段时间。但也并非彻底休息，她还是会挣扎着画上几笔，但右腕握力急遽下降。渐渐地，举筷进食也日渐困难。臀肌剧烈疼痛,晚间下肢震颤。睡眠时断时续。他们去了医院,遵照医嘱,做了喉部检查,拍了 X 光片及脑部 CT。均无异常。他们按建议又做了肌电检查。拿到报告的那天,他独自在走廊待了一会儿,之后才去找的她。他说没事的,他一直在。她比他想象的平静,倒是他自己,以为字斟句酌,实际上话都说乱了。

希望是逐步流失的,和缓不过是下回灾难的预告。他们知道有 ES 细胞疗法,但研究了一段时间,看过不少案例,发现风险很大,可能会彻底丧失行动能力甚至失明。萧父自打老妻过身后,对儿子态度一改之前,主动说起海门的一个巫医,烧一次香,求一次符,按轻重缓急,四百到三万不等,"要不试试,钱我出。"萧骦说好,试试也好。求神问卜,最大副作用无非是被骗,经济受损。这些尚能担负,但希望的损失,身体的损失,他们却再也担负不起了。

后来她坚持要离婚,并飞回了天津。也许跟尊严相关。日渐蹇涩后,她便选择少说或是不说。她一直这样。可她能依靠谁呢,萧骦想。很多东西无法假设,当时他说的在,只是一种抽象的存在,问题临门,他也不知自己将作何选择。她离开后,他飞去天津找她。她拒绝见面,他在一家快捷酒店待了几天,最后黯然回到上海。正好吕忆他们在与西藏剧团合作做演出,问他能否参与,他便随之去了。去西藏有机遇也有私心。

一九八三年，导演在那儿待了一年，每天带着一群人学格洛托夫斯基表演体系。他写过拉萨的雨季，墙壁渗出泥水，一粒粒滚落在床。木窗外的路灯夜夜照耀醉酒的归人以及赤裸的高原。萧鼎去过剧团的旧址，在八廓街附近。屋子是泥垒的，很多年了也没什么变化。他在那坐了一会儿，没什么想法，只是看一看。他也去了导演常待的光明寺，喝过几次甜茶。甜茶装在铁皮热水瓶里，每一只都积着厚厚的黑垢。他去得最多的仍是社区门口的茶馆，由一个藏族女人打理。旁边即是拉萨河，他常一坐就是大半天。老板娘有个小女儿，才六岁，每天都坐在门槛上画画，画公主，小房子，火柴人，指甲乌黑，嵌满泥巴，油彩长到了脸和手上。他想，如果以后有幸生个小孩，最好是个女儿，祝楠陪她画画，他讲故事给她听，陪她疯闹，说怪话——前提是有幸。

也不是全无可能。他读过报道，有人曾剖腹诞下一名男婴，山西太原人，二十六岁。按理她三十四周就得住院，但她坚持熬到了三十八周；还有一个是甘肃兰州人，三十岁，诞下的也是男孩。他们还小，看不出什么。也许没问题。不是全无可能，一生那么长，总有许多意料不到，好运厄运，都意想不到，报道的标题不也写了么，"生命的奇迹"。

除了拉萨，不太忙的时刻，他也会去别的地方。印象最深的倒不是那些险径峻道，雪山澄湖，而是途遇部队检查，或排队上桥,人们纷纷下车,抽烟,吐痰,辨认路边野果,到底叫什么,能不能吃。常常的,可以看见巨大奇异的蝴蝶,在枯草间起落纷飞。他在给祝楠寄去的明信片里,写到了这样绮丽迷离的景象,结尾写,很想带你来看一看。思量之后,又撕去重写,除了景物与见闻,最重要的是告诉她,他很想她。检查错漏,盖上邮戳,寄送出去。每到一个地方,他就寄去一张,也担心过是否会寄丢。还好,并没有。她从没回过,但她收起了全部的卡片,藏进绘着兰草的鞋盒。几年前他翻出看过,共二十三张。比他记忆里的写得更好,更无价值。

他真的很想她。好几次他坐在哐当作响的三菱车或是桑塔纳后排,系好安全带,准备开始下一段八小时的旅程,他都会想起她,感到两人都在一段漫长旅程里孤身跋涉。他真怕有一天,只剩下自己,独行在泥泞、艰险、逼仄的窄径上,前方是海浪与崖洞,风暴和冰雹,巨人怪妖伺机而待。四季混沌,道路晦暗,一日长过一年。

从西宁下飞机后,他直接转机去了天津。她母亲照料她生活,她画画补贴生计。他意外发现,她工作还在做,还能做,无非艰难。他决定留下,并找了份文案活儿。直到一三年,他带她一起回上海。他在一家小型游戏公司做剧本顾问,攒下了首付,购置了这套小屋。上班时间不大自由,于是请了一个住家阿姨。阿姨徐州人,过去在老家城郊开小吃店。从老家跑出来之后,在昆山做了一段时间的环卫工,又去南京待了一段时间。之后来到上海，投奔一个远房亲戚。亲戚也是做阿姨的。她，亲戚，还有两个苏北同乡，四个女人合租在嘉定一间长型斗室，整间还没人家阳台宽，除了几张板床，别的什么也放不下。一五年年中，萧鼐叫她上门做了一次卫生，觉得她做事麻利，也不爱说话，干脆叫她常做。他给了她一个房间，一张窄床，时间久了，她也算半个亲人了。一六年秋，长青说，现在戏剧培训课生意可做，一期十到三十课时，丰俭由人。时间还算自由。场地我来找，有收益了再分成，你觉得呢？

最后几节课关杏儿果然没来。萧鼐带学员做了几类故事训练，并最终决定，这期会演选即兴。下午课的学员离去后，他收起电线线头，在黑暗中坐了一会儿。他想起她的戏。她说的是几点？今天他刻意提早了。他看了看表，六点出头，还来得及。

进入礼堂后，他选了中排靠左的位置。坐在这儿能看见导演室。关杏儿和一个高个男生站在一起，男生或是负责声响及灯光。她今天戴了一顶蓝色冷帽，白T外套了件深色牛仔长外套，并且出人意料地戴着一副黑框眼镜。他想朝她挥手，但她似乎没注意到他，正专注看着操控台。他的手抬起又放下。

学生多已进场，几个晚到的自过道闪入。他身边的椅子始终空置。天鹅绒幕布紧闭，吊灯像太阳，浓烈炽热，烧融一切。他也不知道多久没看戏了，却也这样过了下来。

灯光暗下，岛屿显露。那是一张 3D 光雕的巨大圆盘，仿佛在说，史诗里的那些侧柏，雪松，赤杨，白杨，山泉，葡萄藤，鹞鹰，乌鸦，枭……一切的一切，不过幻象。光线从上空投下，模拟岛屿无所不在的水流。海水拍打岸岩，冲上，落下；冲上，落下。像同义反复。奥德修斯坐在阳台，女神正向其走来，准备问出第一个也是至关重要的问题。她问他为何如此郁郁不乐，是否决定离开她，他说是的，因为：

——"佩涅罗佩在等我。她只是一介凡人，不如你美，她也会老去，但我爱她。"

她修改了许多。她削减了对白，改变了情节，她让女神去宣誓，去交换，用她的永生交换英雄的不再到来。可即便如此，她也无法阻止他的离去，他的选择如此坚定，没什么能消磨其决心。

卡吕普索予其的是一种爱，佩涅罗佩给予的是另一种，他置身于两者之间，两种迥异的爱之间，幸运且孤独。也许她们只是同一女人的两种分身，也许他一生都只在这座岛屿，一间封闭的公寓楼，一介农夫，普通男人，未经战争，从无漂游——那些不过是长梦里的幻影。但那梦境如此真实，以致醒来他仍一次次想重返梦里。但幻影已逝，她经过了他，那只妙手再也无法碰触。

他仍得出发。可是他要去哪儿呢。他到底要去哪儿？他在说野心和承诺。他在说天明时得重返海上，他的磨难尚未结束。宙斯允诺了他幸福的晚年，"那时我们或可重逢"，一生是长，可霎眼间，也就过去了。

灯光再次亮起，会场响起掌声。关杏儿站在舞台一侧，准备和演员一起谢幕。她在人群里寻找某个身影。他注意到了。因为他也曾这样，在人群里努力寻找某个身影。提问环节约有一刻钟，气氛不赖。她的回答清晰明了，也不乏洞见。戏剧也还好，结构还有失衡，台词仍有赘余，情节也属散漫，都可再收拾，但现在也无妨。他没觉得多好，也不认为太糟。故事可以这样讲，也可以那样讲。人们常说，方式不可替代，实际并不，否则何来创造？太多故事，不过讲了又讲，点亮一部分，暗灭一部分；捕获新的，遗弃旧的。她原先想的结构倒也不错，当下与记忆无限扩张，我们总在错过、失去，总在选择、虚构，所谓一再讲述，不仅改变着当下和将来，也更迭着我们的过去，直至绵延的黑暗与痛苦都濯净，照亮，变得清朗而透明。那么多次，他幻想着，祈祷着，过去如其所愿，如其所想，错误能被抵消，遗憾能被弥补、替代、纠正，只是愿望，愿望而已。

提问结束了，人群在退潮，他也起身，准备离去。有人拍他肩膀。他回头。是关杏儿。她略显疲惫，但仍喜气洋洋的。就您一个？她说，她没来啊。她不大方便，他反问道，他来看戏了吗？她说，谁？他说，我想大概你有特别希望来看戏的人。

不知何时起，他忽然明白，她那些捍卫，不仅因为戏本身，还跟某个人有关。一个重要的人，也许是她的导师，或是同学，演员。他可能会出现在戏里，如奥德修斯的扮演者，也可能不是，一个观众，一个遥远的对象，甚至无法抵达现场。

没吧，她说，他在澳门。

澳门？

"是啊，我父亲在澳门，我们快十三年没见了。"

她很快地说起身世。她在澳门长大，母亲是广东肇庆人。父亲是中葡混血。他们没有结婚，他还有一房正室。七岁时，母亲带她回到广东，但家人相继离世，她们只能辗转去到北京，和一个叔伯生活在一起。

她们离开澳门纯属迫不得已。母亲发现她父亲除正室外，还有其他女人，所以设局卷走了他的财产。父亲对此愤怒异常，多年来一直搜寻她们下落，至今未和解。她母亲希望她能回澳门，读书，生活，跟父亲再见一面。

"是不是很离奇？说出来都没人信。"

他停了一会儿说是，"那你母亲后来再婚了吗？"

"叔伯就是我继父，之前没跟您说清。"

这么说，他还是弄错了，看似接近，实则离题万径，以为清晰明了，实际并不。作品有其复杂性，起点到底怎么变成了终点,她中途又经过了哪些路径,着实很难说清。她也是。不管想法,还是个人,都比他预计的复杂。他已经不再理解那些年轻女孩了,或者说,他已经不太理解比他年轻的人们了。想起有几次他们为了虚构人物,为了某些概念,某些理论,争辩不下,面红耳赤,他不免有些羞惭。也不知怎么了,可能代入太多自身了。

你知道吗?他说,我以前做剧,也会特别希望某个人来看。是吗?她说,那她来了吗?

不一定都来,这种事,不一定的。但没什么,不管她来不来,她都会知道我想说什么。

好。她望向舞台。有人在等她。她还有庆功宴,得和演员、老师、同学喝一杯。这些时刻是她应得的,一个绚丽的夜晚,然后才是苍白的天明。醒来之后,昨夜的发生会变得不再真实。如果她足够冷酷,足够幸运,也许会成为一个不错的导演。当然了,个人的灾难总是避不可免。这只是一次交换。人总得去交换什么,拿着已有的,厌倦的,去交换缺失的,渴求的。开始你会选得不假思索,答案仿佛轻而易举,可慢慢地,时间流逝,你所渴求的也会发生变化。

走吧,快去找他们,他笑道,快。

晚安,他说。

出学校大门后,他在邯郸路上打了一辆的士。车辆驶过隧道及群楼，玻璃隔开他与世界。那里一丝声响也无。路上人影交错，霓灯闪烁。一出出缩微哑剧投射在袖珍幕布上。暗夜如此幽寂深邃，足以容纳一切颠倒乱梦。人若置身其中，很难意识到它们何等荒诞，何等可笑。过去数周，他为之沸腾，为之焦渴，乃至疼痛的，实际并不存在，是这样的吧？不是它们离去，或是发生了变化，而是本就没有——仿佛耀眼夺目，但与坚硬的东西轻轻一碰，就碎了。

他怎么会忘了，忘了人和人从来不同，忘了他也不似从前，忘了这些年，他几已不再做梦，只关注于无处不在的现实，沉浸于无所不在的现实。因为当下无法假设：她疾病或是健康，他坚持抑或放弃，到底会导向何种不同——也许并无不同。万千宇宙叠加唯一的结果。全都一样。假设的道路并不存在。那就不存在。

很难说清他究竟被她撩拨了什么。此般情境也没什么不好。耻辱吗？有一些。羞愧呢？也有些。怅然？失望？不，比这多，但还好，还能忍耐。还有别的。最重要的是他不懂。不懂他人，也不懂自身。不仅关于她，还有祝楠，比如，他为什么没有带上她？不过现在也不是终点，并不意味着所有可能性的终结，但现在你需要做的是体面地跟她说晚安，然后离开，回家。

祝楠坐在工作台边，台灯照耀她单薄的身体，连墙上的影子都透明而易折。他还以为她的体重无可再降，但她依然越来越小，仿佛是那些高高垒砌的图册，或是围绕不去的空气吞噬了她，而不是疾病或是限定的饮食。她的头发白了许多，颊上两片黄褐斑向着鬓角弥漫，近了看乌青一片。但那张平静冷淡的面容，从他第一次看见开始，就没什么变化。

他拉来凳子，在她身旁坐下。

"我那个学生做了剧，我去看了。挺好的。跟希腊神话有关，但是偏女性向的。"

"我和你提过她。她之前看过我的剧，《暴风雨》。还记得吧？在杭州，胜利剧场。那次你不在。"

"那天效果还好，有个演员临时有事，我自己换戏服演了一场——'现在我真愿意用千顷的海水来换得一亩荒地；草莽荆棘，什么都好。照上天的旨意行事吧！但是我倒宁愿死在陆地上。'"

"明天我不上课了，"他说，"今晚你想早点睡吗？"

他觉得她在说话，但是如此含糊、缓慢，得俯下身去，非常仔细地聆听，才能明白她在说什么。他听懂了，然后说不，没有那样的可能，"我已经做了我想做的一切了。"

洄游

05714号失踪的第三天，小马和往常一样，在办公室内打着蜘蛛纸牌作为午休消遣。两点钟，他接到一个电话，对方自称是省电视台的记者，想了解下此次事故的相关情况。

"您好，贵姓？"

"我姓卢。"

"卢记者好，是这样的，如果您开着录音机，咱们就不聊了，我个人代表不了政府，至于具体情况及救援进展，此前我们也都通报过了。"

"嗯……那如果我们只是了解下渔业的基本情况呢？应该不会让您为难。"

他思忖片刻。"我尽量回答，但我还是得说，卢记者，我个人无法代表政府，只能作为朋友，简单聊聊。"

"好。我之前查资料，看到一个数据，说全国范围内，每年每十万渔民死亡或失踪四十人，但有学者测算后，说数据明显偏低，每年每十万死亡或失踪人数应在两百左右，因为许多渔民没有承保，还不包括致残、砸伤及瞒报的，至于我们这边，据说每年死亡或失踪人数是三十三人……"

"'这边'包括哪些？"

"整个象山港。"

"不是官方数据，我们很难同意。"

"您观察、统计下来呢？"

"既然有公开数据，那就以此为准。"

"嗯……我们之前采访时听说受损船只已近服役年限，出海前的那次船检，船工发现底板出现了三到四厘米进水，但政府检验部门却说没什么问题。"

"不好意思，这个我不清楚。检验不在我们这边，但既然允许出海，我想应该有充分理由。还有，当时我不知道你们采访的是不是一线船工，但每次出海前检测，查出一些问题我想也是正常的，否则年检的意义在哪？但因为涉及的问题比较细节，我个人确实很难回答。不知道卢记者是否清楚，渔业下面分好几个部门，有养殖、产业、船检……现在还有休闲渔业，光执法部门下面就有渔政、渔监等等，各部门相对独立，不是您所有问题我都能回答。"

"明白。家属那边曾表示，搜救中心反应不及时，各部门间相互推事。同编组船只报警三小时后才有救援行动。"

"救援中心肯定是第一时间反应的。"

"这个跟我们了解的情况不符。"

"那只能建议您再核查一下,一般来说,除非信号问题与极端天气,从接到电话到派遣救援,中间极少有间隔,但就像我之前说的,这事并非我们负责,无法提供详细记录,还是应该找找相关部门。"

"嗯,失事船只据说是危险系数最高的钢质帆、帆涨、帆张——"

"没这个说法,要么是帆张渔船。"

"嗯,帆张……属淘汰整改之列。"

"是,各地都在做渔船的更新换代工作,但实际操作起来肯定需要一点时间,我想这个您应该也能理解。"

"我个人有个疑问。"

"您说。"

"我想,船只在这样的情况下仍然选择出海,是否跟处境艰难有关?听说省内渔船亏损比例是二八,只有两成渔船能够赚钱。"

"是吗?我不知道,您从哪儿看来的?"

"……如果船只本身造价很高,加之购入的是温台等地的淘汰渔船……"

"你弄错了,"他出声打断,"贵的是执照,买的也不是淘汰船只,而是捕捞证,证件规定了你的渔船功率、吨位、作业范围及时限。但证件数量是有限的,打个比方,我们每年的发放量只有五千张,老的想扩规模,新的想加入,怎么办?海区就那么几个海区，数量也就那么多数量，怎么办？只能去别的地方购买。"

"……我想说的是，既然渔船存在那么多运营难题，为何这几年政府仍一再下调柴油补贴？"

"为什么？"他笑笑以降低讽刺，"你说柴油补贴的存在是为什么？市场行为市场调剂，有什么问题？补贴的必要性在哪里？一面高喊市场自由，一面责怪调控不力，要么你来告诉我，这是为什么？"

对方不作声了，他和缓口气："不好意思，卢记者，就像我再三强调的，以上都是我个人意见，并不能代表政府。"

对方道谢后挂断。小马坐在电脑前，瞪着面前的红桃草花，不免埋怨自己欠缺冷静。他关掉电脑，拿上钥匙，打算去码头那里散个步。

村委会居岛屿西北位，是一座两层高的砖石小楼，公务员总共五人。大门出去后右拐，经防汛防台形势图及振兴乡村规划表，穿过老街，再右拐一次，就是滨海大道。这条崭新宽阔的水泥路建于七年前，由上任书记主理。书记个头高大，皮肤黝黑，唇上蓄了一抹短短的小胡子。他是村内第一批中专生，做过二十年船老大。上任后，他去各地渔村考察了一圈，认为近海渔业颓势难改，必须发展三产。他辗转找到浙江工业大学的一位老师，委托设计了村徽和商铺。村徽由圆圈、梯形及波浪构成,用了红白蓝三色,直观得无需深究,沿海商铺的造型创意则取自集装箱,可移动、可组合,书记个人颇为满意,但他的继任者私下却和人说像个工棚。总之,和所有良好意愿一样,不可避免地会遇到阻力。几年下来,除了这条大道,什么也没建成。被征用的地皮保持着被犁开的状态,一畛畛地荒芜了下去。木头木脑的脚手架和推土车代替了被推倒的建筑,成了大地全新的附属,野草和尘土在铁皮上横躺竖卧。村委会用竹篱笆将荒地围了起来。没过多久,田旋花与阿拉伯婆婆纳就毅然越过了边界,在水泥和黑土间拓出了一片自由领地。

暗绿丝绒沿着大道阔步向前,到达海岸后忽然奋起一跃,跃上海岬,攀上岩层及悬山。如果站在半空俯瞰,本岛仿如一把松散粗劣的扶椅,三高一低,椅面下倾,倾入东海。与之相对的是三座并肩矗立的小岛,居中的最大,像一尾满身白斑的灰鲸,迟缓地平展着两侧鳍肢,凫在不很清澈的水上。

女人们在码头左侧的沙地编织渔网。小马看见林和富也在其中,一只胳臂夹着渔网,另一只手举着梭子,费力地劳作着。身边停着他的旧自行车,脚边是带着网兜的保温杯。他是个老鳏夫,圆滚滚的大脸,谦卑的笑容仿佛焊在了脸上。他老婆瘫了十年才撒手离去,现在他仍然习惯了什么活儿都干。见了他,小马忽然记起,之前的新闻弄错了一处细节。报道称,失踪者共十四人,实际为十三个,林和富本该在船上,但当天他上货时被装满冰块的泡沫箱砸伤了左手,林老大便没让他上船。

想起报道里的疏漏,小马对自己问答中的简慢便有了轻微的谅解。渔船尚未返航,码头泊着几艘运输船,船体用蓝漆刷着"海霞渔业"的字样。保安林国祥在金利商行门口背手而立,眼睛紧盯着几个正在卸货的外地船工,身旁的路灯下是两只肚皮朝天、早已死去的鲨鱼。

小马上前递了根烟,保安接过,饶有兴致地问起老村委改民宿的事情,小马含糊道:"还早吧。"

"书记呢?"

小马撇撇嘴,意思是正坐帐军中呢,他半开玩笑地问保安想带谁住,"这么猴急干嘛?"

"啊呸,我挣的这点钞票……从早到晚,吵都吵不完。"

他假装关切地吵架对象是谁:"总不会是老婆吧?"

当然不是,保安迅速否认:"外地的。"

那人二十来岁,可能刚做船员,对规矩简直一无所知,还想把电瓶车带上船,幸亏被他及时拦下。对方不服,试图硬闯,他干脆拉起围栏,要求对方出示船员证。对方不肯,骂他是狗:"给了你多少钱?干得这样卖力。"僵持不下时,有人正巧经过,劝说了两句,年轻人才把车子推走了,回来时嘴巴仍然很老。保安记得,其中有句"日个脓包",他问这算哪儿的话,"湖南?贵州?江西?"

"贼配生的东西，"保安说，"我做船老大时，他毛都不是。要不是人多，早就扇他了。"

说到这里，他涨红脸，呼一口气，鼻毛在风中轻轻招摇，小马安抚道："是怕被偷吧，一台车少说要两千块。"

"谁要偷他？本地人谁要偷那破车噢？"保安略略愤怒地举高了香烟，烟灰抖抖索索地落在他工服袖子上，小马退后两步，以免烫到自己，"电瓶车带上船会炸的啊！"

小马说是，保安发泄完毕，又问："你知道那天劝和的是谁？"

"哪个？"

"林老大。"

啊，小马不再敷衍，他确实吃了一惊。他这才反应过来，保安说的是开渔日当天的事。

"那人应该是林老大船上的，不然怎么肯听他？我就知道，这种人一定会吃亏，"保安说，"不过那天他们开船就比人家晚了，这个你知道的吧。"

今年的开渔日和中秋是同一天。本地渔船共六百六十七艘，按每艘十人计，码头当时至少聚集了六七千人。除船员外，还有一些是卖牛仔裤、滑雪衫及烤鸡腿的临时摊贩。本地保安因此全体出动，市里又格外抽调了一队海警以维持秩序。开渔的爆竹响起后，渔船们纷纷擎着黄灯，驶入黑暗，唯独05714号留在原地。林老大的老婆詹细芬先回了趟家，之后带着香柚、雪梨、佛香返至船上。但渔船仍连接三次冲海不成，远远落在了其他船只后面。

"注意到了吧？"

小马不无尴尬地说没有。看完开渔他就走了。他们邀请了数家媒体参加开渔节，但最终只来了两家小媒体，其中一家还是私营文化公司。仪式四点四十八开始，三点钟，天空飘起细雨，雪窦寺来的高僧在停车库搭了个临时雨棚，勉强做完法事。小马则一直陪着媒体，主要是给摄影撑伞，防止器材被淋湿。他印象最深的是蒲团不够了，一部分信众便直接跪在一次性桌布上。塑料太薄，他们膝盖全沾了泥，像被土地敲了印章。想到这里，小马不无怨怼地记起，媒体仅在网上发布了两条短视频，浏览量奇低，还不包括干部自己贡献的。

保安还在说早上的事。上午十一点，05714仍困守浅滩。此时细雨告停，天色阴沉依旧。早秋渗入骨髓的寒意让看热闹的村民逐渐失去了耐心。除保安及警察，多数人都离开了码头，各忙各的去了。直到十二点半，05714号才跟在一艘运输船后缓缓离港。

保安认为，如此不顺已是征兆。他提及林老大有次也是临到出海，一名船员忽然被砸伤手臂。那次船只开到半途，发动机忽然坏了，十二个人漂了一天一夜，遇到一艘过路船才回来。九二还是九三年的事？

小马没回答。他知道这件旧事，虽然当时他才四岁。但他不想再听保安不着边际的分析，或者说，让他更加不快的是那些洋洋自得的判断和评价，那些嚼了又嚼的讯息与传闻。他盼望着最好来个什么人赶紧打断他们，就在这时，保安像是见到了什么似的蓦然大喝一声。小马回头望去，发现是一对父子在试驾无人机。俩人追着飞机，差点跨过了安全带。机器通体雪白，闪着红灯，像蹒跚初飞的乳燕，在陌生的气流中飞得很不稳当。

他趁机脱了身，沿着防潮堤坝，慢慢向前走去。太阳重新回到了云层，海面看去灰蒙蒙的。远处悬山上的树林已经变成了黑色，树梢挂着几缕薄纱。天空阴郁而浑浊，向下迫近铅色地平线，海天交界处就像一张纸上淡淡的折痕。再下去就是船厂，渔船都在那里检验、维修，锈迹斑斑的巨轮排着长队，仿佛悬浮在陆地尽头。他停下脚步，转身向办公室走去。

到了晚上，在电视前守了两小时后，小马终于意识到自己多虑了，新闻报是报了，但只是一条滚动字幕：

> 参与本次海上搜救的船艇有：中国海监7029，7018（搜救指挥船），中国渔政3014，3033，3056，中国海警2204，1302，东海舰114及附近作业的十余艘渔船。东海救助局派直升飞机参加海上搜救，分别是海巡0730，东海救119。参与救援的船只共计二十一艘，为历年规模最大的一次搜救。

批示者的名字。救援机构的名字。失踪者的数字。只是数字，没有名字。数字做了更正。他思忖媒体换了报道方式，是否跟上级部门施加了些许压力有关，还是事故已成旧闻，大众注意力早被新的热点取代。规模历年最大？可以这么说。上次失事是三年前，搜救规格也是历年最高。字幕静静滑过，紧随其后的是明星之子吸毒及潮州客车自燃通报。他把遥控器还给母亲，自觉松了口气，但仍有股沉重挥之不去。

失踪的十三个人分别是船老大林国枢，大副林忠善，二级助理船副童胜宽，助理船副王清龙，二级轮管林良坪，轮机长方万堂、曹文懋，船员林国成、林尚福、谌祖贵、谌志刚、应朝华及段庆军。除了家属，还有谁还记住他们的名字？

9月17日凌晨，出航不到二十四小时的05714号消失在了AIS系统中。同组B船老大林国权在十二点二十八分接到一条信息，A组船老大林国枢问他在不在，声音听去很急，他答说在，问怎么了，林国枢未做回复，他追问到底怎么了，对方仍无应答，船只信号已经湮灭无寻，他随即报了警。

当晚海风四级，不算坏天气。按家属说法，搜救中心直至三小时后才展开救援，错过了黄金救援期。事发第一天，省电视台找到了一位匿名船工，对方透露了渔船底板渗水等细节。这在家属内部引发了一次不大不小的震动。部分家属去了林老大家，追问真相何如，不过这位新晋寡妇和她们一样，对此一无所知。连着五天颗粒无获后，詹细芬便提议家属们一起去观音山祈福。虽然此前有过不愉快，但还是有五六名本地家属参加了此次祈福活动。一行人包了一辆十座小巴，开到山上，并住了一夜。半夜一个家属忽然发起高烧，找了个师傅诵经才退。下山后她们收到了一条讯息：一艘岱山渔船捕到了失踪船只的渔具。网到渔具的位置和船只最后出现在系统中的位置相去不过六十海里，海水流速3-4节，移位远小于推测。搜救船只随后在附近集中展开了搜救，并未发现任何值得注意的漂浮物。

通告由市渔业局统一发布。到了晚上，因为气象中心通报未来二十四小时有十级大风，搜救中心被迫撤回四艘防风能力较弱的船只。第二天早上八点，小马上班时发现村委办公室被愤怒的家属给占满了。

他花了点时间才把家属面孔和船员名字对应起来。虽然面孔各异，但诉求都很一致：目前仍在七天救援期间内，为何要撤回船只？

"大姐啊，"小马苦着脸，"说起来真不怕你们笑话，一艘钢制渔船服役上限也就二十五年，我们设备至少十七八年没换过。现在哪艘渔船不能抵抗十一级大风？可执法船有时遇到八九级的都够呛。赚钱的时候你们十二级台风都不避不回，现在出事了，十级以上的台风也要我们这样的小船救援，不现实的对吧？"

手机响了,地址显示是辽宁营口,他做了个暂停手势,接起发现是银行的推销电话,问他需不要私人贷款,小马在其介绍利率时挂断了。

说到哪儿了?哦台风——"其实不用急,我们只撤回了四艘,还有十多艘一直在海上搜救,我们承诺,台风一停就即刻返回。"

家属们连茶水也没喝一口就回去了,小马没想到的是,自己信誓旦旦的承诺到了下午就成了过兑付期的支票。搜救中心打电话来说,推断船只已沉,所以改由测绘船舶前往勘测。撤回的船只不再回派,"救援船只数量足够了。"

小马略过"单波束、多波束"等术语,追问道,目前 VIS 和 AIS 系统中仍未发现有和其他船只的碰撞痕迹,船只难道是自沉?

"不是不可能。"

"会不会太快?一艘轮船少说也有三四百吨,彻底下沉怎么也得五六分钟。B 组老大说几秒就看不到了,这个情况相当罕见……"

"得找到沉船才能知道怎么回事。"

"现在的难题不就是找不到吗?"

"这不正常么?已经第六天了,还有一天就停止,最后一天找到的概率能有多大?互保协会那边保险金额已经发放到位,签字的话差不多三天就能打款。"

他想说什么还是放弃了："让保险公司自己联系吧。"

放下电话，他在桌上拍了一拳，同事小樊诧异望来，他挥手说没事。小樊也是驻村干部，比他小两岁，晚来一年，人还老实，就是话太多，很多话他便不想讲。他理解搜救中心复杂的轻松，但他无法轻捷抽身。林国枢曾救过他。小学三年级的暑假，小马独自跑到海边游泳，左小腿忽然抽筋了，快失去知觉时被在码头补船的林国枢一把捞起，后来他妈便让他拜了干舅。

他想不起来当时怎么会独自跑去海边，未必是胆大、疏忽，而是他就想那么做。很早之前的事了。过去岛民们彼此熟识，不知隐私为何物，谁捕到大鱼，谁更换船只，谁热衷捐款，谁一毛不拔，谁轧姘头，谁快死了，全都一目了然，但现在知道林国枢是小马干舅的人不多了，许多人都离开了岛屿，在城内置业定居。搬迁的理由其一是教育。岛上只有一所小学，原先在老街，后来迁至村口，四层砖砌小楼代替了到处漏风的卵石平房，还建起了人工草坪和塑胶跑道。但再好的设施也不能替代师资的流失。还想打渔的年轻人越来越少了，好几个也曾壮志踌躇地登上渔船，两天后晒脱一层皮悻悻搭船回家，再不提出海二字。这些年，大家愈发认识到教育的重要性，有点钱的岛民都不愿让子女在这儿将就，就读的多为民工子弟。况且，即便在村中读完小学，中学咋办？

屋子还在，但大多成了没有人气的空壳。烟酒商行被两家超市抢走了不少生意,早餐铺对面照相馆的主营业务成了拍摄外地船员证件照,旁边的五金店倒闭后变为太平洋保险的临时理赔点,地上电线绳索蛇样盘结,看去有如毁圮的建筑工地,水泥墙壁贴满各式办证招工广告,饭店琳琅拉杂,什么都有:江西炒菜、贵州米粉、广式烧腊、兰州拉面……唯独少了村民最喜欢的鱼饭。一个不起眼的门帘写着"塑业创新基地",以及"穷人想什么,想想?"还能想什么,除了钱?这里日渐陌生。留下的人则以守旧为傲,靠着酒精自我麻痹。他比那些冥顽不灵的老人好些,还能接受变化,不愿接受的就把自己埋进了墓地。反正要死,越快越好,再晚些,那点茔土也要被不断外扩的马路给侵占,就此荡然无存了。

头七过后,小马下班前给母亲打了个电话,说自己晚点才能到家,饭随便做,有什么吃什么,然后去超市买了几盒糕饼香火。从村委会去林家得经过村小,今天学校门口挤着不少人,和往日气氛大不相同。他有些好奇,但没明白到底发生了什么。林家位于老街以北,过去属于还算显赫的屋子,这几年新楼层出不穷,它夹在其中,显得寒碜老旧。门口的地垫流浪汉似的歪斜着。紫铜大门锁得很死,小马在地垫上蹭了蹭鞋底,重重地叩了下门环。

门开了,院内飘着浓重的香火味。很早之前詹玉芬就做了居士,在家中设了个佛堂。堂内长案新添了张遗照。遗像是早年照片放大的。相片中的男子蓄着唇髭，带着一顶哈尔滨买来的靛蓝色假海军帽，单薄羸弱，年轻得像跟她有隔阂。天井中的水池搭着三把干透的拖把，拖把脚下是两盆矮金橘，树枝上扎着红结，果子和叶片无精打采地垂着头。小马把糕饼递给她，她客气地说不必要的，随手却把礼盒放在了墙角。小马磕完头，詹细芬领他到餐厅落座。餐厅十分简陋，一只碗橱，一个圆桌，几把方椅，地上铺着大理石，温度比天井还低。纱布罩下是一碟鱼干，一碗咸菜，看去放了很久，小马怀疑倘若送检，超标的亚硝酸盐估计够毒死半头大象的了，所以被盛情留下吃饭时，他推说近来牙疼，吃不了什么。

"还是不吃长眼睛的东西？"

"不吃呢……别麻烦了舅妈，我妈还等我回去。"

"奇怪，什么不长眼睛？上辈子该不是个大师父？"她伸手捏住他胳膊，隔着衣服揪起一块肉，"还好，一点也不瘦。"

"酒喝太多。"

"你爸当年也爱喝。"

小马丧气地解释说不是爱喝，是免不了。性质不同。

"姗姗这几天回来没？"

"她多忙？我说这几天不急，等差不多了再回来，事凑一起办……还是在老家好，你跟你妈离得多近。"

"女孩儿在市里好。"

"是这么说，但一年也见不到几回。"

洄游

表姐林珊珊在宁波一家广告公司做行政，小马前段时间听闻表姐经人介绍，认识了个民法律师，对方年纪不小，不知进展如何。他不想细问，以免引火烧身，被问为什么迄今仍是一个人。他有过女友，俩人为大学同学。女孩老家山东泰安，毕业后随他来到杭州，在自然资源部第二海洋研究所做天气预报。他对科研毫无兴趣，毕业后回到老家，考了事业编制。那时不少人会说他这样的年轻人很难得，但对他自己来说，这一选择十分平常，其中并无崇高或特别的成分。有段时间，每个周末他都会叫一辆金杯开去奉化火车站，再搭乘动车去杭州。女孩跟人在保俶路一带合租，他去了，俩人就住在二所附近的湖光饭店。服务员、前台都跟他混得很熟，知道什么时刻收拾房间最合适。可没什么用，半年后女孩提出分手，后来他才知道是找了所里的同事。

他不愿细究他们在一起多久了，虽然夜深人静时也会冷不丁想一想。他不急于结婚，但跟上次的失意没太大关系。不是她的问题，至少不全是。他回忆当时跟她一起逛街，她在影楼的婚纱前流连，他从未掩饰过自己的不耐烦。他也不喜欢这样动荡、颠簸的两地往返。如今正好，谁的选择都是选择，哪种结果也是结果。他偶尔怀念她绷紧的大腿肌肉，好几回做到套子掉里头了，他趴下身，掌心压平起皱的床单，伸出两指，捏紧橡胶口，小心钳出，倘若不慎碰到，她会下意识地退缩、绷紧——

顶上方形天空的颜色正在变暗，黑夜带着分量直直砸下。詹细芬却没开灯。小马抬头才发现灯管空了，问怎么回事，她说昨晚灯管开始频闪，今天下午"啪"地炸了，里头的白块块飞了出来，"吓人吧。"估计是镇流器坏了，小马说，过几天空了给你重安一个。

"这种事早说啊，给我打电话就好，反正也近。"

"没什么事，能有什么事？方便了来吃饭。"

小马随口便应，隔了会儿告诉她今天小学门口围了不少人，不知怎么了。

"是吧，没注意呢。"

小马略略伤感地觉得舅妈反应较之前慢了许多，考虑到她身处的困境，那些手续，账单，程序，倒是可以理解。她说起十多年前林国枢曾捕到过一次遇难者，"说是朝鲜的，还穿着救生衣。"

"现在还没别的消息，"小马仔细辨别着舅妈话里的多重意味，羞惭地说，"我们什么也没发现，除了网具。"

她扶桌站起，颤巍巍地从客卧取来一盏油灯："很多人都说船只到年限了，哎，我们九六、〇四年都换过船，离年限还早着呢。"

小马说是，将视线从她暗黄浮肿的脸上移开。五点多，他告辞离去，走到一半却莫名不安。钥匙，钱包，手机都在，都在袋里好好揣着，可仍觉不安，迟疑片刻，他跑了回去，发现舅妈趴在桌上。

小马好不容易才找到一辆生锈的自行车把她送到了村卫生所。所内只有上了年纪的男医师在,量了血压,说是偏低,但具体原因不知道。所里没有任何像样的设备支持更为细致的检查,医生建议去市医院做下脑CT。她缓过来了,号称只是低血糖,闹着要回家,那打两袋葡萄糖吧,医生说。

输液挂上了,俩人守着两大袋滴液,有一搭没一搭地闲聊,巴望药水尽早见底,但它不争气地总不见少。她难为情地要求调快些,小马严正拒绝了,等他精疲力竭地沿着滨海大道走回家时已经超过了八点。海边没什么人,两个小年轻骑着摩托车从旁经过,声响大得好比拖拉机,强势地压过零星的犬吠。岛上几乎家家养狗,但没人养猫,他习惯了也不觉奇怪。穿行在路灯投照出的一段又一段长光中,他忽然想起中秋那天在码头看烟火彩排的景象,空中交替着雀绿、橘金、胭红,再一并褪去。抬头看去,月亮从当日那块闪亮、浑圆的银饼缓缓蜕变成了今天这枚尖锐、亮白的鱼钩,远处的电厂在黑夜中猎猎燃烧,像滚烫的钢水无止流泻,仿佛能烧到世界末日,不像那天的火花,窜耀了一下就没有了。

小马在老街买早点时才终于弄清那天傍晚发生了什么。这段时间村小放学后,有个男人总在女厕门口徘徊。被留下打扫卫生的小女孩们隔着几米开外的距离一个接一个地跑去围观,最大胆的那个则镇定地进了厕所,在水池边洗了抹布,甚至还洗了手,回到教室后却突然红了脸。那天正好一个二年级女老师在,听见孩子们聚在一起窃窃私语,并不时发出阵阵嗤笑,便追问怎么回事。起先没人说话,最后一个班干部举手嚷道,有个男的在厕所门口挠痒痒。她纳罕地跑去看了看,发现对方站在男女厕的过道,上衣大敞,裤子褪到脚踝,手里握着一个灰暗发红的东西,像那里被开水烫伤了一样。她愣了会儿,看清是怎么回事后,把那些嘻嘻哈哈跟过来相当多事的女孩们揉回了教室,然后深吸了口气,让自己冷静,给校长打了个电话。

据说那人是一个外地船工,这倒没什么稀奇的,大家诧异的是别的,按照女孩们的说法,他出现了至少一周多,为何能如此自由出入?老眼昏花的保安没被开除,但群情激愤的家长们决定自行接送。

有人在追问后来怎么处理的,小刘师傅没回答,油条不够了,大饼还多出几张,他戴上袖套,从容地打开油锅。他老婆在旁套纸袋。俩人速度都不快,大家耐心等着。排在小马后面的老人忽然发起小火,咕哝道:"越来越不行了!"说罢拂袖离去,不知抱怨早点、师傅还是学校。众人僵立片刻,摇摇脑袋,又开始闲聊。小马对老人倒很熟悉,每天早上路过阿发水果店,总能见到他坐在若明若暗的内屋里拉二胡。

滚热的油烟让空气变形融化,小马心不在焉地想起过去的小学，那时候课桌烂出了窟窿还在用，洞眼大得能容一个小孩儿胳膊通过。他喜欢上课时把手塞进抽屉，清数历年攒下的水浒卡片，为此挨了不少教棍。木棍虽举得高，落下来却不痛。班主任是个五十来岁、说话结巴的老头儿，烟瘾奇大，一下课就在走廊抽烟。办公室的鱼缸养了只巴西小龟。小马被抓去罚抄，总会趁其不备，从口袋掏出小浣熊干脆面进行投喂。操场是块沙地，秃得寸草不生，左角安了个石头滑梯，磕破脑袋、撞出鼻血的倒霉孩子不在少数。起风时尘土漫天，一下雨又成了泥塘，他们就在泥坑里打架、掼炮、赌博，个个脏得像是用泥块刚捏出来似的。现在的孩子，怎么说呢，与其说是安静规矩，不如说是忧郁死板，打架对他们来说就像野蛮人的行径，他也想到，一个失事船员的孩子就在村小读书，有无可能正是目睹者之一？

他带着温热的思绪及油条踱入办公室，小樊一见就问，听说了吧。

"什么？"

"有人捕到遗体了。"

"哪个位置？"

"188/6海区。"

"跟上次没差多少啊？"

"还是那一带。"

"之前怎么没找到呢？"

是奉化的一艘渔船捕到的。放了十个钟头的渔网，起网时出奇的轻，船员们看见花蟹和红虾中现出一片黄色雨衣。他们把渔网和那些不安分的四下爬动的生物清理干净，从遗体所着工装的内侧袋找到一本船员证，然后通报给了搜救中心。

搜救中心再次派出了测绘船舶，这次他们找了疑似沉船——33米长，8米宽，高出泥面5米，主机功率396瓦，各项数据基本吻合。四名潜水员多次尝试进入舱内施行遗体捕捞，终因水深作罢。此时距离船只失踪已过了十五天，保险流程也已走了大半，船员家属基本都签了字。

新闻只说发现了遗体，未提及遗体的具体情况。作业时他身穿的雨衣雨靴使其在盐水、鱼吻及其他海洋生物的侵袭中勉强保住了完整。死者叫谌志刚，贵州人，未婚妻叫朱绮。不知为什么，小马对她印象颇深：蒜头鼻，马尾辫，圆脸蛋红扑扑的，不爱说话，看去很腼腆，眉眼间却有股不甘驯服的劲。她在超市里做促销员，做得很懈怠，没人时爱靠在货架上玩手机，脖子后面有枚六角形文身。她住村北，那里的屋子由卵石、瓦片和杉木建造，迄今逾六十年。经年累月，风侵雨蚀，木梁屋顶朽烂不堪，门头挂着"危房小心"的警告，但一点也没影响房东的租赁生意。住在这儿的多为初来乍到的外地船员或船员妻子，因为便宜，每月才两百块钱。留居的时间再久些，他们大多会换到那些九十年代或是世纪初建造的更新的屋子里，那里的月租金大概在五六百，贵的也不过八百。船员年

洄游

薪八到十万,在这生活不太会是问题。

小马给朱绮打了个电话,说了大概,她听完说,知道了,公婆会来处理的,你们直接打给他们也行,停了片刻,她说了自己的问题:俩人只办了酒席,并未领证,在当地可算定亲,但在这儿可能就失效了,"我想问问,这个情况的话,能领到保险金么?"

"没领证的话那在法律上就比较弱势,"小马说,"不过具体还是看各家做法的,这个最好跟他父母商量,说不定会分一些。"

朱绮"嗯"了一声:"他还有一个等着结婚的弟弟……"

小马沉默片刻,那头电话已经挂了。朱绮曾是少数几个不愿签字的家属之一,他这会儿才明白是为什么。涉及这样一笔巨款的分割,他不愿细想内中龃龉,跟他也没关系。他只需知道,谌志刚父母将会从贵州赶来(那是他们第一次坐飞机,得从大方山内赶到贵阳龙洞堡机场),辨认签字,就地火化,领走骨灰,他们不会在村中多作停留。谌志刚的叔叔谌祖贵是个老光棍,所以保金也将由两人一并领走。他只需要知道这些,够了。

发现遗体并未带来实质的影响,理赔还是按部就班地进行中。但发现之前,另一个船员段庆军的家属邹幼琴曾跑到村委,指明要找小马。她在海丰饭店做服务员。海丰是村内唯一带客房的旅店,由现任村支书的妹妹所开,大部分客房都被长期预定,所以并不对外开放。规定没那么严格的时候,政府招待都选在海丰。小马和她打过几次照面,只能算点头之交,那天她忽然跑到村委,不免令他有些意外。电脑还开着,扑克也晾着,他伸脚踢脱插线板,屏幕瞬间黑了下来。

她先说自己原先也是渔民,村子就在长江边上,小时候白条多得只要站在岸边就会往你怀里蹦。后来就捕不大到了。政府提出禁渔,说了好几年,大家没当回事。去年年中,村委要求今年一月之前上缴所有船只。随后,他们雇人在岸堤挖了只深坑,用铁锤将征去的船砸成了木板和铁皮,淋上汽油,点起大火,全都烧了,剩一点铁条钢丝,被老头老太太们捡去,卖给了废品站。

丈夫老家和她家相隔不远,同样祖辈打渔,一离开船就睡不着。刚刚上岸那几天,他半夜溜回船上睡,早上再偷偷溜回来,直到最后船被砸了个稀巴烂。烧船的时候,丈夫就在旁看着,回去后生了场大病。

上岸买房有部分补贴,但杯水车薪,他跟着几个邻居在附近工地找个活儿,离家二十公里,于是买了辆自行车,骑着上下班。他没怎么骑过车,第一天上班就摔了一跤,还好摔得不重。后来他把座椅调矮了,像个儿童车,快要摔倒时,就用脚掌抵住地面。他在工地做小工,干了一个月,肩背处处是伤,最严重的一次,腋下被铁钉划了道两拃长的口子。后来听说这里可以打渔——当然,全然不同,可某些方面也差不多。

洄游

两个儿子都已成家，但仍需贴补，所以他们跑到这儿打工，他做船工，她做服务员，想着能做几年是几年。

小马听完一时不知道该说什么，半天才想起摸出纸杯和茶叶给她泡上："那你现在怎么考虑？"

"很多人说，船不是自沉，不然速度没那么快。但也不是让大船撞了，因为如果是的话，你们应该能在那个，那个系统中看到，两公里外它就会报警。"

她说话平翘不分，"自"发成"志"，还有南方少见、又迥异北方的儿化音。

"是这样，大部分事故跟瞭望不及时有关，但问题是，航行轨迹也不一定准确，有时船老大自己也会关掉导航，"他想了想，补充道，"我不是说一定，就是有可能。你知道……"

"哦，关掉，会的，会这样。"

"或是信号不好，掉线之类的……"

"飞机出事，也有好几年才能找回的。"

"什么意思？"

"福建有艘船，漂了一个多月，漂到了台湾，同胞给送回的，还有海南那边，有人漂了一年多，靠着打渔、接雨水活下来的。"

他明白了："那边海况十分复杂，一般来说，失联之后就没有回来的案例。"

"是吗？"

他退后一步:"至少我经手的没有。而且这次时间也较偏久了,越久概率越低。"

"也不单是这些,"小马停顿了会儿,"怎么说呢,你们也是打渔出身,知道这种事情虽然不比车祸,风险总是有的,所以我想,你们应该多少也有思想准备。"

"哦,没有,我们没这样想,连保险都没买。"

"怎么会?"

他又不知道说什么了。按照规定,所有船员都得参保,个人险在一百一十万左右,根据从业时间、年龄籍贯存在一定差异。但这几年差异正逐步缩小。今年据说保额完全一致,加团体险,一个遇难者能赔一百五十万左右,村民们普遍觉得这是一个不错的数字。

"他到年纪了,又算临时船工,所以没想那么多。"

"我看看能不能帮你问问,团队一般一起参保,那也有四十万。"

"不是钱的事,"她把水杯放在脚边,小心扶稳,"完全不是。我只是想找到人。"

谁不想呢,小马说,可是无论救援还是捕捞,都是个太过复杂的事情,很多时候,跟个人意愿没太大关系。

还需要钱,需要资源,倾国之力所费不赀仍一无所获的不在少数。这样的私人船只飘在大海上,真微如一蝼。现在不像过去,人命值钱了许多,以前渔民们在海上讨生活,知道大

洄游

海慨然馈赠的同时也可能掠走什么。一代代人靠经验,靠智力,靠勇气,去生存,去博弈,剩下的听天由命。现在变了,更多靠仪器,靠导航,靠雷达。船舶技术日新月异,人员也换了一批又一批,新船员不用培训多久即能上岗,老人们渐渐退出了这项古老的营生。经验在技术面前不值一提。科学才是新的神祇。风险成了可被测算、估量的东西,以至人们快忘了这片蓝色疆域还蕴藏着什么——它们从未真正离场。

小马很沮丧,每次出事他都不可避免地感到沮丧。人们问责、调查、核实、反思,在灾难中总结教训,以求点滴进步,只是每当灾难和事故袭来,命运露出尖利獠牙,死亡坦然走入筵席,人的所有准备都显得徒劳且可笑。

小马答应继续跟进,她默然片刻,起身离去。快一点了,她不能待太久,还得上班。小马叹了口气,将没动过的茶水泼在窗前的文竹上,捏扁纸杯,扔进桶里。透过玻璃,他看到她匆匆走出大门,走进那片几何形的阴影中,蓦然记起她也住村北,与朱绮相邻。那排三厢房最东住了个哑巴,没活儿的时候她们聚在院内看电视,声音哇啦哇啦响。三个女人盯着屏幕万分专注,令人不免好奇哑巴到底能听到多少。他想起朱绮,想起她的问题,她的文身,她的睡床:缤纷,潮湿,温郁,女性的气味。温郁,缤纷,潮湿——或许还有另一个人的气味。

后来几天,每到午时她都会搬着椅子坐在居委会门口。

小马独自在办公室，远远地看见她穿了件褐里吧唧、皱不溜秋的外套，停在那条明亮反光的白泥坡道上，像镜面上一摊肮脏污秽的蛾尸。经过的人虽不多，但谁都忍不住瞥一眼，好几天他坐在桌边，看着烈日下的身影，想的都是同一句话。看你能坚持多久。

坚持不住的是他自己。大姐，进来喝杯茶吧，他听见自己殷切的语调，坐会儿吧。她没动弹，小马一屁股坐回椅子，隔会儿站起，探头再看，发现她仍在那里。

大姐，他语气愈发殷勤，这样，你先进来，坐那儿没必要，进我办公室，咱聊聊。

她起身，提上板凳，靠墙放着。坐那儿吧。他轻拍了把墙角硬木沙发后背，给她倒了杯茶，顺手把茶几上画着圈儿的报纸给取走了。

"今天就你？"

"这几天基本就我，其他人在处理别的。保险的事你和保险公司联系过没？那边怎么说？团险到底给不给？"

"不是钱的事情。"

那应该找过。而且没什么结果。

"你们是没法捞还是不想捞？"

小马没接话，过一会儿道："你知道，大部分家属都已经签字，走理赔程序了。他们都接受了这个结果，而且目前是有定论的。"

"什么定论？"

她原本捧着水杯，蹙眉盯着几根漂浮打旋的茶梗，这会儿将头抬起，直视着他，他手指交叉，平心静气地回敬过去："什么定论你不知道吗？我当然希望能有个好结果，但我也不能给你虚假的——"虚假的什么？他停下，在空空的大脑里爬梳剔抉，想找到一个合适的词：信念？希望？都不好，不够准确。

她是个身材瘦小的女人，头发稀疏，白的远比黑的多，皱纹深镌在眉心和眼尾，而眼睛因为衰老和不如意被拉成了三角。嘴抿得很紧，皱缩得像一枚镍币，你可以忽视，但你深知那正是愤怒的中心：固执而难缠的长相。固执而难缠。

"七天这个数字是怎么算出的？"

"这是国际惯例，好吧。黄金救援期七十二小时，水上救援七天也是往多了算。市级搜救可扩延到半个月，家属要肯出资，一个月，两个月也可以，随便。但我也得照实说，这样做意义不大。有什么意义？每增加一天，幸存的百分比削减多少你知道吗？"

她压根没听："第五天还在救援期，为什么要回撤？撤回后也没再加派，不是吗？"

他有些结巴了："搜救中心做出的决定。"

"但是，"他想了想，又镇定下来，"说真的你与其为难我，不如直接去码头找点熟悉的渔船问问情况，在这坐着有什么用？渔船整天在海上，捕捞区域也相近，说不定还能问到点消息。"

她抓着左手拇指没作声，从他这个角度看去，像两只手在拔河角力一样。

"你肯定跟搜救中心和渔业局打过电话，那边什么说法我不知道，我想应该差不多，但具体态度上，我不信他们有我们这么大耐心……政府部门都这样做事，我们也不用干别的了。"

"你也不用问我假如家人在船上会怎样，我舅舅就在船上。"

干舅舅。去掉了"干"，谁在意？"总之大姐，你硬要在这边坐着，我也没办法，我也没叫警察把你拉走。对吧。因为心情都能理解。我都理解。但是，能理解和讲事实是两码事，事实是什么和想接受什么又两码事，坐在这边我只能送你三个字，没有用，知道吧，没、有、用，你想要钱，就去问保险公司，要想找人，我不知道，去码头或是别的部门？"

"我不知道能找谁，"她说，"我在这边，一个认识的也没有。"

今天叫她到办公室前，小马花了几分钟作思想准备（为什么是我？他愤愤不平），她感冒了，嗓子有些沙哑，但反应并未出乎他意料："你们没发现其他人遗体是吧？"

小马说是的，但发现了沉船。他抹掉了通报中的"疑似",知道对方依然不会注意。

"之前你还说,不可能发现什么了。"

他停了会儿。"我说的是'概率不大',不是'没可能'。报告写'推定死亡',有什么问题?"

"沉船里有遗体?能找吗?"

"可能。说实话不能确定,因为潜水员无法潜入舱内。潜水极限六十来米,那边超过了七十米。"

"其他呢?也没发现救生艇。"

"没有。"

"所以也不是说完全没有可能,没有那个幸存者。"

他叹了口气,让炽盛的怒火随叹息缓缓减弱。不可理喻他想。不可理喻之人自有其脱离现实又密不透风的逻辑,谁也无法撼动。任何证据都能被再次解读,最终纳入他们的体系。对他们来说,那不是驳斥,而是又一个证据,这些年他发现他们真的会相信是外国人、海盗甚至外星人劫走了船只。无法靠岸的船只,飞翔的荷兰人,他们真的相信这样的故事,而且坚信不疑。他还记得某个失事船老大的儿子在上海交大读电信专业,曾想自行研发设备,搜寻信号。

"我想知道——"

"你说。"

"要落海里了到底能撑多久?"

"一般五小时,白天说不定能撑久一些。但这个天气,到了晚上水温十度左右甚至更低。穿救生衣极限三小时。天气越冷,时间越短……怎么?"

"就怕支撑太久了。"

就怕他们一直支撑着等你们救援,却偏偏没等到,她说,你想过这种可能吗?

说来说去又绕回来了。哦,那恐怕不是这样,小马说。

"前提条件是能及时跳船,爬上救生艇。不说碰撞刮擦,船只下沉时的旋涡能不能避开都是难题。当然,一般船员都受过培训,知道出事时怎么跳。但危急时刻意外总是难免的,抽筋,心悸,窒息,呛水,什么情况都有可能,任何可能都会导致他们比预期时间更快罹难。"

"有些位置特殊的,譬如轮机长,他们一直在舱内,可能是很早出事的,因为来不及逃生。不过怎么说呢,从另一角度想,也不是最糟的……"

"最主要的原因是我们都不知道,我们不知道当时发生了什么。"

"是啊,你什么都不知道,什么证据也没,却说没可能。"

他感到血一下子从脚底冲到了头顶。"我从没……我说的是目前境况下,整整十七天,能幸存下来的概率极低,几乎为零,好吧,咱们摊开说句实话,概率就是零,那片海区吞没的渔船数量数不胜数,一年两三起船难都是往少了算。"

"既然找到了沉船,为什么不捕捞?活要见人——"

洄游

"——死要见尸对吧,为什么?说得够清楚了,所有家属都签字了。"

"所有人都签了,"他说,"除了你。这是私人渔船,不是大型客机,不是涉外商船,我们不可能为了一个人没完没了地打捞。她们为什么愿意签字?因为整船捕捞至少要两千万,这个钱谁来出?你舍得掏,掏得起,我们就捞,就算我们捞不了,也有别的人能做,只要有钱,一切好说。"

见她没什么反应,他也干脆停了一会儿。"当然,你签字不签字我个人无所谓,我只是通知。挨批评我认了。我们这种小喽啰,做得好天经地义,出事的话,批评一个不落。该挨的批评早就挨了,该做的检讨也都做了,这事儿早跟我们不搭界了,明白吧,你不能看着一个人好说话,就对他穷追猛打,归根结底,我也就是一个上班的,出了这间办公室,连个屁都不是。"

沉默片刻后他说,我不知道你能找谁,但你该找的、要找的人不是我。

"你可能觉得跟你没关系,"她说,"可如果人真的在海上,如果人还活着,哪怕就那么一会儿……你只是以为跟你没关系。"

他清晰地看见自己站在黑暗中。你要记得路。到时一定来。我们现在给你带路。你要记得。他摸黑起床,母亲仍在熟睡。他穿上鞋子，系好鞋带，披上外套，沿着道路向夜晚的某个深处走去。左手边是闪光的湖泊，右边是高高低低的垃圾堆，不通向任何地方的狭径，径旁的草叶顶着灰白的露珠。应该是去旧停车场，虽然到达后他发现看去更像荒地。时间既非春天也非冬天。要么晚秋？或许。草木萎黄细弱，但天气并不算冷。人们衣着单薄，好像全没察觉到四周的温度。他们忙着在硬土中挖掘深坑，埋入瓷罐，焚烧纸钱和符纸。火光照耀着他们的脸庞。瓷罐旁拴着一只公鸡。毛竹被制成了伞状，也有些像玲珑的阁楼。径一公尺，高一公尺，统共四层，每层以竹片为把手，竹片粘有七色彩纸，纸上绘着小人，小人上写着生辰八字。

有人在高呼着开始。他注视着三四个人拿着草席，包裹海水、沙土、香灰，那几个人，年轻男性，高喊着"起"，然后带着物品，从海边跑到停车库。伞柱插入罐中，他们轮流牵引。巫师高举长剑，诵念咒语，送物的人不断将水、沙、灰抛掷柱顶。人们翘首以待。他们在等待什么呢？天空和海水始终晦暗不明，像落在两个世界的缝隙。瓷罐旁的公鸡等得不耐烦，开始一声声打鸣。人们哄堂大笑，天仍未亮。

他隐约知道在等待什么。在那种古怪、沉闷的凝滞里，有人爬上了柱子。人群推挤着，涌向场景的中心。他下意识地抬头，看见一个瘦小的身影向上攀爬，敏捷得像只猴子。有人举高火把，凑近竹伞，他看清那个快速移动的不是小孩，而是一个女人。衣服也并非单一的黑色，在火光的映照下更接近于咖褐。爬至柱顶后她坐下，拿起放在竹席上的衣物，穿在身上。人们欢呼起来，拔出竹柱，抬起离去。

他跟随人们走上另一条路。一切都自然而然。那路比现实里长得多。他注意到他们要去的地方，地垫仍歪斜着，无论是地面还是胶垫都落满了乌鸦粪，散射开来像微风吹过蒲公英，毛茸茸的降落伞球向天空飞去。人们把女人抬进中堂，她的脸原本低垂着，这会儿昂了起来。

见到那张脸，其他人似乎并不像他那么惊诧。巫师仔细询问他的名字、家属名字、死因等等，她一一作答。他并不意外地听见她发出的是男性的声音。她在说那天的事，在快说到最后几分钟发生了什么时，人群骚动起来，开始朝前涌去，有人在哭，有人在叱责。他感到面红耳赤。有人惊恐大叫起来。他也转头看去，那艘渔船正悄无声息地驶来，幽灵一样悬浮在码头，有人高呼着"到港"，汽灯打在船头，明晃晃的一片，光线以一个圆点开始，舒展、蔓延，随着它的溢出、逼近，幻象也如陈旧的绒絮一般剥落——他醒了。

这并非本地的法事，而是发生在温州洞头，另一个渔村。梦境混杂了想象和亲历（譬如三年级的那次溺水，起先你会因为咸水蜇刺眼球、气压锤打鼓膜而惊恐挣扎，但只要再过一会儿，就会被死亡强势且温和地给驯服了），还有错位及拼凑（比如她的叙述细节，像资料及推测的重组）。一个本地人告诉他，爬上去的多数是身体孱弱的老人或妇女，而非身强力健的青年人，那一时刻，他们仿佛真的像被什么附身，在陡崛的竹柱上如履平地。

他还记得那个如梦似幻的晚上目睹一个女人爬到櫕顶的经过。她和他一样，只是一个过路者，来洞头是看望嫁到本地的姐姐，顺带旅行。她不知道自己怎么攀上了伞顶，记不起曾大哭一场，说出许多匪夷所思的答案。

起先他以为是提问所致，诱导所致。但他从对方的反应看出她确不知情。他很难解释那天到底发生了什么，这跟他成人后理解的世界有所不同，无法轻易地认同或驳斥，也无法论证，可是出现在那里就合情合理多了。离去或死去的人再次回来，让人觉得他们从未离去。

梦总在你不情愿的时刻戛然而止，它自有其意志。可是他想弄明白的究竟是什么呢？弄清他们最后到底经历了什么，或者只是证明他的判断没错，把那么重的指控加在他身上是不公正的。可是，哪怕他有一万种理由说服自己，只需一个理由，一个证据，就能将其全盘击溃。他怕自己真的在犯一个严重的错误，可究根结底，无非没有做到善好。谁又能做得到呢？谁能永不犯错？这与恶有着极为本质的区别，不，这根本不是恶。

无论如何，这个梦境仍不同寻常，它捡回、唤起了一些过往的东西。那些黑暗中的面孔他都认识，有些去世多年，有

洄游

些还在，却久不联系。如果要在他们身上寻找某个所谓的共同点，或者可以说，他们都属于一个业已消逝的世界，但在梦里，他们就这样挤在一起，熟络，快活，兴致勃勃，期待着某种振奋人心的骤变，丝毫未意识到自己的真实处境。

和多数人一样，他也认为耽溺回忆有害无益，人应关注当下及将来，而非执着过去。但在有些晚上，他也能看见当时自己和室友穿着拖鞋走在坡道上去街头小店打啤酒的景象。十块钱能打八斤，他们用食品塑料袋装着提回，举起搪瓷茶缸一杯杯分喝，喝到烂醉，醉得还剩一点意志，就翻出围墙，翻过南一门，沿香港东路，经海川、海口，徒步至石老人海滩夜泳。在那里，黯旧失色的沙滩嵌满破碎的贝壳，运气好的话，还能抓到木头般粗硬的活海星、来不及撤退的招潮蟹。游客们扔下的塑料袋被簌簌的海风来回拉扯，像一展展白旗。他们轮流解开裤子对着海水撒尿，他们在海风中并肩嘶吼《春末的南方城市》，早上醒来，一群人四仰八叉、只着裤衩躺在阳台，清凉的晨曦照拂着他们。谁都说不清怎么走回的，谁也不知道衣服怎么丢失的。

他记得蚊帐密如奶酪的破洞，记得四季不换、积满油垢的草席——实际也不冷———到十一月，那里就有暖气供应了。

那时。他还留着及肩长发——他发黄的自然卷的长发，像一把焚烧后的秋后枯草。他怀揣的一切还在腹中日日夜夜地

夜樱与四季

烧灼着他，现在它们退烧了，像喑哑发红的煤炭，残余一点温度直至热量全无。

后来他巡演来到宁波，标题就是"春末的南方城市"。小马去了现场，拍下视频发给室友，他们说——哈，你还在听他呀。一二还是一三年？毕业也没多久。

大三时，他们实际已经可以窥看彼此的将来：有人搬出寝室，有人备考托福，有人决定考公。他们一清二楚，却互不谈论。这么多年过去，总体而言，他们都得偿所愿，在美读博，就职国企，从事科研，唯独他，可他也得偿所愿——即便其选择会被视为保守，乏味，荒废，如有机会再选一次，他仍坚定不移——谁知道其他道路不是更保守、更荒废、更乏味？

他记得大学所学的部分知识。流体力学。他的论文。翻出来再读，陌生得像另一个人所写。也许确实来自一个陌生人。他拼凑内容，草草应付，如此而已。那论文能有多重要？事实证明，确实如此。恋情？某个阶段曾经重要过。亲人？或许是重要的。除了父亲。他不愿提及，却一步步成了那人的翻版，不可自控地将旧习一一捡起。都这样，越抵抗，越接近。

他一直认为自己除了体重，更多部分凝滞不变：他依然喜欢规律清晰、被安排、可掌控的生活，依然不曾贸然接受被灌入耳中的想法。这么多年，他身处其中，学会了一套圆滑、稳妥的言说方式，也尽量不让自己被规则真的渗透、改变。他顽固地保存着某一部分，不让它被任何渗透。倒是他那些朋友，忽然告却往日的朴质，坚硬的外观，穿着花哨的短裤，站在峭岩或瀑布下，又或是黄石公园，搂着比自己年轻许多的女孩，对着空气比出胜利的姿势。

毕业照就卡在某本相册，一些日子凝固的拓影，扁平的塑像。他母亲收起全部照片。一本破了就换另一本，空白页面等待被填满。大部分照片都是他的：童车里，台阶上，窗口旁，柳树下。或坐或站。集体照有专门的页面。大学那张，多数人他并不认识。据说有人缺席了。究竟是谁？人群清一色深蓝长袍，面孔连着面孔，肩膀挨着肩膀，谁也不比谁更出众。照片上没有多余的位置，那里没有他的位置。

他清醒后又坐了会儿才穿衣洗漱。今天中午有个接待。林业局领导今天带夫人来参观，他是本地人，插队去了新疆，在那儿认识了夫人。夫人是个美人，或说过去是，尔今想从残骸中剥出过去那个美人的模样就跟在领导身上剥出那个风华正茂、粗布白衫的插队少年一样困难。席间她无意提及自己有八分之一俄国血统。难怪，大家说。

招待结束前，老村长陈仲汉起身去付了账。他年高德劭，在村内颇有威望，两条墨汁淋漓的浓眉耷垂，酷肖某个罗汉或尊者，他对人、对事也皆有一套温厚的见解，小马曾跟过他一段时间，见他那副架势，是要抢去买单，连忙追了出去。还是晚了一步。老村长结完了，说，干吗呢？这点钱嫌我掏不起？小马说，这不是政府招待吗。老村长说，算了，算啦。招待，啥情况你不知道？他换了话题，对了，你知道小学的事儿吧。小马说知道，他说，查出来了，是隔壁的一个光棍。小马说，所以不是外地船工？陈仲汉说，怎么可能，他们不都在船上三班倒呢。他打了声招呼走了，走到门口被人撞了肩膀，干脆停下脚步，快乐地和对方攀谈起来。

看着他伛偻的背影，小马忽然想起事故第一天，那家省级媒体打到村委办公室，那天只有在办公室转悠的老村长在。他不知道对方开着录音机，面对提问，老实答道，船只检验证书是合格的，有效的，船只也是漆好的，没什么问题。年检不搞测厚（底板厚度测量），只要没大的破损，就允许出海。在那一境况下，此番发言显得昏聩、愚蠢极了，他为此挨了不少批评，可是，那些人真的知道什么是正义吗，小马想，你们真的知道吗？

那人走了。村长忽然又折回到小马身旁，说想问一件小事。

"船厂的，正好遇到，随便聊了几句，"他说，"我就是想问问，那天船检你也在的，对吧？"

小马愣了片刻："嗯。是。"

"好、好，没什么问题？"

他又静默了片刻。"你知道的，船检就那么几个人，能多细致呢？"小马说，"他让帮忙，我也就看了。"

"明白。"

领导也吃完了。司机在后厨独自用餐，车子在宾馆楼下等着，准备送他们回城。但下楼时他们碰到有人在前台发火，腰间的水蓝皮带镶着显眼的金"H"。服务员抓着扫把低头听训。小马旋即想起昨晚的梦——真见鬼了。

他不想多事，但领导目光严厉扫来，似乎在质问。他硬着头皮上前，问怎么了，对方说在宾馆开了个房间，和几个朋友打了一宿麻将。朋友走后，他小睡了会儿，午前去码头食堂吃饭，下楼时嘱咐服务员打扫房间，回来后发现房间整理干净了，但放在床头的手表也不见了。

他一口咬定是服务员拿走了手表。宾馆平时还承接红白村宴，今天村内有个葬礼，大部分去帮厨了，没什么人在，只有一个厨师，一个服务员。厨师未出灶台，服务员就是邬幼琴。听说表丢了，她把床垫、垃圾桶都翻了一遍，什么也没找到。床底，桌子，抽屉，床缝，地板，浴室，水吧。哪儿都找了，哪儿都没有。

小马一靠近便闻到了刺鼻的酒气，他没吭声，递了根烟，说忘记带火了。对方接过烟，摸摸口袋，掏出火机给他点上。小马道谢，转头问她，会不会扫进某个垃圾袋了？

没有。垃圾袋也翻了个遍。前台的抽屉吐出一半，一只医用纸盒内整齐码放着许多白色磁卡，卡片颜色已经发灰，贴着的胶布写着房间数字，电脑跟他办公室的那台一样古旧，时不时会弹出垃圾广告，病毒比藤壶还多，等开机的时间能翻完一本杂志。

领导一脸不耐烦，小马把他和夫人送上车，目送车尾气消失，才重新回到大厅。他认识这个酒鬼，知道他的冷库就挨着永丰的，规模不大，但也不小。他问丢的是什么表，价值几何。

蓝皮带，蓝表盘，白金材质，手动机械，随后是一个略显惊人的数字。

"这样，"小马听完想了片刻，"今天老板娘不在，人在舟山，本来给她打个电话，跑一趟，处理一下得了。这样吧，东西是在这儿丢的，不管实在说不过去。要不我们先报个案，让警察来一趟，做个笔录。"

对方迟疑了。那没必要吧，他说。

"有必要，"小马说，"又不是茶杯皮带这些不值钱的东西。话说回来，一个服务员能挣多少？赔不起的话大不了坐牢。"

"你放心，"小马说，"楼道安有监控，怎么回事应该能查清楚。"

他迅速做着判断。"我还有事，下午还得安排送货。"

"那怎么办？"

"我真得送货，那头催得急起来连撒尿的工夫都不给你。"

"你说怎么办？"

洄游

他不作声,小马沉吟片刻后说:"要不这样,你让她找找看,说不定哪里就摸到了。人么就这样,想找时哪儿都没有,真不找了,哪天又冒出来了。"

对方抱怨了几句,低头离去,片刻后大叫起来。停车库闸门锁着,得拉开保安室窗户,手臂探进屋子,摸到墙壁上的开关,揿按下去才能打开。今天他真够乱的,不知道喝了多少。

她跑去帮忙。闸门豁然开启,黑色轿车仓皇离去。回来后她没怎么说话,没显露沮丧,也没表示感谢,而是拿着抹布,在抽屉里和垃圾桶中继续擦拭、翻找。

能找到什么呢?中途他就知道了,只是不想说出来。他倾向于认为那人不会再来了,对自己也没什么好处。也不好说。让她再找找吧,又没什么损失。他不需要她的感谢。什么都不需要。但求轻松。

我回去了,小马说,保险的事还没来得及问,问好了告诉你。

"我知道不是钱的事,"他又说,"但有钱总归好些。"

她默然不言。很好,不必感谢。再说一次:他不需要。什么都不用。

她还是说了:"那人之前……"他挥挥手。不用解释,他看得出,原因不重要。

"接下来有打算吗?"

"暂时没有,等等再说。"

夜樱与四季

也行，小马说，慢慢等，倒不急。想了想他加了一句："不管怎样，你要知道，我们不是敌人。"

不是敌人，也不是朋友。以后也很难是。他说不清他们算什么，但他知道什么关系最好：陌生人。拨回时钟，倒转时间，两两陌生最好。

"我不是为难你，"她开口道，"我只是想带老段回家。"

沉默片刻后他说明白。他发现自己仍无法直视她的眼睛，仿佛能从那漆黑如渊的瞳孔中发现什么不能承受的东西，信念会因此出现一只空洞，他的信念，他的信心，看似坚固的一切，就那样一涓涓，一流流地从中漏掉了。

离开旅店后，小马再次踱上了码头。他发现自己无处可去，哪怕这里，他童年的所在。他绕了一圈回到这里，也不能找到自己欲求的位置，新的旧的混杂一处，令人无所适从。最大的几栋，最新的几栋，贴满大理石，竖着罗马柱，院中陈列半人高的石膏像，圆形的花圃，西洋的宅邸，华美的衣冢，富丽的寝陵。

上午他收到一条新消息，188海区又发生了一起事故，一艘江苏渔船与一艘韩国货船相撞，江苏渔船侧翻，十六名船员全部落水。所幸一艘舟山渔船就在附近，将落水者全部救起。船员受了惊吓，有些神志不清，但总体无碍。那边的官员运气不错，一次事故最终成了好人好事。

洄游

九月台风活跃，也是事故高发季，次之是五月。进入五月之后，南北冷热气流在海上交汇，形成长长的锋面云带。温带气旋带来的短时气候改变也会导致事故频发。越至渔季尾声，越易出事。现在还不是最难的时候。生活有时看起来是一个越来越难的进程，但也只是看起来。他后来才知道那天舅妈不是低血压，而是胃溃疡。很长时间内，她一直在偷偷服用阿司匹林，以降低冠心病风险。许多老人相信，每日吃一片阿司匹林，可延年益寿，但这种非甾体类抗菌消炎药吃多了会损伤胃黏膜，严重时甚而会引发胃出血。

是后来他去给她安装灯管，她捱不过才吐露的实情。他没想到，舅妈居然会选择这样近乎冒险的方式，这跟他印象里那个坚定、忍耐的女性十分不同。小马把她送到了市医院，医生做了止血处理，嘱咐必须停药，只是，"心脏的衰弱不可避免"，他们毫无办法，因为这是"自然的结果"。

两害相权取其轻。看看你能忍耐什么，看看哪种危机更迫切。所以不是生活真的在变难，而是个体的衰退。年轻时你还能等来转机，可一旦上了年纪，时间日益变得稀缺，紧迫，我们能够等来的转机也会越来越少，可那不是生活本身的问题。

他站在岸边，看着秋阳毫不吝啬地流泻在海面，灿然一片，海鸥展开洁白的羽翼，盘旋于广袤天宇间，庄严地书写着隐秘的法典，他很好奇，那些最早的移民带着家眷以及从庙宇中获得的神秘启示，从福建一路抵达浙江，看见夕照、海岸、巨槐及鹳窝，决定就此留居下来，从武官摇身变为渔民——其所获的究竟是一个怎样的启示？他们看见了什么，又领悟到了什么呢？

启示。或就蕴藏在我们所熟悉的事物中，可人们宁愿相信它们在远处，所以一次次漫行，一遍遍离去，探求答案，叩访真理，可有时我们能带回的，恰是我们在此处寻获的。

他嗅到咸腥熟稔的海风，他嗅到越来越浓的秋意，他看见银杏红枫纷纷凋落，红花石蒜风中轻摆，明眸而善睐，他看见对面岛屿的冷库。长方的灰白的建筑，六三年建立，九三年弃用，新的建于九二年，沿用至今，所以也不新了。五岁的他曾和伙伴们在冷库内捉迷藏，拆开蒙眼的布条后，一个人也看不见了。他在挑高空旷的仓房内兜兜转转，兜兜转转，忽然间所有人一齐出现，叫着他的名字。他们一起出现，就像从未离开——一个恶作剧，也像某个折断的噩梦。

他看见返航的船只，水手们按部就班地卸着货，渔嫂们在沙地用梭子修补渔网，长草间铁锚林立。尘沙和荆棘淹埋骨殖化石。一个废土世界。他看见水泥路面铺陈无数踩烂的小鱼小虾，冷库的推车不断运出成箱的马鲛。一箱箱的银块。

本地马鲛还没到时节，现在兜售的是外洋马鲛，色泽黯淡，肉质粗厚，但胜在价格低廉，有些村民会买回去油煎或红烧，以掩盖鱼的腥味。鱼贩们在寒风中急促择货，通红的手指

洄游

在冰块中翻飞,讨价还价声此起彼伏:

> 三十,四十……什么价格可以卖?……别给我翻乱了……二十二最高价……这六箱给你带去……讲讲规格好吧。……半斤的在那头。……好了好了加一块。……这个规格不算大。……六十。净重。……下午能送过去的吧?……几箱?要几箱?

清明前后是东海的蓝点马鲛从越冬场到达南方的日子。它们自辽宁、河北,经烟台、青岛,一路南下,抵达东海,洄游至象山港产卵,之后复归黄海。洄游的马鲛通体银亮泛绿,背具黑蓝斑点,价格高昂,尤以头网马鲛为甚。这几年因捕捞过剩,极少有马鲛能越过重重刺网,抵达象山。捕获量的遽然减少进一步推高了价格。五月休渔期后,仍有渔船为收益顶风作案,深夜偷捕。今年价格较前几年又翻了两成,但并未阻断人们购买的热情。本地人都喜欢强调"本地海鲜",将之命名为"鰆鯃",但实际上所有渔船都在同一海区捕捞,当然,马鲛实际也是同一批洄游的马鲛,所谓本地,只是种说法而已。

小马蹲下身来翻看渔获,他不明白这种像古剑似的鱼类为何要绕这样大的一圈去生殖繁衍。它们横越如此宽阔的海域,在一条封闭狭长的环线上反复迁徙,难道真的仅仅因为温度?这么多年海洋环境的变化,就没能让它们学到一点什么吗？为何一批批的马鲛仍不休不止，来回折返？它们不知道这样做，足以让它们送命么？它们不知道启程即终点吗？

——也许固守原地，会让它们的行迹更容易判断，更易被捕获，也许这就是生存的本质。我们的，它们的，循环往复，不罢不休，明知错谬仍然为之，不过他也希望某天一只聪慧勇毅的鳝大叫起来，打破它们习焉不察的数千年的寂静，在重重危机中辟开一条新的求生之道——去更广阔的天地吧，去那里。

"再几个月就是鳝的季节了。"摊主说。

"是啊，"小马说，"快了。"

江洲月

镇上的美容院比城里简陋,但也有喷雾器、美容床与美容仪。三层玻璃柜靠墙站立,摆满各式高罐,白底红边的标签写明药草粉剂功用,粗粗看去,有白僵蚕、七味子、白术、人参,等等。两张床各躺一位女客,老板娘阿丹穿着拖鞋岔腿坐在圆凳上,正给客人刷面膜,见我进门,她努嘴道,坐,那里有吃的。

柜旁设一银边大桌,我弯起手指,叩叩桌面,猜不出什么石料,抽出半截长椅,坐了下来。桌上堆满苹果、柑橘、柚子、花生糖、陈皮糖、葱油饼干,想起环保袋里的橘子,悄悄拿出,并入柑堆。

桌边坐了个男孩。他一只脚勾起,压在另一条细腿下,嘴巴微张,伸长脖子,呆呆盯着电视。那里在播一则动画。才七八岁,已架起很大的黑框眼镜,几乎占掉半张脸。眼镜一溜到鼻尖,他就不耐烦地推一下。

电源冷不丁被拔去,男孩发出一声惨嚎,耷拉着头,无力地下楼去了。我无事可做,瞪眼看她工作。床上两人虽都涂着面膜,仍可看出一个年长,一个年轻,年轻的染了黄发,发根却是黑的。阿丹用硅胶刀刮去年长者的面膜,打来一盆热水,浸入纱布,拧到半干,将残余擦去,依序涂上爽肤水,润肤乳,保湿霜。一切已毕。女人起身,将缩至胸口的红毛衣拉到肚脐,捋下腕上的皮绳,咬在嘴里,对镜挽出新髻。

阿姨多大?她抬眼看我,六十。不像,我说,最多四十。阿姨可以办张卡,以后常来。她笑笑,对阿丹道:"走了。"阿丹没回答,她正低头用指腹试探另一张面膜干硬,末了对我说:"那是我妈妈。"

阿丹擦去面膜,重复之前步骤。待第二个女人起身,我迟疑片刻,还是告诉她,做完白了很多,"可以常来。"她表情莫测,抓起落在衣领的头发,拿起挂在衣架的车厘子色提包。等鞋声落定,阿丹铺好毛巾被,坐回桌边,似笑非笑道:"那是我表姐。"

怎能一屋都是亲戚?我顿时哑口无言。阿丹说,表姐在超市上班。今天可得三倍工钱。"闲着也是闲着,哦?"她推来蜜橘,"吃嘛,你吃。"

"下午本来还有两个客,临时有事不来了。你想去哪儿吗?我带你去逛逛。"我说想买个电动车,听说在镇上骑电动比开车方便,她嗤之以鼻:"谁说的?你有驾照吗?现在开电动车也要驾照了知道吗?"

"但你也算找对了，我有个大哥就是开车行的，"她抽出纸巾，擦了擦手，"走吧，我正好把儿子送回家。"

她从厨房拎出儿子："半天没写几个字，铅笔倒削了好几只，混蛋不混蛋？"她拍着他的屁股，催促孩子上车，"快点，快。"

他坐后座，我坐副驾驶，刚沾到椅子我就知道裤子湿了，起身一看，坐在了没喝完的豆浆袋上，地垫还躺着半块鸡蛋饼。她上车捡起蛋饼和袋子，抛到窗外，朝后怒吼道："你烦不烦？"他本在咯吱咯吱地咬红薯饼，这回彻底消停了。她伸长手臂，从后座扒出一件红白条纹的旧T恤，胡乱地揩了揩椅垫、后视镜、储物盒，将衣服扔回后座。T恤软绵绵地挂在座椅上，跟男孩一样沮丧。

"你结婚没？"

"没。"

"要求太高，谁也看不上。"

不是，我说——她已经启动了。车子开得极快，依次掠过竹器铺、酿酒坊、木材厂、家具店、电器行、炒粉摊。我心惊肉跳，不由拽紧拉手。惊慌稍定，她却一脚急刹，停在一家铺前。

那里站了几个中年人，背手看车，一言不发，蓦然转身，朝外吐出一口浓痰。穿夹克的小个子走到车边，扶住窗框，探头看眼，又缩回脑袋："你小姐妹呀？克饭没？"她没好气：

"屁,今天刚认识。"他抛来香烟,她稳稳接住:"给你介绍生意啊,阿哥。人家要买电动车,你给她好好介绍介绍。"

"都好车啦,没差的,阿妹啊,我哪有次货的喔?"

下去看看,看个仔细,她对我说,扭头问儿子:"你下去吗?不去在车里喔。"他哼一声,摇摇头。她把手机丢给他:"只能看两集。记住了。"

小个子自顾去了对面。过马路时,阿丹说,这头二手,那边新车。不要买二手,便宜归便宜,万一有什么问题,麻烦死了。

但新车比旧车至少贵一倍,他们在门口抽烟,我在店里搜寻合眼缘的车子,看着价目,心里不免泛起嘀咕。他们抽完烟,我也挑好了。店主打开链条,解出车辆。我骑上,慢慢开了一圈。车头乱撞,差点弄翻一排新车。店主连连惊呼:小心,小心啊。

"怎样,还要试吗?"

我点点头,又试了一辆白,一辆黄,觉得还是绿的好。

店主说:"这辆是不是?两千三。全镇就我货最齐,价最低。要找到比我贵的,不收你钱。"

我说我没驾照。

"考考又不难,国道下去就是考试点。喏,就那里嘛,我指给你。"

"阿哥,"她捉住他的手,"你又不急咯,人家买早了只能落灰，一个月光停车费也要不少。"

"走吧，我先把儿子送回家，"她对我说，"今天不急，你再看看，但我阿哥这里肯定最便宜，最实在，这点你放心。"

她家离车行不远，在广场东侧，毗邻建材市场。那里几排民居不单是住宅，兼做店铺，卖门窗、瓷砖、地板、灯具、石米，等等。阿丹家在第一排正中。屋前耸立一株高大古榕，长长气根垂下，如仙翁须发。紫铜大门沉甸甸的，一推门，一团尘霉先行扑来，光却望而止步。水磨石子地浮一层薄灰，轮胎印、脚印清晰可辨，四壁白墙晦暗不堪。唯一扇窗向北而开，铝合金条好比监狱，后院闪现一角，可见杂置的木条纸壳。窗与梯相对，走下一个妇人。是美容院的年长女人。她像忘了之前，和善地冲我笑笑。男孩下车，飞快跑到她身旁，她拉住他的手，带他上楼去了。

门很眼熟。我说，啊呀，阿丹问，怎么？我说，你父亲是不是捡过一部手机，她答，没听他提起。我说没错，应是这里。那天我去燃气公司缴费，交钱时发现手机丢了。一路摸回下车点，又问了一圈商户，都说没见到。想自认倒霉时，一个男人忽然跑来，问我是不是在找东西，问清模样后，痛快交还给了我。那人个子不高，年龄也不大，但头发花白，右眉居中有个肉瘤。

"哦，可能是他⋯⋯是也不奇怪。你是不是常丢东西？"

江洲月

我不得不承认，她说得对。

"你饿不饿，要不要吃粉？"

我刚想答，她抢道："想吃还不见得有。找找吧。"

已近午后一点，店多已打烊，服务员坐在圆桌边吃大锅饭。本地粉店只做上午生意，因做粉的米浆极易发酸。我们找了又找，遇到两家还开着，一家"细娥"，一家"好再来"。细娥家的桌子铺到檐廊，还有不少老人小孩坐在阶上等着。一桌刚吃完，没等服务员收走碗筷，另一桌已急不可耐地坐下。她拉住服务员，问："要等多久？"

"很久的喔。"

"到底多久？"

"很久的喔。"

我们站等了十分钟，队伍毫无缩短迹象，她改了主意："算了，换一家吧。"

"好再来"铺内只有三四个客，脚下工具包敞着，应是着急上工的瓦匠。老板娘独自在后厨举着不锈钢滤勺过滤粉，六只海碗在柜台依序排开，分别为葱花、香菜、豇豆、鱼腥草、萝卜酸，还有一只满是黑油，浸着烧蔗，一种猪油网裹炸的肉丸。阿丹皱眉道："应该不怎样，随便吃吧。"

我们要了两碗。粉很快上了，她挑吃几口，放下筷子，微笑道："你胃口真好。这种我就不怎么吃得下。"她把烧蔗夹进我碗里："没动过，你吃吧。你住阿香那里？"

我说开始是的，但现在换了。不远，隔栋楼而已。

"你觉得她人怎样？"

"很好啊，很热情。"

"你认识她这么久，没发现她有个特点？"

"什么？"

"她喜欢跟有钱人一起，我不一样，和谁都能交朋友。"

我默然不言，很难表示同意，可也不想反驳。我问刚才她母亲和表姐在美容院聊什么，她说，哦，她们在讲我弟弟丢了我又跑掉的事情。

见我表情错愕，她噗嗤笑了："真的，很早之前的事了，那时他才五岁。"

"我跑掉是初中时候的事了，她们还在讲……你吃完没有？吃完走吧。"

"去哪儿？"

"找地方坐。在这干嘛？"

我赶在她前付了账。她想找家奶茶店，镇上新开了一家"茶颜观色"，在桔香南路上，还有一家"梁小糖"，一家"大口九"，但都没开。今日中秋，镇上过节，只有杂货铺如常营业。我们回到美容院，看了会儿电视。天色很快暗下，阿丹问："晚上你怎么安排？要是一个人，不如去我家吃点？你没什么不吃的吧？"

我答没有，但不用，"太麻烦你们了。"

"这么客气干嘛，家常便饭而已。"

见推辞不下，我提出想先回去一趟，洗漱下，并换件衣服。好吧，那早点来，她叮嘱，我们吃饭早。

我洗完澡，把衣服扔进洗衣机。洗到一半，排水管裂了，皂水全涌了出来，淹没了阳台。我四下乱翻，没找到脸盆，只找到纸杯。没舀几下，纸杯就塌软不堪，我换成袋子、瓶盖、手……一切能用之物，好不容易才收拾完，精疲力竭坐在阳台，坐了许久，等记起吃饭，已过了八点。我打电话给阿香，说今天去美容院了，认识了阿丹，还差点去她家吃饭。阿香问，为什么是差点？我说，叫我早去，现在都八点了。那有什么，她说，我们这边常捱到十点。

我跟她要来号码，打给阿丹，道歉说去不成了。阿丹在电话里没说什么。我猜她可能生气了。挂完电话，我看着手机，看着我和他最后的对话，怅然，迷惘，无事可做。我披上外套，去超市买了盒打折的苏式月饼，走路去江边。

天已转凉，但还有人套着郁金香色的救生衣在浅水处游泳，击得水面乒乓作响。路灯在岸沿投下曼陀罗形状的光辉，江面零星飘着几只易拉罐和饮料瓶，打着旋，像小船。我找了节台阶坐下。旁边一对情侣，年纪很小，像刚上完晚自习的高中生，身后灯柱锁着两辆捷安特自行车，跟他们一样，头颈相偎。天空覆满灰白鱼鳞云，月亮藏身在后，映出幽蓝虹彩，像黑池中的一泓熔浆。

这是一座幽僻袖珍的三角洲，狭长如足。从融江逆流而上，为古宜、从江及榕江，向下则为珠江，乘船可抵梧、广二州。公路不通时，镇民靠运河水道外联贸易，江上常泊渔民人家。现今渔船仅存十余只，且小且破，常驻大洲铁桥侧，油漆被江水朝朝剥落。一个月前，上游飘下一具尸体，短暂浮现后沉入河底，一名钓鱼者目睹了前后，跑到最近的河西派出所报了案。公安、消防、海事、渔政都来了，引得镇民竞相围观，兴奋探讨如何让尸体浮起。有人建议广撒香烛贡品，有人干脆请来一尊南海观音。人、车、神折腾大半宿，一无所获，至凌晨，才兴致不减地散去。第二天暴雨急注，雨停后，雾锁江面数公里，尸体顺势而下，漂入另一个县域，车船一一撤走，徒留持箧、施无畏印的南海观音守在桥墩。

今天陶像还在，慈悲地望着众生。已近九点，游泳者离开了浅滩，月亮始终只露半张脸。情侣分食起月饼，我也拿出饼盒。电话忽然响了，是阿丹。

"你在公寓？我和几个小姐妹去夜宵街嗍螺丝，去不去？"

不去了，我说，吃过了，正看电影呢，看完睡了。

"少来了，这样吧，我来找你，拿点吃的给你，很快就走。你住几号楼？"

我把地址报给她，迅速跑回公寓。还好，还来得及收起散落在床的内衣。刚收拾完,门就响了。我开门让她进来。阿丹把东西搁在池边,啧啧叹了一阵:"这里挺好。阿香装修时我来过,当时还是毛坯。"

"月饼你应该不吃的哦,所以给你拿了点别的。我阿姨啦,退休在家很无聊,学人做什么烘焙,吃不完到处送。桶里是我妈炖的桃胶牛奶。"

屋内只有一把椅子,阳台上还有两把,我带她去阳台。她不坐,站在栏边看江水。半空中一朵蓬软的白云缓缓向西山行进。

"大洲去过吗?"

"去过。本来还想租那里,又怕晚上太黑。"

"那里人是不多,大部分都搬走了。"

"我弟弟出事的地方就在那里,"她指洲头,"他在那里不见的。"

"那天我,阿旭,他朋友,还有一个女孩一起去那里玩,大洲那种小山头,矮矮的,不怎么高,更像土坡。我和我朋友在这里,阿旭和他朋友在那边。我们披红纱扮娘娘,他们搞什么'登基大典',他想下河滩拔根芦苇做手杖,一下去人就不见了。另外一个小孩,当时也才五六岁,吓呆了,半小时才跑来跟我们讲。我跑回家里,把他们叫来……山头河里找遍了,怎么也找不到。我舅妈当时在渔政做事,派了两艘船帮忙搜救,搜了大半个月,什么也没捞到。我妈就说,活要见人,死要见尸,实在不行就把河道抽干。她真的找人把河道抽干了,我们看见河底有很多烂木头,碎瓷器,废铁片……很多东西,就是没那个,尸体。"

"有人就说,大洲那边很多水鬼的,可能被水鬼抓走了。大洲靠近升旺沙厂那里有个三角洲,去游泳的话,经常能在水底看见一群小孩在游泳,近了就看不到了。那里的水很深,每年都会淹死几个人,不可能有小孩在那么深的地方游泳,所以应该是别的东西。几十年前这边有渔民抓过一只水鬼,模样像猴子,全身红色,头顶有个水囊,捞上岸后,大家眼睁睁地看着囊里的水变浅,变干。水彻底干掉后,它就死了。"

"但我妈说,没有尸体,那肯定被人拐跑了。有段时间她每天晚上都会梦见阿旭,梦见他被一个穿白衣的男人扛走了,人挂在男的肩膀上。后来那几年真的一直有消息传来,叔叔舅公,表姐姨婆,大伯二伯,很多人都来说,哪里哪里见过,每次他们一说,我们就全家跑过去。最接近的一次,就是一个姨婆写信来说,他们村里一对夫妻忽然多了个小孩,跟我爸爸小时候很像。她没见过我弟弟,但带过我爸爸。我们一路摸到盘县,真的找到那户人家,开始都觉得像,看了很长时间才确定不是。"

不过她喜欢那些寻人之旅:窗外倒插苍绿群山,山涧迸溅清澈溪流,卵石被冲刷得白如头骨。瀑布冲过峭壁又急落而下,车子转弯或碰到砂砾,人就像豆子一般弹起,咚地撞上车顶。

"哎,你知道吗,我弟弟出事前已经丢过一次。"

"他出事不是九月嘛。八月的时候,我妈晚上带他出门,去给一个表姑送西瓜。他年纪小,又怕黑,走不了多远,就不肯走了,一定要我妈抱。我妈手里还有一只瓜,白天又做了一天事,快累瘫了,怎么可能抱他?所以她骂了几句,往前走了几步,再一回头,人就不见了。她吓坏了,跑回家找我爸,两人找了一夜没找到,早上五点多,一个邻居跑来说,在他家附近的玉米地见到了阿旭,一个人坐在玉米穗下,模样很呆,但衣服很干净。见人没事,他们也就放了心。可从那时起,他就变了,变得很胆小,很爱夜哭。晚上常做噩梦,梦见一个背水桶的白衣男人,很高很高的,衣袖垂下来,说要带走他。"

"如果我们有经验,就知道该找人收惊。不过那时我们都不懂,家里又忙着做生意、还债,阿旭一说做梦,一夜哭,我妈就扇他巴掌。次数多了,他也不敢讲了。慢慢地,我们也以为他好了。"

"他真的很胆小的,一个苹果两个人分,每次都是我来切,切成一大一小,我拿大的,在他那份上又咬一大口才给他,他从不讲什么……我很少梦到他。前几天我妈问我今年他几岁,我说二十六,她说你算错了,少算了一岁。"

"好啦我走了,有什么事打我电话,叫你出去也不肯,好无聊的你。我们自己烤东西吃,不知几好玩。你早点休息,我帮你把门带上。回头你去店里把桶拿给我就好。"

"也不急的,"她停步,转身说,"我来取也行。还有,你需要什么,回头跟我讲就好了。"

阿丹带来的蛋黄酥味道很好,并不逊于沪上知名面包房的出品。她走后,阿香给我发来一个舞狮视频。她老家在百色,中秋例必舞狮,三组身披金红毛衣的青年壮人正在龙纹高桩上闪翻腾跃。我坐在湿漉漉的阳台,边看视频边吃糕点,视频一次次地播放着,高桩没有尽头,他们的体力也没有极限。

第二天仍是假日。她发消息说,中午来吃饭。为避免昨天的失误,我提早一小时出门,在广场散步以打发时间。那里有个儿童乐园,满目碰碰车、过山车、旋转木马,白天看来灰扑扑的,晚上亮灯后,大不一样。景观树旁立着三只自动售卖柜,饮料还在,瓶内却是空的。玻璃不知被谁被打碎了,黏满死去的蚊虫。我估摸差不多了,走到她楼下。门难得开着,她父亲在楼下做工,电焊声不时传来,但直到开席,他也没出现。

桌上是玉竹鸡汤,番薯叶,南瓜梗及苦瓜牛肉。每盘分量不大,但品类不少,也摆了一桌。她大概提前嘱咐过,说我不大吃辣,所有菜都没放辣椒。但这一要求显然令大厨无措,每盘都带着一股生涩与窘迫。

儿子也不在,去哪儿了?

江洲月

"他外婆家。"

我第一次碰到这种情况,两人沉闷对着一桌菜。她每盘只夹几筷,我吃完一碗,还想添饭,她催促道:"吃完没?吃完送你回去。"我抓紧扒完,刚站起身,她母亲已施然而下,不紧不慢地擦桌收碗。我抬头看钟,还不到半小时。

路上有一阵我们没说话。过曝的街道与刚才的昏暗内室形成强烈的比对,让一切分外不真实,她开口道:"你会不会觉得我们家很奇怪?"

我说还好。

"就是很奇怪。"

"我不跟你讲初中时跑掉嘛。就是那天阿旭不见了,他们赶来,我爸爸跳到河里捞人,我在河边哭,她一脚把我踹到河里,说'哭哭哭,怎么死的不是你?'还好有人看到了,把我救了起来。要不是那人,我早死了。从那时起,就很恨她,一直都不肯跟她讲话……那几年家里也出了很多事情。我弟弟丢掉没多久,家里工厂又被淹了。"

一九九六年七月十八日,镇上发起洪水。洪水冲垮了河堤,浸没了县城和老街。后来不知谁说麻石电站要倒,消息传开,人人走上了逃亡之路,河西菜市场的跑到了东边山的扁嘴岩,鹭鹚洲的跑到德胜峰,大槐村的跑到高岭头。她至今仍记得几千人在路上竞跑的盛景。镇妇科医院被淹,病人家属避走不及，被困在了医院；县火车站也倏然垮塌，旅客与火车一同搁浅在车站。后来政府用直升机空投赈灾物资，一箱箱的矿泉水和方便面从天而降，砸进深深污水。人们慌忙避开，等箱子落下，又一哄而上，有婆老缺乏经验，直接伸手去接，被砸断了手臂。所有人都笑她贪心。

他们向住在雨岩的二伯借了间屋以暂避。一楼是腥臭扑鼻的猪圈牛栏，二楼才是厨房和睡房。吃饭时绿头苍蝇乌泱泱赶来，怎么也打不尽。洪水退去，他们回到洲头，发现所有木材和家具都被泡烂。父亲将残货卖掉，又借了些钱，在河东广场买了块地，造起新居。他放弃木材生意，重操装修旧业。债务压得他们喘不过气。母亲再不提找弟弟，而是去掉了节育环。一年后，妹妹阿莹出生，父母带她住在作为工棚的后屋，她一个人住在新屋地下室，床边、楼梯井里堆满空的半空的油漆桶，四甲苯、天那水、聚酯漆的气味刺激得她彻夜难眠。后窗正对一条臭水沟，夜半惊醒，总会见到许多高瘦细长的鬼影在路灯下徘徊，她记起弟弟失踪前的噩梦，吓得提被蒙住眼睛。也是要后来，很久之后，她才知道，那些都是人，吸毒的人，所以也是没名没姓的鬼，无父无母的兽了。她也不知道从何时开始，这些或人或鬼或兽俱已消失不见，灯下只有荒凉的砼尘。

"去河边走走。"

河滩边的老屋建于五六十年前，大部分都被拆去，残余一地碎瓦烂砖，以及被鼠蚁刨空的木梁。杂草长得比人还高，蓬蓬如树。剩下几栋的石墙上也被刷了猩红的"拆"字，大字撑开一枚红圈。一座大厦孤独矗立，像荒漠上的一杆旧旗。大楼住户多是回迁户，但没什么人气，大部分窗户都贴着纸条，蒙着灰尘。

"阿香有没有跟你说，她有个长租客就是这楼的业主。他不肯住这，说晚上很阴，在她那住了大半年，现在还住着。"

"但很多人都说这楼很怪，整一块地都很奇怪。"

自洲头往西，沿新华街向下，两侧为整修后的骑楼，白墙重新粉过，木头门窗也被新的雕花门窗所取代。邮局、药局和影院虽则不再营业，仍葆有昔日风韵。中间过道停着十多辆小吃车，不锈钢操作台崭新光洁，仿佛未经使用。店铺门口的货架挂满成排的槟榔。交错纵横的电线密密驻着麻雀，见人经过，呼啦一下垫脚飞远。空气里散发着松木、鸟兽与腐泥的味道。走到尽头，可见一座古雅的基督教堂。铁门终年锁着，靠墙的双层木柜放满黑皮圣经，供人随意取用。几块青石一路铺抵洲尾，石上覆满苔藓，苔中生一古榕，遍地香梗红纸，一尊石碑半插泥地，载着树名、树龄及立碑时间。

"这是新碑，旧的断了好多年。之前说是上面写了什么，但也没人知道。那碑的年纪跟树差不多，至少两百年了。它是我们的干娘，小孩子身体弱或生病，过来拜拜就好。"

"我弟弟小时候很喜欢在树下埋东西，那种赌博赢来的水浒英雄牌，塑胶兵人，玻璃弹珠，都装在月饼盒里，埋到树下。一回挖着挖着，'铛'一声闷响，铁锹碰到了一件硬物，他继续刨掘，挖出一只红土陶罐，揭去盖子，对光一照，是发黄的骨头，分不清是人还是动物。他折下一根树枝捅进坛内，一只骷髅转过脸，空眼眶盯住他。他吓得魂飞魄散，丢下铁锹就跑了，半路想起，只能硬着头皮回去捡。坑洞还在，铁锹也在，坛子却不见了，不像有人拿走的，像是它自己长脚跑掉的。哎，他真的……老遇这样的事，你说是不是不好？"

"你一直住镇上吗？"

"不是，我们是从布龙岭迁下来的。"

布龙岭。遍野香杉。红褐树皮裂如龙鳞，铁灰湿雾弥漫山间，终年不去。为了她和弟弟读书，父亲举家迁至山下，在洲头租下两亩地，造起一栋二层小楼。一层做厂，二层住人。刚落脚时举步维艰，四周俱为疏林荒地。父母每天做到很晚，依然赚不到什么钱。可最穷的时光回忆起来却也是最好的。她记得一家人围坐在铁锅捶扁的火盆边取暖，炭里常埋几只红心番薯，等不及熟透就扒出吃掉。屋子背后种着大片烟草。晒干后的烟叶很硬，她和弟弟用一种特殊的斩刀将其切丝，切完手也会变得黄黄的，洗都洗不掉。

"我爸爸是布龙岭的，家里一直做木工。来丹洲修学堂，被我妈妈看上了。她跟他跑到山里。我阿公阿婆气坏了，她强着不肯回去。我过百天后，她才带我回了一次。五六岁时，我外公他们走了,他们一走,她更不想回去。"

她自嘲:"逃跑是家族遗传。"

"你初中就离家出走了吗?"

是的,严格来说,是初三,中考之前。

熬到初二,她再也不想读了,每天摊开课本只想睡觉,惹得老师暴怒,卷起搜出的杂志,重敲她头顶心。她干脆不再去学校。每天早上,快走到红土堆上的四层校舍时,她就转身,后退,跑进草丛,钻入谷堆,或是躺在河滩,瘫在树下,消磨整天,嚼草叶,打水漂,直到最后一点天光云影消逝不见。那时的小镇是一座阔寂、平坦、灰暗的鸟笼。她跟阿清、阿黎几个女混混日渐熟悉,由此学会了抽烟,跳舞及溜冰,也学会了在午后检票员不注意,溜进镇电影院的后门,看上半部电影。

一天阿清说有个表姐在桂林,可以想办法带她们找份工作。她带上历年压岁钱,又从父亲钱包偷出几十块,凌晨自家里遁逃。坐在火车上,阿清才支吾说起表姐只是"干姐"。桂林火车站下车后,两人给她的BP机打去电话,坐在花圃边等她,那边回过来,告诉她们怎么走,她没法来接了。

去那儿得转两趟车,巴士转公交。车子踅行巷间,友谊商场和香江饭店新鲜别致,令她忽视与老街相似的骑楼。车子驶入郊区,停在厂房前,她们走进宿舍。两室一厅,四壁水泥,地砖皲裂,满是泥垢。厨房窗台上摆一盆玉竹,一盆西红柿。西红柿衔结数枚青果。大的阿姐住，小的之前可能有人住过，有床，但没草席。从床架开始，一根钢丝延伸至窗，挂满干的半干的衣服，像人摊开空落落的手臂。她们在硬纸板上铺草席睡觉，压低声音，兴奋地聊到半夜。门忽然开了，有人进来，脱了鞋子，进了隔壁。连着几天都是如此。她们白天洗碗，洗衣服，白天满街晃荡，看见招工的牌子就进去，问能不能干。服装店老板娘嫌她们太黑太结实，但旁边玻璃门上常年贴着招"暑期工"告示的鱼馆老板，反觉得结实是优点，提出先试用一个月。第一天，她打坏了一只勺，第二天摔碎一只碟。第三日被调去洗碗。红色澡盆泡沫泄了一地。泡几天皂水，手就毛糙了。九点半打烊后，老板还得开一刻钟会，总结一天得失，通报开除名单。这叫她紧张，于是洗得更快，更多，更小心。她没再砸碎盘子。半个月后，她被开了，这才明白无关做得如何，他们赶在试用期结束前，以免费、无限地使用劳动力。她没拿到一分钱。她晃游街市，最后在超市找了份绷塑料袋的活，每天从早六点站到晚九点，躺下时脚跟浮胀到无法挨床。

某天醒来，桌上多了小笼和米粉，不再是白粥豆角。她们都没动筷子，知道干姐有话想讲。干姐开口问她们有无长远打算，"在这玩几天住几天没问题，接下来呢？"

房子不是她的，所以没法留人住，她说她在南昌有个朋友，"你们去找她，我给你们买票，看看那里有没什么能做的。"

不用阿姐开口，她们也知道住不了太久，门口的男鞋，夜晚的声响，都让她们无法不注意。去南昌的火车上，她开始怀疑自己的决定。她预感南昌之行不会很顺利。

春姐如约接站。她收留下她们，三人同住一间。整个屋子就一间，纸板隔出分区。她们睡地上，春姐睡床板。没有风扇，早上起来，人和衣服全然馊透。凉水冲冲且当洗过。冷不丁爬出一只黄色大蟑螂，她们惊叫不已，春姐淡然踏住："哈，孙悟空。"

年龄太小，进不了工厂，本地商贸不发达，打零工非长久之计。春姐说，还有另外一类工作，"来钱快，年纪小是优势。就是得去杭州。"

春姐说她已经在那儿做了好几年。

她们辗转去了杭州，工作地在黄龙。春姐帮他们找了间屋子，在宝石山一弄，离黄龙仅两站路。两个女孩住一间，楼下是意面餐厅，一到饭点，屋里溢满洋葱、罗勒的气味，起先她还以为是谁有狐臭。工作昼夜颠倒，夜里没法睡觉，只能白天补回。但对她们来说也不是什么问题。她们慢慢知道，春姐是"中间人"。半年后，阿清说想回家。她送阿清去车站，求她别说出自己下落。阿清同意了。

她迅疾适应。她勤快，质朴，很难被当作竞争者，她有胆识，够机敏，遇客人无理取闹，也能妥善应对；她高大，壮健，女孩们渐渐习惯了遇事找她。她手下有了十多个女孩。

"是很挣钱，也很无聊。"

阿丹以此总结在杭州的十年生活，摇摇头，然后问："你呢？怎么会想来这里？"她笑着推我，"是找男朋友吗？哎，这边的男人是有几好，傻不傻。"

那年四月，我从上海搬到了镇上，第一晚住在广场旁的天和城酒店。酒店建了约二十多年，外墙看去不错，符合他们对外宣称的三星标准。凌晨三点，隔壁响起撞击，我的床也震荡不止，天快亮时才停下。我勉强睡了一会儿。十一点多醒了，洗了个澡。吹头发时发现沙发垫下有管用过的针筒，绣花布套对光一照，全是烟洞和霉斑。我迅速退了房，提着行李，从广场出发，沿桔香南路一直往下，想寻找新的落脚地。在一家濒临倒闭的商场五楼，我发现了一家名为星瀚的电影院，决定看部电影再说。和商场比起来，电影院不算简陋，靠墙摆着两台娃娃机，四把坏掉的按摩椅，还有三副易拉宝。仅有一部电影上映，一部国产战争片。等开场的时候，我兑了几枚游戏币，玩了会儿娃娃机。什么也没抓到。那天是周一，整场观众只有我和一个美团外卖员，每次我说不清因剧情还是处境哭，他都会大感兴趣、不加遮掩地望过来。电影结束后，我没立即离开，而是坐着发了会儿呆。保洁员过来清场，我起身，去厕所洗了把脸，抽了些纸巾，塞进背包侧袋，搭影院的观光电梯下楼。此时天色已晚，灯光像磷火，倒映在玻璃，赤橙青蓝

江洲月

绿，在幽暗的街景中错落闪烁，我想今晚很可能得再回酒店。就在这时，我读到了电梯上的一则招租广告，从照片来看，房间澹雅有致，且就在影院隔壁。我打去电话，说想先看看，对方说好，很快赶到。她三十出头，个头娇小，圆眼睛，圆鼻头，笑起来很有感染力，我按照广告落款叫她"兰小姐"，她说，叫阿香好了。她带我看了几间，不厌其烦。那些房间除主题颜色、细节布置略有不同，其他方面几乎一样。实景和图片相差不大，无非按比例缩小。令我困惑的是她的布置策略：餐桌上的雏菊以为是真的，结果是塑胶制品，衣柜边的凤尾竹以为是假的，揉搓叶子后却发现是真的。真与假，大和小，就这样混淆着，颠倒着。瓶旁有一本便条签，大概希望住客留下自己的入住体验。我翻了翻，发现没写什么。入住者大概不想透露自己的身份。最后我选了墙壁刷成淡绿、床头挂着黄绿流苏挂毯的那间。因为它楼层最高。

屋子共三十平。卧室贴靠厨房，厨房紧挨厕所。厕所用了老式的蹲坑，吃饭时常飘来下水道的气味。但与其说是逼仄局促，不如说精简紧凑，生活上并无任何不便。麻烦的是天气。五月的南风很快给了一个下马威。食物在冰箱内急遽腐败，衣物怎么也晒不干。进入七月后，飓风从东向西，狂暴地卷起沙砾与垃圾，掀翻招牌，将高楼民居笼在尘网内。骤雨随至，久久不歇。江水暴涨，漫过堤岸，冲垮植被及山屋。雨停后，镇民赤脚踩在大桥栏杆上，呆呆地看着涨水，无视桥面越来越宽的裂缝。干部们带上红袖章,来到街道,开始清淤抗洪。抗洪的照片上了本地报纸。暴雨时下时停,洪水退下又涨起,上游水库好不容易才抵住了压力。洪水警报彻底解除后,守水库的人回到镇上,说再涨四米就得泄洪,县城距离被淹只有一步之遥。我在楼上,做饭,洗澡,工作,和桥上那些人一样,对危险浑然不觉,直到某日天晴踏上阳台,差点融化在翻滚的热气里。

没有中间地带,没有暧昧与温存——夏时热出人命,秋冬寒入骨髓,更遑论蚀毁一切的南风与潮湿。雷暴之夜,闪电劈闪,烧熔天宇,本地人称之为"走蛟",皆称早年有龙。阿丹有次跟我说,大建设时期,军队带着大型钻探机械进山,说是垦荒,众人当然知道是托词。机械隆隆而作,山石大片坠落,蛟的哀鸣昼夜不息。钻山最后一日,工程队队长梦见一个方脸军官,嘱咐他另择时间,因为他们要过路。队长醒来后思忖再三,汇报给上级,上级不以为然,坚持如期推进。机器钻至一半,山洞塌方,压死了二十八个人。附近不少村民都在漠漠烟尘里见到一支部队踏正步经过,却没有任何声响,再仔细看,军服都是旧的。他们挖掘受难者遗体时,还能看见许多沾满血和尘土的断手,雕塑一样,凝结着曾经涌动的活热岩浆。

现在的阴天白日,坐在阳台,仍能听到不绝的炸山声。没有哀鸣,没有云影,唯有暴雨大雾,说着它们的狂怒与不曾离去。我不禁想起阿丹的故事,困惑于为什么她愿意说给我听，是把我当作一个潜在客户，还是觉得我是外乡人，跟此地不相干？

去丹洲得坐渡船，往返船票和门票一起售卖，岛民乘船免费。售票处只有一个上了年纪的男人，穿了件灰色保安服，一张垮脸红彤彤的，不知是喝多了，还是晒多了。艄公也很老了，旧灰布衫挂在身上，枯瘦的手臂青筋暴突。时间风干了他。他抽完一袋水烟才肯开船。开出几里，岸上忽然传来叫喊，艄公停下，调转船头，划回岸边，抽出木板，送上沙地，船尾抵及砂石，轻轻地震了震。有人提着一大袋生猪肉，大步上船，木板跌出许多烟尘，落在水面。我直身望向舷窗。远山渐已泛红，日光浓滟依旧。光线渡穿湖面，撞在河床，于船壁织出璀璨的光斑。湖水清澈碧绿，映出水草的每次拂动。对面有人正赶着一群水牛缓缓走过。

阿丹舅舅家在岛屿最南，是一栋三层高的民宅，镂空栏杆镶着淡绿瓷砖，门窗也是奶绿色的。每层三间，单间都造得很大，很高。门前有个院子，铺了水泥，院外是大片的柚林。许多柚子因为来不及采摘，烂在了泥地。最左的厅堂堆满柚子，累累如黄金之海。

"我外公他们走掉以后，宅子就空了，家里出了一件怪事。舅舅有次推门进去，觉得屋子很暗，里面有个东西，门一开就跑了。他就看到一眼，说那东西长得像小娃娃，白白的，很活泼，满屋跑动。有人说，就是一种空屋精，不用怕的。很多长时间没人住的屋子里都有。但我舅舅觉得不吉利，推倒后建了栋新的。"

"秋婆！"

一个穿着蓝布衫、宽布裤的妇人走出厅堂，眼眶凹陷，身形瘦小，夹杂华发的青丝扎成一束，像马鬃，细长地垂到腰上。

我们坐在院中一张木纹剥蚀的板凳上，舅妈拿来两只印花玻璃杯，一只暖水瓶，红彤彤的、印着牡丹双喜的铁皮水瓶，木塞早就开裂，瓶口也已变形。她颤颤地倒了两杯，倒得很满，水结出透明的凸壳。

"够毋够？未够有。"

"无使，够啦。"

"她问你要不要水，"阿丹说，"你要的话我帮你讲，这里大部分从广东、福建一带迁过来的，据说因为打仗过来的。很久了，两三百年了。我外公他们那一支来自汀州。我只跟我妈妈学了一点客家话，他们也不怎么会讲那个，普通话。"

喝完水我们打算离开，舅妈跑到楼上，阳台挂着一排油汪汪的鸭子。她叉下两只。又去厅堂，挑出四只大个柚子。"迩两只碌仔汝带走，屋下里背恁多，"她撩上衣摆擦起眼睛，"汝么个时节再转来？有闲多转来下。"

"嗯，"阿丹说，"得个空啦。"

江洲月

在丹洲书院的一间偏屋,我注意到门口的立牌。"费孝通避难遗址"。七七事变时,二十七岁的费孝通乘坐广东籍父亲的渡船,来岛上躲避战乱,共计三月有余。这间屋子跟我那间大小接近,唯其不同,这里只有一间单卧。深夜如要解手,得沿一条卵石铺就的小径,劈开一人高的芒草,踏经空旷的前厅与学堂,穿过波浪线形的影壁。影壁同样嵌满就地取材的鹅卵石,工匠们依深浅浓淡、大小形态,镶成各式花卉。白日孩童的琅琅读书声悄不可闻,花窗外的蝉叫蛙鸣清晰可辨。圆月碧空高挂。

这是一九三七年的夏天,距离他妻子王同惠离世不过两年。一九三五年,他偕新婚不久的王同惠在广西金秀瑶乡做田野调查。深入腹地之后,他跌入虎阱,王外出求助,临行前他嘱咐:"向水而行,水处必有人家。"王久去未返,他体力不支睡去,在短暂的梦里,他看见她坐在水边等待,醒来知是不祥,强忍脚痛,爬了一天,途见水牛,循迹找到村民,恳求他们帮助。七天后,众人在高山峭崖下找到了她的遗体,河水就在其身侧。

后来的一年,他回祖地开弦弓村养伤,拄着双拐广采乡邻,写出《江村经济》。他将书题献给了她,后来所发文章,一概署名"江同"。没想到仅一年,战火烧至全国。故地重游之时,他又会怀有何种心境?当然,说是故地,也并不相同,万千大山,她埋骨的那一座,不知要走多少公里,且有重重江水相隔。他从未描述过这里，但在家书中，他曾这样写道："天阴无雨，北风不烈，独站路口，听广播《白毛女》歌曲，久已无此闲情。看大田麦色一片青葱，究系江左腹地。春已临近。……干校晒棉场上有一只小八哥，啄食道旁，行人往来，跃飞肩上，依依如旧友。路边草药多种，有野菊、蒲公英、枸杞，掬摘盈把。"

那些描述会让你想起这里：荒城，古树，野草，村屋，雀鸟，行人。只是这里没有麦田，也不总是阴天。那些鸟雀扑棱飞来，又扑棱飞远。我站在门前树影下，试着分辨脚下药草：天南星，威灵仙，独脚金，萝芙木……能够认出的始终有限，也未必是他曾踏足的那些。和他旧屋一起成为遗迹的是登岛日军焚烧后的一根堂前旧柱。炮火熏燎，烧出焦黑受损的心脏，却依旧凌厉地刺入天空，像梵高画作里的那支黑树，永续地燃烧。人们途经这里，慢慢读出青砖上的刻字，再迅速把它们忘掉。他睡过用过的床与书桌还在，虽然没有围栏，可是落满了灰尘，任谁都不会想坐。

很难想象他的处境，那些晴天雨季，蛇虫瘴气，古城渡船，水井人家。也很难猜测当时他究竟怎样想。在他一生漫长的飘零里，这里又算得了什么？三个月的暂居，和他跋涉的一个世纪比，又算得了什么呢？一座孤岛，一座驿站而已。什么也算不上。

"他江苏的，跟你一样。"

是啊，我说，不过不大一样，他比我厉害多了。

"这里漂亮哦？让阿香改个民宿几好，"阿丹抬脚跨过门槛，"院子那么大，空着好可惜。"

车子停在码头。阿丹没走来时国道，而是换了另一条路。光线倏然昏暗，林木愈发高大，阴沉。她开到一株雪松旁，树下矗立两只垃圾桶，没有桶盖，垃圾早已溢出，散发一股难以忍耐的恶臭。

我找到了恶臭的来源。某个冒失的司机把狗轧死后扔在了这里，要不是轧得太不成形，说不定会被捡去吃掉。有人轻敲玻璃。三十来岁模样，穿一件印着"energy"的黑色T恤，腆出圆肚，带茶色眼镜，头发用发蜡抹得很光。她下车，两人在车头简单聊了几句，她回到车里，拿出钱包及钥匙，说："下来啦，我们换一辆车。"

我没问为什么，开门下车，将自己规矩塞进副驾驶。新车是一辆黑色皇冠，比之前的干净且好闻。后视镜下挂着一道狭长的黄红平安符，中控台黏着一瓶矮墩墩的车载香水。

男人把车开走了，车尾自负闲适地吐出灰黑的烟，阿丹忽然红了脸："我老公是不是长得还好？我们是初恋。"

她说起小时候的事情。他有口吃的毛病，她和一群女生跟在他后面，学他说话，他被激怒了，放学时将她堵在车棚，抢走书包，撒了一地课本。她骑车追去，夺回书包，打到他流鼻血方罢休。初二后她常去他家杂货铺买烟,他家火机十有九瞎,能打出的用不了几次就废了。她倚在柜台,按住点火器,一只只试过去,他在旁期期艾艾,还好的,还,还好的嘛……都差,差不多的。她翻个白眼。还,还好……好个鬼喔。随手拿起一只,赌气递他:你打,打给我看。蓦然发现自己也染上了他的毛病,绝望地咬住舌头,不作声了。他父亲穿着女士睡衣,躺在藤椅内闭目休憩,脚下一只火盆终日烧着,等到盆内的炭快要咽气,他才揭开盖毯,拿起靠在椅边的铁钎将其捅旺。后来她才知道他父亲不是懒,只是生了慢性肝病。他母亲蹲在门口,用生满冻疮的手灌腊肠,五彩糯米和红薯干都在冷风里吹干了,吹瘪了,瘦得可怜。她不读书后,他也不读了,开始跟着庆哥要账。

　　他来杭州找她的时候,已经是几年之后了。大概是阿清泄露的。他高了些,戴了副眼镜,但她不记得他近视。她也有了不少变化,高了胖了,学会了打扮,住所也从宝石山搬到了绿园。他陪了她几个月,白天给她做饭,晚上接她下班,看她被人环绕,醉酒而返。他比小时候话还要少,加之口吃,更少。她问他这样怎么可能要得了账,他说主要靠磨。第一次要账,伏天里和一个小弟在皮卡上坐了半天,双双晒脱一层皮。村支书看不下去,叫他们看看门口,他们这才发现人早撬窗跑了。还剩一辆荣威,被对方藏进门口草垛下,伪装成谷仓。没有钥匙,两人强行撬开,想肢解车辆分批带走。发动机拆到一半,对方带了群持棒的村民,将他们痛揍了一顿。小弟也是新来的,年轻时去西北当了炮兵,五年下来发现打仗无望,觉得没劲,于是退了伍。在部队期还有女同学写信来,退伍回去,写信的女孩却都嫁了人。他和父亲同开了一家烧卤店,没多久店倒了,欠供销商的钱还不上,供销商托人催债,他避了又避,仍避不开,干脆入了行。

他只有说起这些事才神采飞扬。多数时刻,他话少,沉闷。白天坐在屋里打游戏,一打就是一整天。两人都不会做饭,她带他顿顿下馆子,可他吃什么也都一样。有天晚上他没去接她,她进门,发现灯没开,屋子黑洞洞的,窗下一点影廓,进门才发现沙发上有人。他在屋里,没睡着,也不动弹,为什么不开灯?

我们差点和一辆载满圆木的卡车相撞。司机像喝醉了酒,摇摇晃晃地朝我们冲来,阿丹猛然调转方向盘,开到路侧,惊险避开。我手臂撞上了车门。我摸着淤处,有一阵没说话。

"手机里有歌吗?放来听听。"

我将手机连上汽车蓝牙,挑了些六七十年代的美国民谣。

"奇奇怪怪的。"她评价道。我切了别的曲子:邓丽君,刘文正之类。她"嗯"一声,不置可否。

"啊,月亮。"

她一说,我也抬头望去。中秋时月亮还那么羞涩,那么晦暗，今夜却如此明亮，像单桅船，为越过潮汐与暗礁，故而迟到了些时日。她放下窗户，银白色的晚风轻轻吹送，松香幽沉，宁郁，我们无言地向前，在月华之中。

他得走了，靠女友养太不像话。她把吃用塞进他带来的包里，心满意足地掂了掂。路上得花近二十个小时，她怕他饿到。他们一周打三次长电话，他说，她听。有时说到一半，她都睡熟了，那头还没挂断，蓦然惊醒过来，振奋精神继续。有天他告诉她，最近接了个新活儿。房东把屋子租给了一个来宾女孩，女孩开了间美容院。交完一年租金，房东跑了，才知道房子做了抵押贷款。他上门收屋，让女孩搬走，她不肯搬。他连逼几天，收效甚微，于是配了一把钥匙，买了一张旧床垫，强行住到二楼。女孩在楼下做生意，他慢悠悠摊开一张报纸，一点也不催，一点也不急。对方无计可施。她失神听着，想的全是怎么才能做到头号妈咪，可以月入十万。有了钱，想做什么做什么，想去哪里去哪里。年长一点的女孩劝她撙节，别像自己一样，几年下来，青春销完，手里只剩一堆华而不实的鞋包，想送都没人要。她开始有意识地攒钱，但花的总比计划的多。对于将来她没有太长远的打算。太年轻了，明年都不知道在哪儿，甚至明天。计划会被突然造访的事情打乱。他有几天没打电话来，后解释说，左臂伤了，无法抬起。她想过去看他，但工作总是太忙，她对自己说，应该没事吧，会好的。

她也不知道为什么进入一扇门，某天出来时发现已经二十五岁，会喝不下酒，在宿醉的翌日清晨感到万分吃力，躺在床上久难爬起。她不怎么困难地猜到他和那个美容院的女孩在一起过，她无意提起，他小心避开，她也就懂了。几次无关紧要，多久也无关紧要，既然发生，伤害就是事实，无非多少差异。她提了分手。痛苦过，但也还好，酒精和朋友可以帮忙。比之情感，她更忧虑将来。她无法留在这里：居无定所，心无归属，工作也不安稳。新来的女孩一个比一个难管教，更多人紧盯她的位置，恨不能将她一把拽下。别的城市她不想去，也失去了早年的力气和勇气。回家又不甘心，何况理由呢？为了家人还是不存在的工作？在她离家的七八年里，她很怀疑他们是否像当时寻找弟弟一样，曾经执着地找过她。她感应不到。

他居然又来看她，那是一年以后。他在QQ上主动加回她，但加完一直不说话。她虽诧异，却也没有先开口的意愿。某天忽然问她地址有没有变，说想寄点东西过来。她告诉他没变。她留意起楼下信箱，每天看一看。他寄来一盒项链，细细的银链，配一枚银灰海水珠。她嫌老气，估了下价就收进抽屉。某日午后一点，他出现在她门口。她尚未醒透，睡眼惺忪地开门，见了他一时反应不及。她惊讶也愤怒，惊讶的是他居然真的会过来，愤怒的是他凭什么再来打扰她好不容易才平静下来的生活？

但他这次留在她身边不走了，无论她是打是骂，他都不走了。她认了输，回到小镇，和他结了婚，生下一个儿子，不比其他人聪明，也不比其他人愚笨。她忍耐着小镇的逼仄和沉闷，也觉出了它的温柔与安逸。他们偶尔吵架，不多，不会比其他夫妇更多。

阿香原名兰畹香。父亲过去是个乡村电影放映员，一有新片就拿着胶片拷贝四处跑，惹下许多风流债，弄出很多小孩又没钱养，躲到高山侍弄果树。她母亲很气却也没办法。阿香十七岁时交了个男友，随他去了大马，说是淘金，但两人在异国起了冲突，男友将她囚在胶林小屋。某日她趁其不在，咬断绳索，赤脚跑到大街上求救。行人侧目而视，却不敢靠近。后来遇到一位好心的华人，将她带至大使馆，历经波折才回到国内。

二姐读完大学后，嫁去深圳，每次去澳门都带回一堆香水粉底。她和大姐来到长安做起生意：卖过服装，开过饭店，有些挣钱，有些赔了，最后在财富大厦租下九套单身公寓，重新装修后进行日租。她常拿些红毛丹、释迦果、番石榴过来，陪我坐会儿。最开始我按周支付房租，每周四晚九点，定时打去下周租金。渐渐地，她猜到我短期不会离开，而且我又没什么钱，隐晦地劝我不要住那了："我这多贵呀，太贵了，我给你找一个差不多的，能做饭，房间也大。"

她说到做到，很快给我找了一间。和原住处比，除电梯略有问题，户型、条件大差不离，租金却只有此前的三分之一。我这才知道她主业是地产中介，公司就开在桔香南路。她不肯收中介费，我买了只索尼音箱作为替代，趁她来看我时给她。她先是惊愕，尔后慢慢道："你都不知道我多想要……你都不知道我放在购物车多久了。"

我知道换成别的她也会这样讲。

"你还好吗？不要总一个人待在屋子。我要像你这样早就疯了，太闷了啊……是太闷了吧？"

我说主要是谁都不认识，话也听不大明白。

"出去走走就认识了嘛，你看你这。"

她起身拉开阳台玻璃。天花板结了不少蛛网，一只蜘蛛沿着丝线慢慢爬下，她拿长柄扫帚掸开。蜘蛛爬走了，地上落有不少灰尘虫尸，她拢进簸箕，清洗拖把，拖净地面。屋子看去明亮了许多。坐下来时她说："有空的话，你可以来我这边坐坐，趁机学点本地话。楼上还有个美容院，老板娘阿丹人很好，又爱讲……"

我去了。但只去了一天，之后如常。

十一时她发消息给我，说要回百色，"我和阿丹打个招呼，你空了去那里玩。不要一个人待着，不要不好意思。"

我迟疑了又迟疑，还是去了，半途在一家果摊停下，买了十块钱沙糖橘。

中介后有个餐厅，还有一个临时搭建的后厨。业务员们在外带人看房，午餐常吃碗粉即算。阿香装了个灶台后，聚餐慢慢变多了。谁要生日，打油茶，她也会叫上我。那些女孩都很年轻，很活泼，仿佛从不寂寞，从不忧虑。她们聊看花人，买彩票，奇怪的卖家与买家。话题一个接着一个。我印象最深的是其中一个，提到了消失的姐弟，奇特的黏液与疯病。之所以记忆甚深，大概因为它会让我想起阿丹，或像她会讲出的那类故事。可实际上，她很少参与聚餐，即便参与，多在中途就默然离席。有次她吃完上楼后，其中一个女孩压低声音说，阿丹最近有点事。她的话被阿香微妙地打断了。我猜她应该知道些什么——那句开头很快淹没在其他传闻中，再也无人提起。

我没有回去的计划，我也不确定要待多久。失眠时我瞪眼看着天花板，即便没有开灯，石膏顶沿线也总有一处方块比任何地方都要明亮，像行星反射小恒星的光亮，楼上传来的奇特弹珠声也让我咳嗽，惊慌。偶尔睡去，又常做梦。梦里所置身的场景都很怪异：漆黑的山洞，潺潺的水流。顶上火车嗡隆驶过，有人在踏正步，快到面前才能看见他们脸上的皮肉业已凋尽，军衣缀满尘篓虫瘿。我从梦里惊醒，感到双手胀大，身体膨开。像从某个扁平的空间回返。天还没亮。于是我爬起，打开台灯，读书，直到困倦。有几次我清晨醒来，看见手臂和小腿现出许多瘀青，好像我整夜都在密林山径里奔跑，天明前却绊了一跤。我并不诧异地起身，冲澡，迎接新一天的降临。

去三江南站的高速旁，两侧都是高山与树林，长柄圆伞一样的是桉树，紫中带青的是甘蔗。本地工业只有制糖或造纸，山林也只有两类树木。我们到达南站的时间比预计早了一小时。中秋前夕，人车泛滥，到处是拉客的黄牛。车站凉亭仿照的是侗寨样式，木头油亮，层层叠叠，像微型天坛。她提议逛逛，风雨桥即在不远处，她有个小姐妹叫阿荷，在那儿开了家饭店。

"阿荷她……她以前很出名。"

哪种有名？她不解释。饭店离南站不远，从新建的侗族集聚社区向西，一条坡道如影相傍，坡道尽头即是桥梁。沿途可见许多木架，立在枯黄的草地，晾满黑色布条。饭店两旁都是酒吧，墙面绘满涂鸦：玛丽莲·梦露，亚伯拉罕·林肯，马丁·路德·金，在这样的地方，乍看到那么多波普化的外国面孔，我觉得很稀奇。

卡在午晚市间，店内十分清冷。入口叠放三只榆木长凳，摆满各式药酒，蛇虫药果静静地躺在酒液里酣眠。正中一张酸枝木圆桌，摆一只细孔竹匾，匾上平铺雪白大米。阿荷坐在柜台后，穿着一件单肩花苞连衣裙，肤色微黄，眉目俏丽。阿丹拉开木柜门，坐到她身旁，和我面对面。

"你小姐妹？"

是啊，阿丹说，兴致颇低，从烟盒抖出两根真龙，递与阿荷一根，点燃后夹在两指间，盯住庭中一株丹桂。车子停在树下。秋风吹过，车盖宛如披挂金红织毯。她抽出一张纸巾，拍在我掌心："去把它们捡回来。"

我尽可能地多捡了些，包成荷包递给她。

"很香的，有没有？"

"你去桥上看看，"她把花包塞进口袋，"我再坐一会儿，我们很久没见了。"

不用走远，站在门口就能望见那座桥梁，横跨碧波之上。墩上一圈圈年轮像历史的回声。桥上坐着个老兵，快九十了，军装洗得很旧，像五五式，纽扣脱了一颗，勋章却整齐地别在胸前。身边立一只一米长禄竹，一包烟袋。他取出烟丝，耐心地揉搓成团，填进铜管，抽两口后摆在一旁。

"阿妹，贾蹦（吃饭）喔。"

他抿起嘴，朝我笑笑，拄着拐杖，谨慎地走下台阶。到时间了，该出发了。我下桥，见阿丹出门而来。她朝我挥手示意，看去心情舒缓了不少，我也倍感轻松，用力地朝她挥了挥手。

阿莹和阿丹的长相完全不同，她精巧玲珑，骨架纤细，五官清淡，眼皮与嘴唇都涂成了南瓜色，粉毛衣配着格纹短裙，愈发显小。见我坐在副驾驶，她抬眼懒视，扁一扁嘴，坐进后座。

我主动示好:"你读大几?学什么专业?"

没人回答。阿莹塞上了耳机。

阿丹伸手扯去:"人家问你专业,听到没有?在跟你讲话呢,听到没有?"

"大三了,学唱歌和民族舞。"

她淡然戴回耳机,啪啪按着键盘,发出吃吃笑声,不知跟男友还是朋友在聊天。

"读这个专业能做什么?又不可能当明星。最多教小孩子。我妈还想她去做空姐,可惜个子太矮。"

"再矮也比你高。"

耳机还戴着,但对她参与谈话没什么影响。

天已渐阴,乌云呆滞不动。镇上可能在下雨,前方一大块鼠灰,阴郁地团在墨绿的山尖。再开一会儿就听不到按键声以及吃吃的笑声了。阿莹睡着了。

阿丹望一眼后视镜:"小时候她做功课,有道题是说,一个蓄水池有进水管和放水管两根,光开进水管八小时可以放满,光开放水管要十二个小时放完,问两管同开,多久能放满。她来问我,我也算不出,最后她写,关上放水龙头,八个钟,被同学笑话了好久。"

"有个事情我想问问你。"

"你说,就怕给不出什么好的意见。"

"我有个朋友想叫我一起去浙江做地产销售,她说做得好的话，底薪加提成一个月能挣两三万。"

"是在杭州吗？"

"不，在嘉兴。"

"出去成本高，吃住不便宜。"

"公司提供食宿。"

"那很好啊。小孩怎么办，一起带去吗？"

"他要读书，只能留在家里了，让我爸妈带。"

"你看星座吗？"

看的，偶尔，我说。

"嗯，星座运势上说，这个月我可能要迁到哪里。"

不一定真指搬迁，可能只是一个意向性的指示，我说。

"也是，"她表示认同，"可能只是说改变，不一定代表真要去哪里。"

"怎么忽然想出去了？最近还好吗？生意还好吗？"

"嗯……我在镇上待得很烦了，每天都觉得很闷，觉得哪里都比这里好。"

"待久了哪儿都一样。"

"可能……就是不知道还能不能适应外面。我都十年没出去了。"

没事就好，我说，适应也不难。

她欲言又止。

"我和他分开了。"

那是两年前,他欠下高利贷。债务越滚越大。他担心危及家人,于是想了个主意:他们离婚,债务归他,房车归她。考虑到儿子,她同意了。他坚持只是权宜之计,她也觉得,一切不过临时。

他出去躲了一段时间,之后躲在老家。她则带着儿子生活,照顾父母,经营美容院。中间遇过几次债主登门,但还好,都没对她动粗,说明情况后也都离开了。生意比开始时好了些,她想叫他回来,一起面对债务,他不同意。

慢慢地,她从旁人处知道了些别的事。她去质问他,他矢口否认。她提出重婚,他说了许多理由,关于为什么做不到。她也懂了。

说好的临时成了定局,她承认自己并非没想过这种可能。但那个时刻,给她细想的时间不会很多。

"她们都劝我就这样算了,"她说,"又不是找不到。自己过也不是不行……阿瑾她们离了后也还好。"

"可我不知道,"她想了想,"孩子太小了。"

她们都觉得她在维护他,觉得她放不下他。她觉得不是。他付出良多,也曾掏尽全部。先是他父母,之后是她母亲,一一查出患癌。灾难集聚而至,像某种神秘的恶鸟。他们日日守在医院。他父母不治离世后,他把政府补贴的丧葬费全提了出来,以给她母亲治病。她母亲所在的病房有个小女孩,才十二岁。做化疗时,她们还遇到了男人,"男的也会患乳癌,

夜樱与四季

知道吗?"

那时每个月开支都得十几二十万。每个月。所有一切,付之一炬。

"是因为看病导致的欠债吗?"

不。看病是欠了些,但还能支撑。她劝自己说,跟钱来路不正有关。人拿了不应得的,定会逐一失去。所以她才与朋友合股开了间美容院。配方都是花钱买的,药粉她都仔细检查过,一一实验,确有效果才予人使用。

是他想扳回一局。他跟朋友合股做起赌马、高利贷生意。一开始挣了不少,过去的生活仿佛回来了,他豪言每个月都带她去香港,"想买什么就买什么。"但前年开始,好几笔贷款无法收回,他借了些资金过渡。欠款仍追不回来,利息却越累越高。

选择看似简单,他有债务,有了别人——他异性缘向来不差,哪怕债务缠身,依然有人肯倒贴。她也是,还年轻,还有机会,身在小镇可能不易,但出去了,机会或多一些。当然,自己过也无不可,很快就能习惯。

严格来说也不算不忠。他们确实离婚了,离婚时她也知道后果,但还是接受了他的方案。之所以下不了决定,不仅因为陡然出现一个竞争者,还跟她那时没有坚定选择站在他身旁有关。他们曾携手历经困境,那么多的艰难时刻,他从未离开她,她为什么不能更坚定?

江洲月

不，不仅如此。这些恩惠、报答的说法，也像个托词。重要的是别的。最难以启齿的是，她不想失去他。

她想知道为什么，为什么损益如此清晰，判断如此容易，行动却如此之难？她到底该怎么做？你呢？怎么看？

该怎么说——"我也遇过类似的事情"，只是位置不同，你是他，我像他。当然，没过多久，位置又变了，人不会永远在上峰。这才是我来这里的原因。赎罪吗？疗伤吗？也不全是。

不，她想听的是别的——"他不是不爱你，就是他有很多自己的困境。"

那些困境甚至跟你都没什么关系，跟生意失败，跟经济境况也没太大关系，只不过在那么多的纾解方式里，他选了最愚蠢也最浅陋的一种。可之于一个具体的人来说，什么方式更好？狭窄现世，各人自择其路罢了。

她没说话，我不知道自己是否说得足够明白，可能远远不够，但并不重要。至于答案，也许她问我之时，就业已清晰，她需要的是一次验证，一次肯定。询问，求证，反复。走不通，问不到，那就换一个。再来一次。

哦，某个阶段，我也如此。两份工作摆在面前，我始终决断不下。拖无可拖时，我选择抛硬币。遵从天意吧，我对自己说。第一次是国徽，去做游戏设计。我想再抛一次，我对那个还在我身旁的人说。他说好。我抛了第二次，这次是牡丹，一家动画制作公司。

"你想再来一次吗？"他问我。

不了，不用了。

在半空中，在揭晓前，答案就已清晰。意志深镌在我们的身体，每个昏蒙困顿的时刻，它们都会怂恿着我们做出决定。抉择并不比我们想象的更难，相反，一切都是清晰的，明白的。哪怕我们终其一生，也无法知道自己要什么，但多少知道自己不要什么。一次拒绝，就是一次延迟，大概可以让你好过一年，两年，直到下个问题前来。没有终极答案，也不存在一劳永逸，但也没什么，是它们唤醒你，刺痛你，让你想活下去。

她仍不说话，目视前方，踩紧油门。她穿了双粉灰米奇凉拖，趾上红甲油已大半脱落。

进入二桥之后，借着高低落差，再是夜色浓重，也能看清小镇模样。以这样的高度俯瞰，很容易获得一种上帝的视角。你会从过去的琐碎中抽身，变得超然，纯净，你会忘掉你自己，只专注于那些真正让你惊奇、感动的事物：月亮与江流，紫荆或垂柳。你会想到，和它们相较，那些生之为人的痛苦确实算不了什么。

车子碾过大桥，光线褪去，公寓一如既往隐在阴影下。我下车，与阿丹告别。

我想起很久之前，我来这里的第一天。那天店里没人，我坐在工位等阿香。中途有个女人下楼来，去后厨热饭，当时那里只有一台格兰仕微波炉。热完很久，她都没动一口，而是打一个长长的电话。她一直在说话，一直在哭泣。我没有听懂，却莫名地感同身受。挂完电话，她坐在桌边，我留在工位，想着如何开口说出第一句，可她洗了把脸后，快步上楼。

那是我第一次看见阿丹，她或许都未意识到我存在。那时我从未想过，某天我们可能成为朋友。后来我们日渐熟悉，后厨也不再只有微波炉。可聚会过后，残碟尽去，她还是会时不时地，独自在那儿坐会儿。我知道她的生活，她们的生活，除了欢愉与平静，总还有别的，但我也从未主动问过。我以友谊亦有进退说服自己，但归根结底，不过是我避免麻烦的托词罢了。

我站在门口。很长时间，我都希望开门时，有个人坐在那儿，在厨房，在卧室，或浴室里，窗帘后。我一开门，他就会跳出来，嘲笑我的粗心胆小，也会谴责我的不告而别，但最终会抱着我说，别怕，只是个游戏。我多半会因为重逢和喜悦流出眼泪，然后说，是的，我知道，一个游戏。这次我将抱紧他，不再松手。

只要他来，我就会跟他走，去哪儿都可以，什么样的生活我都接受。我千百次地在头脑中预演这一场景，千百次地想象每个句子，每一表情，但他从未出现。

我打开灯，雪白灯光照耀着书桌与地面，它们看起来逼仄又温馨，沉默又宽厚——意识到自己不擅打扫之后，我把私人物品降到最少,降到仅能维持的程度,这使得公寓看起来更像个临时祷告所——所有角落一览无余,在这样的地方,根本不可能藏住任何人。我重读在此地写下的笔记,那些无法寄出又意图明确的信。它们充满了遮掩与维护。我不震惊于那些虚构,而是震惊于那么久之后,我依然还在渴望那些东西,在内心深处,它们未曾消退,只是被掩藏。我将震惊于渴求的持久,在余下的生命中,它们还会周期性地上演,从不止息。

夜色渐深,积云水汽拓向天际,深蓝穹顶离地而起,小镇最舒适的季节正在来临。新一年的秋天。不可思议的,我们熬过了暴雨、洪水、湿热及严寒。我们熬过了一切。我走上阳台,深深地吸了口气,辨认出空气里那股辛辣、沁凉的气味正是落羽杉和卫矛。我想象着将来,归期与可能,我想象给他打去电话,或者鼓起勇气去见见他,或者,他能放下一切,跑来见我。会的,终有一日。

赤金色的树叶在半空灼烧,那座小小的岛屿已近在咫尺。艄公熟练地抽出木板,抵在码头。牧人水牛杳不可见,唯有哞哞声,提示他们仍在不远处。她拎起包裹,踏出渡船,走上石板。那棵古榕还在,这么多年过去,它没有变得更粗,也没变得更老,枝叶繁盛,一如旧日。如果不遇到大的天灾人祸,享寿下个百年想必不是问题。她看见插在泥地里的香烛与烟火,精巧朽烂的虎头鞋。她看见那碑扎在树下,与曲根缠绵纠葛,不可分割。她看见那碑已修复，字也补齐，印刻清晰且工整。她看见那落款，依稀可辨落款的姓名与日期，对此既宽慰，又失望。她想凑近，看看究竟写了什么，箴言或故事，但有人正召唤她的名字。她扭头跳起，奔向他，因为奔向他就意味着休憩与暂停。她奔向他，经过那榕树，那碑文，大声地、竭力地回应他的召唤。

面具

R，昨天午后下起急雨。我坐在窗前，注视着院中那棵高大的柏树，被风吹动得瑟瑟不止，灰寂的光线在阳台充盈、流转，仿佛哀歌与葬礼。我坐了很久，想起举国泛滥的洪水，也想起所有一去不返的夏天。天黑之后雨停了，我比平时早两个小时躺到床上，本想重读普拉斯的诗集与短篇，但反复诵读的其实只有一首诗歌，一个段落：

……
然而可笑的光秃的侧体
总催促我们织件衣裳掩盖
这般赤裸；决不能让真实自由地游荡：
每一天都要求我们全盘再造整个世界，
用多彩的虚构外衣掩饰日常的恐怖；在伊甸园的绿意中
我们以面具掩盖过去，假装未来的闪亮果实
能从当下废墟的肚脐中抽芽。

面具

我试着倾听句末的韵脚，领会 fabrication 的多义：寒冷的无人地带，漆黑的愚钝与衰变。落地灯旁甲虫盘旋着上升，跌跌撞撞地拥向光源，吸食着光明，又迅疾掉落，像恒星，自幽暗的池底升起，却无法操控自身的命运。又或者，它们不过跌跌撞撞去向自己的命运。直到凌晨三点，我才渐渐睡着。最近这已然成为一种新的常态，梅雨季开始即是如此，作息昼夜颠倒，生活混乱无度。工作午时开始，夜半结束，凌晨三点，方能入梦。中间醒一次，五点六点，熹光初露，将灯灭掉，继续睡去；九点十点，再次醒来。惧怕黑夜，也惧怕白天，因为白天之后连缀的是下一个长夜。有时我很想发去信息，问你睡了没有，又怕消耗你同样岌岌可危的睡眠。如果你还醒着，不管多疲累，一定会强撑着发来一两个字，这会让我觉得过意不去，仿佛滥用你的仁慈。所以 R，我坐起身，决定像过去一样，给你写封信，讲讲最近发生在我身上的事。虽则事情前后你多少也了其一二，但今夜我努力补充一些你所不知的，并尽己可能地诚实。

今年二月，冬春交接之时，我想给自己买件棉质和服外套。一张买家照片吸引了我的注意。她用了一枚能剧面具胸针搭配外套，那胸针散发着夺人心魄的光彩。我检索后发现，只有一家位于景德镇的店铺有售，目前缺货。我问店家何时有货，他答不好说。我让店家有货通知我。两周过去，店主留言说货到了。我迅速下了单。他们迟迟不发,我连催了几次。十天之后,我接到快递员电话,说货在楼下,让我及早取掉。当时他在——是他帮忙取了货。收到胸针的第一天,我给你发去照片,数分钟后,你不无诧异地说,这是我朋友做的,你怎么会买它?但我并不觉得有什么奇异。过去两年,我们之间的巧合太多,早就习以为常。我们总是同时看同一本书(勒内·夏尔或是罗伯特·穆齐尔?),注意到同一个篇目(《共产党》抑或《忘情》?),甚至同一个段落;我们听同一首曲子,吃同一种零食,滋生同一个愿望。你说,你就像世界上的另一个我。所以当你告诉我,这是你朋友设计的,我怎会意外?如果生活里的一切早就与你有着千丝万缕的联系,一枚我从茫茫因特网中所淘来的设计胸针,可能会来自你的朋友,又有何奇怪?到家后我打开快递。包装盒被他扔了,一只深蓝丝绒袋包裹着胸针。它比我预期得更精致。陶瓷雪白,胭脂殷红,镀金部分灿然闪耀。女面的发型介于大垂和胜山之间,两侧长流苏为笄髻。原型应是能剧中的小面或若女,但做了些许改良。第二天我带去上班,午餐时同事们注意到了,夸赞了几句,又说,"之前很少看你戴过这样的。"她们调侃我的经济境况大不如前。大概吧。经济是一个原因,也是最微不足道的原因,虚荣还在,只是变得更隐蔽,更令人难以察觉了。第二天,我除了佩戴胸针,又戴了复古坦克表。一切如常。到了晚上,我脱下外套,将它摘下时,发现别针挂钩变形了,松松地

面具

挂在衣襟上。我放在抽屉，连着放了几天。直到一周后的下午，我才戴着它去见了一位半年未见的朋友。她如今在一家广告公司做部门负责人，以前跟我同在一家杂志社，只不过条线不同，我做政经，她做时尚。她希望我帮忙内投简历，又说毕业后一直在职场打转，从未认真想过自己喜欢什么。我说，那不妨停下来仔细想想。因为问题一定周而复始，哪怕变幻一种面容出现，也不过是同一个问题换了副面具而已。

我比她年长四岁，建议来自于我的切身之痛。二十九、三十岁那两年，我也迫切地想知道自己喜欢什么，能做什么，从一份工作换到另一份，从一个城市迁至另一个，无非想求得一个所谓的答案。我又求得了什么呢？夜复一夜的失眠罢了。一过凌晨四点，就感觉心脏被攥住，沉重骤然而消，心脏和身体也失去了力气，直到目睹台灯的光融进白昼，才知道又熬过一夜。这种困境在写作之后有所缓解，甚至让我错觉所有问题已在彼时获得解决。可实际上呢？我无法给她任何一条具体建议。后来我们聊起别的，聊起她的生活。她和男友恋爱七年，预备今年在冲绳完婚。疫情之下，日本对华签证暂停，婚期可能受影响。她说，即便没有疫情，可能婚礼也不会如期。前段时间她和男友商议，让她父母过来住一段时间。父母搬来后，她才意识到自由和松弛是存在的：不用做饭，不用洗衣，不用迁就和忍耐。我知道是我自私，她说，但我也不想耽误他。如果以后他遇到合适的，我会诚意送上祝福，发自肺腑地替他感到高兴。

我羡慕她的慨然,那是被多年丰足塑造的。人一旦持久拥有一件事物,就很难将其视为珍贵,就像空气和水源。我不因穷困忧惧,却总因爱而忧惧。年轻时如此,而今更是。年轻时它像一位矜贵的访客,虽则骄傲但也会主动登门;随着年岁渐长,光彩渐黯,你得报以最大的勇气、耐心和智力,才可能捉住它的指尖。所以在给你的第一封信里,我怀着何等的谦卑和期望啊,斟酌色彩,打磨语调,祈求一点可能的回应。一周之后你回信了,在信中谈论你所在的城市,它的气候、工业和历史,谈论你的少年时代,暗恋的女孩儿,痛苦而繁重的学业,文笔优美但克制,啊,我想,完了。很久之后我才知道,尽管不断告诫自己,保持距离,保持警惕,但那些不绝的书信,过时的热情,陈旧的浪漫,还是令你缴械投降,直至投身其中。

R,我怀念最开始那些小心的试探,谨慎的示好,但其实那会儿明知前方是烈火与熔岩,我也会毫不迟疑地跳下去的,不是吗?在小说里,在信件中,你如此"温柔、清醒、一尘不染",如此广阔,深邃,无远弗届。请别将我想象成那种轻浮的女人,我说。你答,永远不会。然后又说,那么也请别理想化我,否则我们只能在文本中相遇。我明白这句话的水下意味,知道是邀请而非婉拒,就像你也明白我那些灵蛇般狡黠的词语之下,它的真义究竟是什么。我怀念每个黄昏降临前,迫不及待打开邮箱,等候你书信的抵达,我也怀念自己被鞭策着不断阅读,不断书写,如此才能不在跟你的对话里掉队。

去见你前,我连着几天没睡好,周三醒来,头重脚轻,才发现患上感冒。本应退掉机票,换个时间,但去见你的愿望还是胜过了一切。那天我们约的是下午三点,司机开错了路,加上堵车,你比我晚到了一个小时。我穿着新买的妃红色茶歇裙坐在电梯边等你,心想待会儿出现的你究竟是何模样?是否会紧张到哑口无言?并没有。你步伐轻捷地走出电梯,自如地打着招呼,就像一个相识多年、旧谊深厚的老友。紧张的反而是我。其实你也紧张的是吗?——在电梯里,你不断为迟到道歉,不断问我行程还好吗,路上还顺利吗。我说还好,一串猛烈的咳嗽阻止了我继续说下去。进房间后,你还想问什么,我摆摆手,从包里拿出《心为身役》。你笑了笑,不再说下去。

——自作聪明的玩笑罢了。我坐在桌前,你坐在沙发,沉默中只有小声的咳嗽。你也拿出书籍开始阅读。天色渐黑,路灯亮起,我起身站到落地窗边,俯瞰昔日煊赫的长街。商业在衰败,街道像废弃多时的铁轨,裸裎在矿区般的阴暗,漂浮于半空的金属颗粒发出瑰紫的光。你也走到窗边,看了一会儿。出去走走吧,你说,去买包烟吧。我说好。出门才发现下雨了。道路铺满枯叶,湿气凝结在半空,雨滴落在叶片,北风穿过枝桠,发出呕哑嘲哳的吟咏。我们避到樟树下,你叫我稍等,自己冲进雨幕,跑到小店,买回香烟、可乐与报纸,将报纸折了两折，垫在路边石上，示意我坐下。左边几个少年在大厦边的梯形岩石雕塑旁玩滑板，摔到了，爬起继续，垃圾车驶来，发出訇然空旷的声响。你伸出手，承纳灯光，仿佛在承纳某种神秘的波流，然后突然收回，紧紧抓住我的手。

R，我将永远记得这一刻，我也永远记得后来那一切。就像告别前夜，我说，我会永远记得这间屋子，记得挂在床头艾瓦佐夫斯基式的装饰油画（木质渔船在暴风中飘摇，渔民在嚎泣，桅杆在震颤）；记得回纹形状的褚色地毯，记得台灯上的木雕小鸟，你沉思了一会儿，告诉我，你会记得空调的嗡嗡声，就像深海无尽的洋流。就像坠入深海，时间不起作用，季节和温度不起作用。长长的夜晚也如夏季。

我谈起波伏娃和纳尔逊长达十四年的通信，巴赫曼与策兰二十年的通信，然后问你，我们呢？又可持续多久？

一生一世。

永远，这两个字，我们如此轻易地脱口而出。

几乎每次见面都是如此。热烈，但也剥离了寻常，只在不同酒店间打转。只有一次，四月还是五月，你来看我。只有一天，我却病了，你陪我在那间狭小简陋的公寓待了一天。夜间好了点，我们在荒凉的郊野密林间散步。天起了微雨，你将外套脱下，披在我身上。那会儿我们真像一对过了很多年的夫妻，走那么多路，经过那么长时间，就为了这温柔真切的一刻。第二天我送你到机场，还有两个小时才登机，安检口外没有座椅，我们反复绕着几家店铺散步。你进了安检口还在挥手，我拍下你的背影，存进手机，站在入口处看了很长时间，才下楼打车。快要下雨了，天空混沌，布满乌云，像垂死之肉。我想起那间屋子就觉得受不了。一想到那屋子布满你的气味和痕迹就受不了。尽管我说，分离是让我们按下耐心，坐到桌前，是期望从日常的堕落与污秽里去锻造出一点纯净清澈，至少比瞬时长久些的东西，但我想，分离的本质，不过是恪守情人的定义———一种永远的不在场；不过是清楚会被拒绝，所以将诉求先行审查，自行枪决。

但我是渴求的。渴求去见你，也渴求你来看我。我记得每个从你城市离去的清晨，从温暖黑暗的房间走出，走进清澈寒冷的阳光，独自坐上前往机场的大巴，希望你来送行或随我回家，但残余的自尊总勒紧我出口。这点自尊还能提醒我究竟是谁。或许是响应我的渴求，你发来消息，说广播通知因雷暴影响，飞机延误。我问你多久才能起飞，能否换成明天。你说，还不知道。你得想想。一小时后，你吃完他们派送的桶面，听着新一轮的延误通知，下定决心不再等了，而是跑到柜台，和他们交涉，强行地取回行李。

"不见到你会死。"你说。

我叫司机掉头去接你。你说不用，你打车过来，因为一分钟也不想多等。我撑伞站在楼下，等你一到就扑进你的怀中。那天我们很晚才睡着，仿佛只是为了延长这个幸运之夜，延长临时窃取的幸福,其实也就复现昨日。但总比那一晚离去要好。有些时刻如果未到,差一点也不行,不是吗?就像第一次分手,终结之时还远未到来,不是吗?那天我们大吵一架,我说受够了没完没了地等着,受够了你在我哭泣的时候沉沉睡去,或是喝酒聊以自慰,跟朋友抱怨暂以解郁,却从不肯真的来我这里。你的事务那么多,一个接着一个,从不能在我这儿多待几天。我发誓删掉号码,再也不给你写信,回到过往平静,但最终只熬了两天,周二上午,我便在众目睽睽之下冲出会议室,打车前往机场,飞去挽回你——说到底,也正是那一时刻远未到来,不是吗?

R,眼下我重读信件,不免震惊于自己当时的炽热和疯狂。那时我们万分笃定,不会再有了,没有可能了,这样的爱一生仅会发生一次,怎么可能重来?原来还是会的。还是会遇到其他人。卡夫卡会遇见菲利斯,也会遇见尤里,米莱娜和朵拉;信件依然可以一封接着一封。只是篇幅长短的区别,只是浓淡轻重的差别。我渐渐意识到,原来沟通可以全然无效,谈话可以毫不共振,日常餐饭,肌肤之亲,对于一个孤身独居的人来说才更务实。

确实——爱上别人不仅让我觉得背叛了你,也背叛了过去的自己:因为那些体验不再如此特别,无可替代。我绝非为自己后来的所为开脱——只是,过去的一年,我们见面次数是一次还是两次？过去的两年，在一起的时间有没有一个月？我时常感觉不到你的真实存在，好像对面是个书信机器人：无条件地慈爱，无条件地悦纳，无条件地予你所需，所有见面和亲密不过想象。有次我梦见自己正躺在花草繁盛的绿地，四周是郁郁高大的树木，我起身，沿着溪流边的指向不断往前，往前，去向无尽的蓝。结果你猜，我到了哪儿？——世界的边缘。天空不过一层色彩艳丽的薄纸，伸出手指就能捅开。我盯着那只黑黢黢的深洞，想知道自己究竟在哪里，又能去哪里？

R，今年不太一样，一个人的生活变得很难，而且越来越难。那种无意义感，疲惫感，比以往更强烈，或者说，这一年我退步了，不再有勇气孤身前向目的地。又或者，我意识到目的地并不存在。以前我以为这是自己的选择，而今发现不是这样，是根本没有选择。你之所以触动我，难道除了所谓的契合，难道不正因你曾允诺，无论是何处境，都不会松手离去吗？你也深知日常之重要性的，不是吗？在一开始的信中你就这样写了："所有的思念，爱和欲望如何反复诉说而不朽，我们的词汇匮乏至极，所有语言都不及，永远不及，彼此一秒的触及。"所以我才飞去你长大的城市，飞去任何一个你所在的城市去见你。

啊，说远了。

有天晚上我忽然想起了面具的事情，想起后来一系列的事情，于是将其从抽屉取出，仔细看了看。这次发现了别的。尽管看似接近小面或若女，不知设计师是否出自美观的忖度，所以在眼内加了金饰。这样一点小小的改变，使得这张女面变成了鬼面。奇怪吗？自从有了胸针，我开始噩梦不断，层叠如石灰岩。在其中一个梦里，我走出午后的浅草寺，出门右转，看见一条曲折小巷，沿路走了下去。走了十来分钟，右手边一栋古旧的宅子（仿佛江户时期的建筑）挂着免费展览的牌子。我走进去看了看。光线无法折进展厅，厅内昏暗，数盏白灯幽幽照着造型凄厉的面具。我睁开眼睛，看见自己在床上，地灯就嵌在幻境与真实的夹层。

五月，我那位朋友忽然跟我说，最近去找男友，男友难言热情，两人的性事也急遽减少。她知道有问题，这让她痛苦。她曾坚称伴侣间不该查看手机，却趁他背过身输入密码时，记住了那些数字。在一个失眠的夜晚，趁男友睡去后，她看到了置顶的名字，以及一部分的聊天内容。早上她跟我发来消息，说感到前所未有的绝望。到了晚上，我和他说了这件事，他颇为不耐烦地听着，忽然道，你不会把她的事情套在我们身上吧。这句话令我警醒，想起四月下旬的一个晚上，我们躺在床上，用他手机看一则短视频时，他的微信忽然跳出一则信息。对方说：刚刚去洗澡，没有看见。他神色紧张起来，跟我说那是一位身在澳洲的朋友。他放下手机，抱紧我，说怕我误解，说只是在和朋友说我身体的情况。她很关心我的身体。我独自在洗手间待了一会儿，没再问下去。那段时间我生病不断。他终夜驻守，床边摆着水桶，待我吐满后洗净，如此反复，从不厌烦。我感激他的照料，也劝慰自己所有的怀疑不过是不实猜想。但那天晚上，我一直没睡着。凌晨四点，我坐起身，将那部正在充电的手机打开，看见熟悉的名字就出现在微信第一行。朋友的男友至少删掉了一部分。他大概过于信任我，一条也未删除。我看到了全部，知道了他和她对我外貌的轻慢品评；知道了每个周末，在他跟我说睡觉或者见朋友的时候，其实是去找她；知道他对外宣称早已和我分手，人已离开上海。他编造了去往江西的旅程，编织了每个站点的风景……他跟她聊天的方式就像他追我一样，弹一点曲子，画一点画，写几首诗；说明两人相遇并非意外，因为星盘如此合适。当然他们还只是聊天，还未走到那一步，但也足够让我崩溃。读完我将枕头扔在他身上，叫他滚。他醒来道歉，求我原谅。我们吵了一整夜，又一个白天。所有的自卑和不安全都回来了，比以前更激烈，连带牵扯出的是之前所有失败的经历。初恋，第二次恋爱，第三次甚至更多——

说来好笑，我曾以为自己早已跨越了这类障碍，不再以背叛为意；我甚至以为我了解嫉妒，并能将其转换成，动力。

我要求他删掉联系方式，他说可以。但是很快的，我又觉得并无意义。删掉又能怎样？痛苦和恨意可以一笔勾销吗？我不仅惭愧于要采用这样偏激的方式，更惭愧自己的痛苦和恨意。过去一年，难道我不是一直期望着他离开，离我远些，我也以为，自己不过在等这段关系尽早结束，就可以堂而皇之地去找你？就像我那位朋友一样，我们本以为自己可以完整且体面地抽身，坦然离去，毫无负疚，毫无痛苦，可是，后来呢？

你的愿望终会被响应。如果不把斯蒂芬·金的《宠物公墓》视为一个恐怖小说，而是当作一个隐喻的话，你会发现它其实说的是，如果你的愿望足够强烈，那便可能实现，只不过你最终得到的是愿望的幽灵：它早已死去、腐烂，散发腥臭，当它不叩而入的那刻，你是否还要呢？

我不知道，也许我还会，至于你，很可能跟过去一样，告诉我你需要想一想。

那天他坐在我对面，换了一副语调，说在上海的这段时间，感觉自己完全地变掉了，扭曲了。他不知道我们之间究竟出了什么问题，以至于每天都争吵不休。他感觉有什么横陈在我们之间，像一个幽灵，他说。

"我试着击倒它，但最终是我越来越虚弱。"

也许是真的。我眼睁睁地看着他一天比一天更苍白，更瘦弱。或者，我们之间也确实存在一个看不见的幽灵。你。说完他就走了。之后的一个月，我一个人过得混乱无度。倍感煎熬的暗夜，我拿起手机，找到任意一个号码，给他们打去电话。他们都很好，有人给我寄来整箱葡萄糖饮料，也有人整宿开着话筒任我哀泣，直到我渐渐睡着，但是R，我觉得自己正处于疯癫的边缘，无法区分什么在真实发生，什么又只是想象；什么是确切的存在，什么又只是记忆的变形。我靠着重读我们的通信找到过去相爱的证明，也通过和他的照片来确定过去的一年并非楚门的梦境。但我仍时不时地感到前方有根白色的绳索，悬在门框，悬在衣柜，必须竭尽全力才能抵制往那边去的诱惑。我知道熬过失恋的唯一办法，是不去反刍，不去回忆，踏过尸骸大步往前，是深深呼吸，转移注意——但其实都不奏效。痛苦全会复来，所谓意志，所谓坚定，溃决之刻仿佛从未存在。

哦，说起面具。那天我把它放回首饰盒之后，它就不见了。也就是前几天，我再度想起了它，跟你说了以上这个故事。我也跟他说了，甚至向他道歉，说某个时刻的我并非真正的我。他听说时汗毛直立，他记得第一次看见这个东西，就觉得不舒服，力劝我不要佩戴。不要在家中悬挂太多面具，因为这样"不好"。

然后他问，胸针在哪里呢？你处理了吗？

我说还没有。

他说，记得在十一点前，走出小区，用酒水米浸泡，找个一次纸杯，在路边找个垃圾桶扔掉。

我说好，会照办的。

一直以来他都这样，遇到任何问题，都有一套似是而非的仪式，都有一套逾越现实的解释。也许是真的。但现在我如此痛恨这些仪式与解释，痛恨这种不经思辨的笃信，痛恨这种对智力和理智的戏耍与轻视。我被过往的亲密和轻蔑同时击倒。我打开电脑，看见他默认登录的邮箱，意识到他们还在联系。他们还在联系，就像我预计的那样。但我什么也没说。我装作现实如我所愿，只要不去理会，就不曾发生。可能他也意识到了我语气的骤然变化，说，那股力量像是到了他那边，他周身发冷，问我是否真的处理了，我过了半小时才回复，告诉他是的，刚才睡着了。

但这些不会再跟你说了。其实我能理解他。某种意义上，他做的跟我现在和过去所做的又有什么区别？你问我还好吗。我说还好。你又问，讲完了吗。我说是的，讲完了。然后你说，那好。现在我说。你问我是否还记得，第一次我给你看胸针的照片，你就很诧异，说是一个朋友的作品。我说我记得。然后你又问我，是否记得在大连，你再次提及胸针和陶瓷的事情。我当然记得，那是六月初。虽然分别只隔半年，却像隔了许久，久到沧海轮转，可以再长出一个珠峰。你总说我们是一个新世界的人了，旧的世界早已死去，早在一月二十三日那天，又或者，我们也不过是旧世界的幸存者，侥幸活到了今天。那天在酒店，我接着他的电话，你在旁沉默听着。然后忽然说，烧瓷这个行业，某些时刻近似于巫。你说，那个设计师，那个女孩知道你。她从小身体很弱，有过几次大出血。可能身体再出点问题，就会死掉。但在烧瓷上很有天赋，可能是最好的艺师之一。你沉默了会儿，继续说，无论怎样，你要知道，我并没有真的做什么。我说，是的，我知道。你又说，如果我和他的这段关系对你而言有何益处，那就是不断地警醒你，告诫你，切勿不加思量地投身至任何一种新的恋情，因为这并不意味着和过去的了结，更有可能将开启一段无穷无尽的新麻烦。前段时间你过生日，她给你寄来一件手作的礼物，你也没拆开。她对于我们的事情似乎了如指掌。你说起她以骨灰烧瓷（这倒谈不上多奇怪，如果只是动物的骨灰），你也谈到她如何让腐殖质在瓷器里生长。你问，为什么偏偏是她？为什么又偏偏是你？

不知道啊，R，但最后，所有事就这样，连在一起，似是而非，但又仿若真的。

去年三月，我飞去找你，跟过去一样，我们吃饭，散步，也逛了几个菜市场。最开始入住的那家酒店，因空调有霉味，我们临时换到另一家。走前那天，你说晚上有事（一位美院的朋友找你喝酒），没法过来。下午我们看了一部电影（《小鞋子》？《小王子》？），看完电影四点多，你泡了杯茶，嘱咐我在凉透前喝掉，然后走了。我拉下窗帘，关掉电视，关掉了所有的灯，想一觉睡到天明，结果却躺在床上哭得停不下来。九点多你回来，推掉应酬，我们抱了一夜。

当我一点点回忆时，才想起来，可能正是那次出的事。我只知道有段时间饿得很快，体重增加得也很快，却以为是夏天到来的缘故。经期延迟了两个月。一天我坐在马桶上，低头看见自己的腹部隆起，阵阵抽疼，才意识到不对劲。我买了三根验孕棒，早中晚测了三次，结果一致。隔了一天，跟你说了结果，你说，怎么都可以。你决定就好。我想了几天，跟你说还是算了。你未置可否。手术只能在周一或周五，我选了周五。你说问题不大，应该能陪。过了一周，羞惭地说，不巧，正好与某个大型活动重合。我说，没关系，我找一位朋友帮忙即可。他在医院有熟悉的护士，比较方便。确实有这么一位朋友，那位护士是他前女友。他帮我挂了号，换了卡，带我去了医院。那天起得太早，我昏昏沉沉、魂不守舍，换完衣服，找不到手术卡。他也不记得，只能返回车里寻找。原本我排在第三个，结果成了最后。我坐在床上等着卡片，看着那些做完手术的女人，昏睡在担架上，裸露着下体，被两名护工挪到床上，身下垫着的灰白引纸洇出一摊血迹。有些还没做手术的在窃声交谈。有人说自己是第二次，已经不像第一次那样紧张，另一个道，她弟媳因流产次数太多，前段时间查出绒毛膜癌，今年不过二十七岁。也有人插嘴道，犯不着花钱做无痛，因为实际痛不到哪里。在这片小声的喧哗中，我注意到对面一个女孩跟我一样,也化了妆,也很沉默,怕冷似的攥着被角。之前在更衣室换衣服时,她向我借了一张卫生巾,她母亲忘了带。是她母亲陪同来的,那令其怀孕的男性又在哪儿呢?他是否也穿着一双雪白的新鞋,出现在一次无暇分身的重要活动中,对文学与世界的将来侃侃而谈?

注射静脉时,卡终于找到了。静脉打结了,血管又太脆,一针下去,涌出大量血液。我躺在手术台,戴着氧气罩,想起术前宣讲时,护士说最好早点清醒,越早越好,要尽可能多走动,麻药才会越快散掉,于是我强令自己醒着。谁能想到呢?居然扛住了药剂,以至全程清醒,清醒感到宫颈被打开,钳夹在内部搅动,温热的血块蠕蠕往下爬。

"别动。"医生重重地拍了下我的小腿,在我挣扎着想从手术台上逃下之时。

我在心里默念你的名字。但每默念一次,疼痛都会从下体转移到心脏。出了手术室的门,我仍旧清醒无比,于是开始给自己出数学题。78+49。55+16。究竟是多少?如果生活像算法那样简单就好了。我开始在整个病房转悠,给她们出题,逼她们说出答案。护工忍无可忍,叫我赶紧走开。出手术室的门前,一个上了年纪的护士给我量了血压,一百六。她的眼眶深陷,仿佛对我这样的早已见惯不惯:还好吗。我答,很痛。她在本子上划了一道勾,说,出去吧。没事的。我坐着电梯,下到三楼,和朋友说撑不住了,就晕倒在座椅上。他惊慌失措,

夜樱与四季

掐着我的人中，不断大叫着救命。你肯定想不到那样戏剧的场面：副院长巡房，他给我把了脉，又叫了一个医生替我检查心跳和血压，甚至安排了一张床位让我休息。是不是很幸运？

我不记得睡了多久，麻药到这一刻才起反应。醒来后已经是下午，朋友横躺在床尾的座椅上睡着了。我打开手机，看见你发来的消息，说活动场地在一个小镇上，你和一群人从市区出发，坐着大巴，坐了几个小时，刚到酒店，尚未来得及收拾。你问我怎样，我讲了经过，笑着问你，知道麻醉是什么感觉吗。你答不知道。我说，戴上面罩的刹那，脖子仿佛针扎一般。之后暖意从大腿涌上头颅。有点头晕，但比痛好。痛的时候简直没法忍耐。为了快速止痛，我猛吸了一大口，结果被乙醚呛到了，咳了许久，想起第一次见面，也是在连串的咳嗽中开始的，那些曾经激烈愉悦的性，统统变作了羞耻，变成了嘲讽。

这一结果并非不能预计，我接受同等欢愉匹配同等痛苦，只是没有想到惩罚来得如此迅捷，如此彻底。你的反应没什么可指摘的，依然温存体谅，全盘接受，就跟过去一样。我不得不承认，不要是对的，以我们的处境和能力，确实无法担负这样巨大的变动。虽然我曾无数次地希望，一桩意外能够代替我做决定，逼迫我们的关系不得不往前，原来做不到的始终做不到——同样的，你依然会永远缺席，在任何一个我需要的场合。我尝试置换到你的位置：有过一段婚姻，前妻和孩子都亟待照顾，如果她尚未决定开始下一段，你也会退守克制。如果她一直不找呢？

那你即便遇到，也会做出单身的假象。

是的，许多方面你无可挑剔，换作是我，远做不到如你这般得体。同时我也不免失望地觉得，你过于安全，过于保守，如此谨言慎行，从不犯错，却忘了爱应包含某种侵略性，而并非仅仅成为一个恭谦知礼的好人。作为我的导师，从一开始，你就以启蒙者之姿，一点点指引、松动、校准我的逻辑、语义、结构，你也小心翼翼保全我作为独立个体的自由意志，却未曾预料，在你隐身、远去的时刻，其他人也会带着铁锹前来，撬动地基，毁损城市，他们并不在意之前是何面貌，依何秩序，只一心烧去他们不能理解，也不能带走的全部，直到它们荡然无存。

五月底，我借题发挥，告诉你我并不快乐，不过自欺欺人。因为一旦泄露真实的欲求，你就会避之不及。你说，哦？那个真实的女性究竟是怎样？你是否又低估了我呢？那个争执不下的台风天，我听着窗外的雨声，独自在办公室待到凌晨。到家后我说没事了，为之前的失控而道歉。你说没什么。风波过去，一切如常。六月我们在临安见了一面。那天下午我们去看了一场露天爵士乐演出。烈日下观众寥寥，乐队不在状态，歌手走调了，鼓点节奏也有问题。我们坚持到了最后，坚持到了黄昏。演出会场后是新建的图书馆,我们爬上平缓的坡道,看见部分书架摆着乡绅的赠书,绝大多数书架仍然空着。你说死后想捐出所有藏书,因为空旷的图书馆让你心碎。下山后,我们冒着大雨去新安江水库边的山庄吃饭。褪色的木制长廊环绕着绿色的池塘,两个男孩站在池边的石阶,用长长的网兜捞鱼。部分包厢正在重修,墙角堆着碎石和瓦砾。日落前的光线、碎石与尘土,令我想起童年在农场度过的时光。我们肆意猜测邻桌男女的关系,你说,很明显,男士站在上峰。我想,你是否将其当作我们的镜像——我们之间,你是永远的上峰。你连无生命的藏书都已想好身后出路,却没想过我——或者想到了,你又能怎么办?

最后一次见面在上海城郊。只有半个夜晚。你到达已凌晨两点,天明后我醒来,发现你已不在枕畔,令人错觉昨夜你也未曾出现。我在床上坐了一会儿,洗澡、退房、回家,然后想,我终于不再那么轻易悸动、动辄悲喜了。我期望一个新人完全替代你,期待某天可以从容地说出已经忘掉你了。

其实没有,它因某种奇特的惯性,或者说宿命,持续了下来。我们依然联系,虽然不像此前那样频繁。去年七月,我告诉你遇到了另一个人,正试着爱上他。你说那且试试,未必可以。仿佛为了赌气,我给你发去我和他拥抱、出行的照片,发去我们听曲、看展的照片。渐渐地,不再是负气了,会因为他写到某个下雨天在陌生的旅店和恋人的告别而心碎;会因为他在火车站被小偷割破灯芯绒外套，口袋里只能掏出一张过期的学生证而心碎；会因为他狼藉的床单，黑暗的厨房，一如他眼下的生活而心碎；也会在深夜失眠时分，注视着他睡熟的侧脸而心碎。就像你曾告诉我的那样，我也告诉他，他在母亲去世那天所见的天空破开、日光流泻的景象，正是丁达尔现象，也叫"耶稣之光"。但我并未告诉他，你曾在小说里写过，我们在山君不离见过——那排光如立体的琴键，倒灌在十二月的高山芦苇，恢宏如史诗。我们仰头看了许久。还有一次，我们在酒店附近闲逛，正巧遇到美术馆有米勒画展，便进去看了看。《牧羊少女》。我第一次看见真迹，被猝然推到面前的1860年的法国巴比松天空惊到了。光自云彩裂隙间铺出通向神的通道，而少女仿如他的化身，你一再叫我好好看看牧羊女的心脏。

  我记得这一切，记得跟你相关的一切，但我也记得他在车站向我奔来，记得无数次将其推开，告诉他，爱你比爱他多，多得多，不会再有一个人跟你一样。然后，所有这一切，我自以为是的一切，就这样一点点失去了。

  我多希望生命不是这样一口干枯的井，望去只有徒劳的悔恨与水中的倒影，而是一座立体的迷宫，可以跳跃着选择，你能一步跨入多年以后，看清结果，也能一步回到一两年前，收回谎言，修补过错。

  该怎么说呢？她嫉妒着我，你嫉妒着他，我嫉妒着别人；

又该怎么说,他欺骗了我,我欺骗了你,而你又欺骗了她。谁又真正地做错了什么呢?在论及我们当下种种困境时,你这样写道:夜半闻见心击如鼓,不知从何讲起。谁做了什么?谁都没做错什么,但事情就这样一步步演变、恶化至此。是啊,我们早已娴熟地学会共情与移情,一切都是"可以体谅"的,一切都是"可以理解"的。但又如何?没谁真正的无辜啊。可能用一个故事来解释我们的贪欲和过错,会比赤裸裸的争吵、撕扯要有趣和体面一点,更能相互宽宥,彼此赎罪;可以假装这些愚蠢的意志并非产生于我们的头脑,这些所谓的失控、恶毒、嫉妒也并不是我们的本意,而是魔鬼的镜子掉进了加伊的眼睛。之后骤然间,一切变得易于理解了。我们接受这种解释,并以这样的解释为乐——就像上一次见面,我和他分开后,你来看我。我去上班,你睡到午时,整理了衣橱,拖净了地面。因为疲惫又睡了一觉,醒来后整理书架,我的笔记和他的照片从那些沉重的大部头中掉了出来。你逐一翻完,放回原处,之后打车去酒店。我去找你,你回来。我们又平静地过了一夜。后来你两次提及这件事,谈到你所受到的伤害——但是,如果不是我的疏忽,而是屋子那具泥眼的幽灵,吸走你的力气和意志,刻意呈现这一无足轻重的秘密呢?难道所有一切,不正是这些深谙人心之陋的幽灵所为么?难道它们不正如蝙蝠一般倒悬在阴暗的壁龛、石膏线乃至窗帘背后,只待时机一到,即携带利齿扑面而来,撕咬并吞咽你的血肉吗?

面具

你说，其实我们从不怕真话。我们怕的是被欺瞒。我反驳说，不是的，我并不需要真实。我宁愿被欺瞒，宁愿一无所知。不知道那一刻是出于胆怯还是好胜。比之失望，我确实更害怕失望和希望的循环，害怕希望每燃起一次，又破碎一次。就好像把已经焦黑的心脏再拿去火上炙烤。伤口不会被抹平，永远无法被抹平，只会被撕开、溃烂、扩大，所以我们才需更换爱的对象。因为新人一无所知，还可以尽情地想象我们。他们可以想象得无穷好，所以我们才会相信自己是个完整无损的好人。别信这种鬼话：克服困难。我们面对问题时，总是疲于应付，磕磕巴巴甚至找不到一个辩解之词。我们总是不断被一些琐碎的问题激怒再激怒，我们也会不断在最微小的问题上犯重复的错误。我们不会删掉承诺删除的任何一个号码，也不会断掉任何一个的可能——你看，我还天真地以为可以平衡两段关系，就像你某些时刻做的那样，就像后来他所做的那样。

我很好奇那些过了一生的夫妻。他们如何看待创伤，他们又是如何从创伤里步出。也许他们从不制造任何伤口，他们只是默契地保守秘密。但眼下我希望上帝能够置换我的心脏，置换一颗洁白的、未经污损的心。这样对于新人，或者其他人来说，才稍显公平。他们并没什么过错，犯错的从来是我自己。

朋友问我，要承认跟你早已过去，牵挂的是另一个人，有那么困难吗？我答是的。理智告诉我，跟他并不合适，理智告诉我，你还有残存的热情，虽然那些热情也早在过去的一年中几乎被消耗殆尽，但那些曾经光焰万丈的共同生活的想象，因为从未实现，它还存在着。我们还有可能吗？你说只要努力就有可能，这一章节会被彻底翻过，某些时刻爱走远了，某些时刻它又回来，它们随着你离去而走远，又将随着你的归来而重建。

我如此渴望重建——犹记得你在新年的第一封信里写：有时我会期盼一次真正的灾难，重新洗牌，好让你我可以摆脱一点什么，至少轻松一些，更从容地在一起生活……福克纳说，他们在苦熬。而他们就是我们：一边有着超人的意志，以精神相互维系，凌跃于种种沟壑；一边不断被现实所胁迫，进退维谷……只是眼下，灾难正真切地发生，生活也如你所愿，被重新洗牌，但在更大的层面，之于我们的个人生活，又改变了什么呢？我们从未能真正摆脱什么，又或是重建什么啊，曾经的枷锁依然还在身上，未解决的问题还是挡在前方，只要第二天不是末日，就还会继续延宕。

R，我在深夜给你写信，同时想起卡夫卡的提问：人到底从何获得一种观念与自信，相信可以凭借书信来彼此交流。你可以思考一个远处的人，也可以触及，拥抱一个附近的人。其他所有一切，都在人力之外。无论如何，写信，意味着在幽灵面前裸露自己，它们贪婪等待的，正是这一刻。也在此富足滋养之上，它们繁殖得众多而不绝……幽灵不会挨饿，我们却会死去。也会想起弗洛伊德学派的人所言：你的创伤比任何面具都要强大，创伤无法被掩藏，也无法被扼杀。你无法阻挡亡魂，鬼影总会缠绕你。

它还在。它消失了，但还在。也许我非但在黑暗中与幽灵同处一室，也正变成半透明的幽灵本身，甚至觉得，你也即是我以书信饲奉的幽灵。幽灵不会挨饿。幽灵永生不朽，唯有人会死去。

我们终将死去。今天我读到一条地震的新闻。今天的第三条地震信息，发生在云南红河县绿野县，4.4级。我发给你，问你，如果末日了，你会怎样。你先半开玩笑地说，难道现在不正是末日吗？过了一会儿，你说：

"来找你。"

可是不会的。你不会来找我，我也不会去找你。我一次次被告知，你无法前来，别处是幻象，目的地是幻象。就跟过去无数个业已枯萎、凋零、逝去的日子一样。我们只会坐在电脑前，坐在书桌前，坐在死者中间，坐在幽灵中间，不停写着。很奇怪不是吗？但这是我们唯一接受也认同的方式。专注才是我们在写作中真正获得的礼物。唯其专注，神才彰显，直至道成肉身。唯其专注，进入固定不变的循环周期，一切条理化，吐出兔子就没那么可怕，如果时不时的，吐出兔子也不可怕，那么被伤害，被欺骗也远谈不上可怕，创伤也不再可怕。

所以我们写着，不断写着，直到黑暗降临，洪水遍布，已成泽国，直到词语，如若一道光，刺穿环绕一切的黑暗——

而我正坐于黑暗，以其召唤你的真正到来。

移民

〇九年十月，我在省人民大会堂参加稻盛和夫的演讲。据说此次是其首度来华，促成者是一名姓曹的无锡塾生，前后费时一年有余。演讲下午两点开始，主办方要求参会者必须在一点半前入场，因为届时场内会很杂乱。确实如此。当天的内场人数超过了两千，其中三百名为越洋而来的日本塾生，其他则来自广东、江苏、成都、山西、内蒙古等地。一百七十余名志愿者和保安，及三四百名只买到旁听票的企业主挤在狭窄闭塞的外场过道动弹不得。下午两点钟，八十高龄、鬓角斑白的经营之神微偻肩膀，穿着一套深黑色西服，戴着标志性的金丝眼镜缓步走出贵宾休息室，挤在走廊的人群瞬间涌动，高举手机，在夹缝中试着寻找合适角度，以摄下某个关键性瞬间。深红天鹅绒幕布放下，大门合拢，隔开神和凡人。我身边坐着一位四十来岁的女商人，白色套装，面容清瘦，齐耳短发。演讲开始后，她忽然侧过头来，轻声问我是否记者，有否拍到合适照片，然后打开相机，展示此前拍下的数张模糊不堪的照片，略带忧愁地说，下次再见也不知得什么时候。我答应结束后让摄影记者发去几张清晰的照片。她将邮件手抄给我，之后一直勤勉地做着笔记。两小时后中场休息，我排队想拿点餐食，她走了过来，拍了拍我肩膀，示意我去沙发那儿坐会儿，然后端来咖啡和果盘，主动说起自己这几年的追随经历。她最早读稻盛和夫的书是二〇〇四年，深受震动，数月之内读完了他全部著作，并在企业内部推广其经营哲学，甚至自学日语，赴日游学。不久前，也就是五月中，她和日本温州商会共同组织了一场七十三人规模的赴日访会，参观其在鹿儿岛、京都以及东京留下的行商与生活痕迹。

但我以前是个激烈的反日者，她说，能想象么？

为什么？这些转变是怎么实现的？他哪方面打动了你？

她想了想，说，也许是他在日渐含混的价值观面前，以其身体力行，佐证了诚实商业的可能。

我不知道自己能否做到，但我希望如此，她放下杯子，说，我们该进去了，演讲即将开始。进入会场后，还需等待几分钟，她慢慢谈起自己九一年至九五年间在意大利留学的经历，那四年"苦不堪言"。父亲经营皮具生意，她的经济状况优于多数留学生，但困难仍多不可计。唯一优势是，当时出去比现在容易，一人出国，可带出一家。因其之故，家族二十余人先后在意大利、西班牙经商定居。一九九七年，她与出生在皮埃蒙特的工程师丈夫结了婚，定居在米兰伦巴第大区贝加莫省，生下两个女儿。〇〇年左右，她离异回国，两个女儿留在意大利，一年见两到三次。〇一年，她结识了复旦大学一位核物理专业的老师，合资创办了一家生产监控仪的公司，专为电脑电池提供参数测量系统、图像监控系统、低压配电智能化系统。最早他们给华为技术公司做配套商，负责工业设计，不涉终端。三年后，因爱默生并购华为技术，局面大变，须直面终端通信商，考验骤然变多，疲惫也在加剧。她无法说清为何会被一位日本老者吸引，只记得低谷期，即〇四年，赴日参观学习时，在东京工厂内的所见：工具材料井然有序，系统流程流畅严谨，连废纸篓在洗手间的摆放位置，亦不差分毫。日方工厂可以做到零库存，此一标准建立在对客户，对战略都十分清晰的基础上，这是我们目前难以企及的。我们的客户尚在云雾，前期采购常被浪费，她说，即便学不成其法，至少可学其经营思路。

演讲结束后，稻盛和夫被数十名保安保护着退场，并未留下合影时间。悻悻的人群像潮水一样迅速退去，偌大的空间登时安静下来。我装好电脑准备离开，她问我打算去哪儿，她的车子很快就到，或许可送我一程。临近下班高峰，又有集会，打车确是难题，我谢过她好意，并未推辞。车子到达时，副驾驶上坐着一位短发中年女性，她介绍说，这是她的随行理疗师，见我表情诧异，她笑着解释说已罹患乳癌多年，两年前切除部分乳房，并经历一次化疗。好在一直未曾复发，但仍需加倍注意。她按压右侧乳房，淡然说道，看，空的。在我下车前，她又说，回国近十年，走在中国街道，不知为何，仍时有窒息感不断袭来，我想，这应该不仅仅是空气或身体的缘故。

我还记得最开始的那几年，很多人会主动过来，跟你讲故事，想分析个人的"历史究竟如何沿着看似合理的路径走进了错误的房间"，又或者，他们是如何沿着看似任性的路径去到了正确的房间，时不时地，会说出一些深具诗意和哲理的句子，却很少意识到，诗意和哲理早在他们的经历当中。我对她的故事印象甚深，以至半个月之后，我在省人民大会堂看见潘，仿佛此刻与彼时连接了起来，两张面孔也跨越时空重叠在了一起，阐述出比单独形象更多的意味。〇八年的金融危机在中国因大量的财政拨款而延宕，导致〇九年的我们仍处在一种乐观的幻觉中，并未发现已走在歧路。恰如巴丢所言，经济从不能预测它所在领域即将面临的风险和灾难。但这并未改变什么。众人的热情空前高涨，会议不断，规格也很高，现场纷杂，但充满激情。在这些庞杂的会议中，十月底那次由省政府主导的颁奖典礼仍堪称盛大。潘是领奖嘉宾之一，也是唯一获奖的海外侨商。当时我正坐在左侧台阶上做听录，听见他说，我的梦想是做个村长。台下顿时大笑。气氛变得轻松起来。我放下电脑，站起身，视线越过阴影里的无数头颅，看见一个人抓着话筒站在鲜花中间，个子很小，支架太高，他调整了几次，也没成功，于是干脆拔下话筒，拿在手里。在这短暂的五分钟里,他讲到了青春期的热望,讲到如何在异国搭建梦之村落,少年心愿如何以另一种形式被完成。他也讲到了离开家乡,离开青田石亭的那个黄昏,橘黄光线如何延长前方道路,铁轨和山径如何化入玫瑰色的场景,而初抵异国的那个清晨,赤红色的太阳仿佛自漫长海岸线上首次升起,恰如世界的再次诞生。他的叙述介于局促和自如之间,介于真实和传奇之间。某种意义上,他非但像所罗门宝藏的寻觅者,也像所罗门本身。他清楚公众需要什么,对其表述将如何反应,而他则随时准备将他们需要的抛掷出来。五点半,典礼结束,我抓起背包,穿过人群,像一条逆流而上的鲴鱼,冲到他面前,直言想跟他换张名片。他身边已经围聚了一大群人,他深陷其中,显得有些措手不及,我不得不越过众人,抬高手臂,向他递去那张小小的白色卡纸,他犹豫了一会儿,从西服内袋拿出一只杰尼亚银质名片夹,抽出一张,垫脚递给我。

一周之后,我打电话给他,打之前,我发去短信,做了自我介绍。下午一点,他回了过来,说近期都在国内,就在老家青田,要去随时。第二天早上八点,我在汽车南站搭上一辆巴士,去往他的城市。整个路途约三百多公里,车票一百一十七,沿诸永高速,途经诸暨、磐安、缙云、丽水等市,需花费五小时。大部分高速路段都建在山峦之间,车辆穿梭其中,仿佛行驶于半空。隧道很多,灯光宛若群星,每次树木和山石沐着洁白的晨雾自隧道尽头再次出现,都像蒙受了神恩，欢愉地悸动着，很容易让人想起乔凡尼·斯特拉扎、拉斐尔·蒙蒂、安东尼奥·科拉第尼等等那些十九世纪的蒙纱圣母雕塑，我进而想到石雕正是青田特产之一。山脉远望郁郁葱葱，近前才发现稀疏细幼。开山造路给山地植被带来了毁灭性影响，仅剩部分崖壁还保留着小束瀑布。同行有人说，一旦下雨，尤其暴雨，山石和泥泞会倒灌至路面，导致寸步难行。沿途立有事故频发地带的橘色招牌，警示语用了黑体字。到达时已近下午三点。他之前说会安排车辆来接我。即将到达前的半小时，司机打来电话，说他就在车站停车场。出站后我找了一会儿，看见车辆停在07车位，一辆不算太新的奥迪A6，保持得十分干净，应是潘的日常专车。路上潘再次打来电话，说青田办公室过于简陋，我们直接去酒店用餐。司机五十来岁年纪，很瘦，穿着一件浅灰色衬衣，等我挂完电话，他说，去酒店至少需半小时，如果饿了，储物盒内有吃的。我说还好，还顶得住。后来的一路他都没再说话，但车技惊艳，平滑到我几度睡去。

我坐在酒店大堂咖啡吧的半圆皮椅上等潘。天花板悬下巨型水晶吊顶，对面是养着血鹦鹉的造景鱼缸。暮色渐浓，雾气如冰，这里气温至少比杭州低三到五度，似乎已提前入秋。大堂开着暖气，但当天酒店有两场婚宴，旋转门不断有人进出，导致室内温度也很低。其中一个新娘在走出电梯后披了件白色仿皮披肩。我预估不足，只穿了件姜黄色卫衣，感觉冷得要命。潘迟到了一个小时，到达时夹克衫的袖子和裤脚皆已然湿透。一开始我没能认出，少了聚光灯和西服，他看起来有些上了年纪，肤色很暗，头发凌乱，但黑得不自然，应该染过。个头比我记忆里还要矮些，腹部微微腆出。某种意义来说，他跟我在浙江看见的那些基层官员确实没什么区别。他将外套脱下，抖落雨水，重又套上，告诉我刚才是步行来的，因为距离不远，所以让司机提前回去休息，并未料到会下雨。我站起身跟他握手。

"先吃饭，吃完再说。"

"出门有些晚了，法圭那边现在由老婆儿子负责，"他解释，"下午打款出了小问题，耽误了点时间，实在对不起。"

我说没事。餐厅在四楼。他要了一碗米饭，说待会儿我们去顶楼酒廊，那边提供果汁咖啡，可以慢慢聊。然后说，餐厅主厨是他小学同学的儿子，小时候他和这位同学常常打架，对方个头高，抡人很疼，他因此吃过不少亏。毕业后两人没什么联系。三四年前同学听说他盘下这家店，找到他们当年的小学班主任，一起提了烟酒来道歉。老太太以前讲话很大声，现在已经耳聋了。他没收烟酒，工作照例安排。

"能帮尽量帮，不是吗？"他看着我。

是的，我说。

吃完九点多。我们在酒廊找了个相对偏僻的位置，最西靠窗的卡座。我要了橙汁，他要了瓶矿泉水，见我摊开笔记本，打开录音机，屈起指关节，敲了敲桌子，说，什么都不如听和记靠谱，你想知道什么尽管问吧。

潘的祖父是第一个到法属圭亚那的华人。那是一九二六年的事情。祖父原本的目的地是法国，但船只出了点问题，最终抵达苏里南。他被当地的混乱和贫穷吓了一跳。半个月后，他背着为数不多的行李，沿着海岸方向，向东穿越边境线，抵达法属圭亚那的港口城市圣洛朗。不过他并未就此停下，而是在坏天气和好天气的交替中，继续向南，抵达卡宴，最后在当地一家广东人所开的食品铺找到一份工作。十年后，店主以低于市场15%的价格租给他一间四十多平米的店铺，此后他以修表和照相为生。一九六三年，潘的父亲在接到祖父电报后也随之出国。不过在其抵达两个月后的一天，祖父和同伴打了一昼夜麻将，只输不赢，在最后一局抓到了三张红中，随后仰头倒地，猝然离世。父亲在极其仓促的处境中接手了店铺。时值一九七六年，潘二十岁，高中毕业，无所事事，拿着父亲寄来的二十多块钱前往湖南寻找未来。此时距离毛主席离世刚刚一个月，人人都显得悲伤且警觉。他提醒自己少说话，尽量不要像个异乡客。在韶山和湘乡交界的桐子坪，他发现本地隐秘地流行着一些古旧的占卜术。问事者们向巨树或是石像祷祀。他问了几个问题，部分出于好奇，部分则真的希望获得启示。

问了什么呢？

"不能说，"他摇摇头，"不过都应验了。就差一个。会实现的。"

离开青田前，他向送行的亲友应诺，赚到十万就回来，当时县长工资每月不过一百二元。

"他们都觉得我吹牛。就我知道，这是真的。"

乘坐三十多个小时的飞机抵达法圭后的第一天，他和久未蒙面的父亲就因为关于母亲的谈话吵了一架。深夜他躺在偏屋，无法睡着，于是走出店铺，注视着黑暗中的外港。那是吕萨群岛，由罗亚尔、圣约瑟夫以及恶魔岛三座岛屿组成的人间炼狱，十八世纪开始，成为重刑犯的流放地。囚徒给印第安土著居民带来了瘟疫和奴隶制度，也留下阴森的传说以及监狱的废墟。如今岛屿被一层墨绿色的雾纱所笼罩。他走向海岸，展开双臂，任由带白沫的咸腥潮水扑打脚趾，在梦幻和现实中度量着此身的位移。

他帮父亲看店，看店的第三天，一名本地人在店铺偷走一块上海牌手表，他见此跳出柜台，连滚带爬，一路追至广场。黑人攀上一堵高墙，失踪不见。他追不上了，大口喘着粗气。第二天，对方回来道歉。他将手表大方赠送，两人成了朋友。他跟其学语言，跑市场，熟悉行情。两年后他首度回国，返程时带了些轻型日用品，如牙刷、毛巾、脸盆等，意外发现十分畅销。当时国内物资限购，他通过父亲关系，从香港港口批发上海三角牌电饭煲和电风扇，以及部分日杂等，放在广东人的杂货铺寄卖，给予店主三成左右的提成。生意极好。七八年年底，他点算账目，发现收入高达96万法郎，约合36.7万人民币，结余近20万。梦想以加倍速实现。他独立办了家店铺，店铺数量和规模均迅速扩张。八一年，他建起法圭第一家专卖中国货品的店铺，起名为"友谊"（L'Amitié）。五年后，他开始不断带出同乡。无需护照，但也无法在此获取留居权，只能等政府大赦。一旦时运不济，期间被查，会被遣返回国。没有身份证，劳动所得无法存进银行，侨民习惯将纸币藏进墙壁或天花板，极易被警犬发现。最困难的是一九九五年，每天都有警察上门搜查，称其廉价用工，薪水低于政府规定水平，且收留非法偷渡客。每天需录口供十小时以上。不少员工都被抓去，他称做好最坏准备，但无人出卖他。九六年，大使馆出面调停，平息了此次风波，所以，"我亏欠国家良多。"

卡宴目前有六百余家商店，华人店铺占三分之二。华人中又有九成为青田人。他教导新移民经营，开店，低价将自建店铺，以一半价格租给他们。九七年，广西人何与本地一位华人后裔结了婚，希望开家商店，找岳父母作银行担保时遭拒，辗转找到潘。他听完后，痛快将一家店铺交由其打理。〇三年，何因父母离世回到南宁，开了一家家具市场。〇六年七月，他五十岁生日前夕，和年轻人在村篮球场打球时撞到尾椎，不得不在医院住了几天。何忽然打来电话，说自己查出肝癌三期，撑了好久，很不甘心，因为对他的"恩情远未报完"。九天后，何妻打来电话，说何已去世，弥留时仍提到他。潘坐在病床上，看着白色墙壁，移民送来的鲜花与水果摆满柜子，及深嵌于墙壁的窗台，贺卡印着陌生的名字，他忽然意识到自己老了。许多人在离自己远去，只有他还在幻觉一切不变，并徒劳维持生活的不变，仿佛就此能留住不断流逝的一切。父亲两年前去世，但七六年花一百法郎买下的三座皮沙发还在，虽然坐垫塌陷，扶手走形，但还在用，没有扔掉；身上的腰带买于十四年前，断过又续接，还能撑一段时日。一九七六年，最小的妹妹只有九岁，还在国内，现在已是四十多岁的妇人，说一口流利的法语，皮肤黝黑，酷似当地人。但他们其实还是陌生的"chinois"，本地人对华人的印象依旧刻板而单一。法郎业已消失，欧洲早已通行欧元，欧元又会失效，没什么是恒久的，恒久的只有磨难，人的苦难没有尽头，生存即是被迫的抵抗，你明白吗。

我说我知道。矿泉水瓶已经空掉，他又叫了一杯汤力水。我的果汁也已见底，剩一点橙渣，但我也喝不下别的。来时厅内还有一桌在喝酒，等我抬起头，发现人都走光了。他问我是否想休息，我说还好。于是他又继续讲述，关于排华事件，关于被拘留的经历，以及他的慈善捐赠。也谈到他对航空港事件、法圭公投的看法，说自己将"毫不意外地看见他们放弃自治权"。又说，这里七成以上国民为天主教徒，属于罗马教会，一成左右信奉基督新教。教会视侨社为黑暗之地。异国的异国。我无法相信他的存在。他说，〇三年九月，一辆巴士在圣洛朗与一辆货车相撞，车上十多名法国朝圣者或死或伤，平均年龄不足二十五岁。我无法相信，可如果我是迷羊，那纵然我身处栏外，也不会被弃，不是吗。

我说是的。故事很好，但我总有种感觉，他的故事已讲过多遍，他一遍遍地打磨，使之更流畅，更曲折，更饱满，也许对其而言，重要的不是真实与否，而是故事的组织及叙述方式。已过十一点，我有些疲劳，字迹越来越模糊、凌乱，难以辨别，他的声音也越来越遥远，缥缈，难以听清。不知什么时候，他轻叩桌子，对我说，走吧，去休息。我不记得自己是如何洗漱躺下的，但等我第二天早上醒来，发现笔记后面空白一片，什么都没记下。

这给写稿带来一点麻烦，但也不算很大的麻烦。不过在检索资料时，我找到一则〇二年的报道，刊发于青田的一份本地报纸。作者开篇提到，他通过私人关系找到了潘，文章写道，潘高中毕业四年之后，前往巴黎谋生，同去的还有他的姊妹，一个姐姐，三个妹妹。一九二九年，祖父在第9区开设了一家小型钟表店，一九七六年，父亲在14区开设了一家中餐厅。姊妹在后厨帮忙，他却终日游荡，被父亲批为游手好闲。他告诉父亲，一直在自学法语，并想去法圭行商。父亲未置可否，但给了他为数不多的原始资本。到达法圭后，他注意到本地无日杂百货，于是买了一辆脚踏车，逐户推销，每天工作长达十五个小时。一九八一年,他成立了当地首家专营国货的商店。新闻配图正是开业当时的照片,潘和一群政府官员共同剪彩。报道同样谈到了他的低谷期,只是事件和时间皆有差别——那是九六年的七月,一名克里奥尔人持一把餐刀,抢劫了一家华人商铺。店主此前已有过一次被劫经历,所以被要求转身后,他迅速从货柜下拿出一把水果刀,刺向打劫者颈部。对方倒下,鲜血喷溅到货架和墙壁。店主冷静地清洗了店铺。他二十岁的次女在仓库理货,并未注意到外部动静。直到顾客前来,看见尸体,尖叫后报警,店主才被叫去问询。案件引发了本地居民的集体抗议,争议点在于,劫匪还有三个月才满十七岁,此前并无犯罪记录,所持餐刀也没什么杀伤力。此外,劫匪和四个弟妹居住在距店铺四公里外的贫民社区,父母早已离世,半年前曾受雇于华人店铺,被取消领取经援和补贴,随后又被无理由解雇。他们抗议侨社和本地生活水平间的巨大差异,他们的自成体系,警察的毫不作为。警方迫于压力,拘留了店主。但仍有部分激进者冲进侨社,抢砸了部分商店。潘带头组织华人罢工,其他店铺纷纷响应。店主最终获释,而潘则因扰乱公共治安被拘二十四小时。

　　这些细节跟我了解的存在不少出入,但两个故事间,无论在巴黎起步抑或法圭,都无损其公众形象。至于他究竟因为哪起事件惹到麻烦,效果也一样。所以很难理解为何会对外出现两种版本。其他出入还有,华侨抵达法圭的最早记录是在一八七〇年，而不是他说的一九二六年。十九世纪六十年代，殖民政府从香港招募数百名华工来圣乔治修筑堤坝，以抵御频发的海潮侵袭问题，合同以三年为限，期满后政府给予土地，各人自由谋生。一战期间，不少广东人因亲友移民至此，皆因入境便利，无需手续。早年华人多留居在圣洛朗及马纳河地区，两地以金砂和橡胶出名。后淘金业衰落，华侨多迁至卡宴。上世纪七十年代之后，因印度支那战乱，部分华（亚）裔难民在国际红十字会和联合国难民署帮助下，来此地谋生，并形成Javouhey、Cacao、Regina等村落。当然，潘的祖父也许是最早来法圭的青田人，不是没有可能。许多华人移居法圭，有时是将其作为曲线入法的通道。第二个版本同样和法国侨民历史存在出入：十九世纪中叶，浙江青田人为谋生，途经俄国西伯利亚辗转至法国、荷兰、德国等地，成为最早的旅欧华侨。鸦片战争后，移民增多。除留学、避难者，还有近二十万招募来的华工。多数华工或在战时牺牲，或在战后被遣返，最后留下三千余名熟练工人。华人在巴黎的定居地区跟其职业息息相关。以行商为生的浙江华人多集中在第9区，他们兜售的商品包括扇子、手镯、项链、人造珍珠、陶器、石雕、头饰等，而瓷器、漆器、丝织品等奢侈品的售卖则集中在上海帮。上世纪五十年代至七十年代之间，华人餐厅蓬勃发展，多分布在第1、2、8、14、15区。二战后物流渠道败落，行商渐难，浙江华人多转至皮具制造业。当然，这些都是基于大向上的统计。落实到个体，各家族间仍存在些微差异。考虑到他们的集群特性，差异不会那么显著。在我打电话向潘核实细节时，他说，不太记得那则报道，也不记得采访者。一切皆以当晚所叙为准。但成稿后需要给其看下，以"剔除不必要的部分"和"更正显见的错误"。完稿后，我电邮给他，他发来一个新的电邮地址，说先给其秘书邵过目。两天后，邵回复了邮件，说字体偏小，叙述不清，望转成 PDF 格式，打印后再细阅。我虽则难以理解，但仍转录后发给了他。一周后，邵返回一则手动修改的扫描件。在扫描件中，他删去了祖父去世、向树问卜以及用工争议等桥段，又补入捐款助学事件。在纸张空白处，邵（也可能是潘）写道，"过去写那么多，当下和将来呢？"问号用了大号马克笔书写，十分醒目。

这件事并未对我们的关系带来根底性损害。报道刊发后，潘向我致电感谢，又说在侨商内部反馈不错，以后去法圭可以找他。一〇年至一一年，我给他打过几次电话，他都痛快接了，即便当时未听见，过一小时、两小时，他也会回过来。这些电话大多是一些关于侨商新闻的评述。他在谈话中多半尽可能显得客观中立，同时也不背离自己的真正意愿。聊得最长的一次是关于骆的案子。当时义乌人骆在瑞典卡尔玛市据说拿下了一块土地，准备开发中国商贸城。对外承诺只需投资两百到三百万，即可在瑞典获得一套别墅，一间商铺，以及在杭的一套公寓。当时吸引了为数众多（应超过三百名）的投资者。商铺和公寓倾售一空，媒体关注度也很高。结果到了〇九年年底，他在杭州的项目骤然停工，据说是拖欠款项。业主知道后，跑去欧洲进行核查，这才知道项目一直没拿到预售证。接着，瑞典一名女记者主动向浙江媒体爆料，说骆在卡尔玛市的项目也濒于破产。领事馆则进一步回应说，无法做出那样的承诺，无人可担保仅凭借购买商铺即拿到永久留居权。瑞典移民政策严格，尤其对于发展中国家，所以在过去几十年中，较少受到华人移民潮的冲击。

潘并未参与投资，但他痛快承认自己有亲友参与其中。他觉得有意思的点在于，时至今日，移民居然还能做成一桩成功的骗局，吸引如此众多的富人。他们了解海外生活吗？安稳，但无聊，人们早早步入老年，饮茶，购物，炒地皮，无非另一个香港或上海。行业回报率是可预估的，未来是能望到头的。中国却不同，疯狂、有趣，生活应该包含某种非理性的危险，否则意义在哪儿？他们了解侨民吗？我们都是故国的异客。每天都想着回来，但在国内待不了一周就想逃。我们和这里已经脱节。新侨民则是中间货色。他们哪儿都不属于。我谨慎地说，可能未必真想移民，也许只是买个保障，或者作为投资。他笑道，也许。不过我接下来想做的事情可能恰好跟他相反，我希望给侨民归巢做准备。

起先我以为这是一项没有时间表、相当遥远的计划，孰料仅仅三个月后，我便惊异地看见他出现在省电视台一档访谈栏目中,视频播送了他在法圭的景象:隔着几万公里也能感受到的永不黯淡的南美烈日,前殖民地破旧的红色沙地,湛蓝漫长的海岸线和咸苦清新的空气,密集如雨的蟠龙树兰、可可、萝芙木、剑兰、箭根薯等,集装箱似的锌皮板屋,白到刺眼的厚木墙壁,绘有涂鸦的墙壁,悠长安静的走廊,公司标志是一只蓝鸟(有些像蓝眼地鸠)——整栋建筑看起来就像搁浅在沙地的巨大货轮,只不过未经海水腐蚀而已。他穿着白衬衣在办公室里走动,桌面铺满各式文件,然后坐下来,介绍了下自己的项目(主要是引导侨商回国投资)。之后,我不断在报纸和杂志上读到他的访谈,项目的介绍,以及考察报道,考察点集中在金华和义乌,也有湖北荆门、天门等地。一一年的春节,他在午夜十二点前给我发来一则视频,关于法圭浙江村的庆典和表演。没有文字。

如果不是听闻他被捕的消息,我可能仍以为他在按部就班地推进中。消息最早是从侨商内部传开的,很快 Les Échos 上有了报道,报道开篇写道,潘"恰如一辆高速行驶的巨型列车,于星期三在其人生轨道上猝然脱轨"(Tout comme un train à grande vitesse géant, il a soudainement déraillé sur sa piste de vie mercredi)。这个比喻很容易令人联想起七月发生在温州那起震惊全国的动车事故,并展示了一个看似中性的修辞下可能潜藏的审判意味。除潘之外,同时被捕的还有他的两个儿子,一个十五岁,一个十七岁。此次抓捕据说已酝酿两年，涉及数额为历年最大。在电视台公布的抓捕和搜查画面中，可以看见大量面值50欧元、500欧元的现金，成摞放置于浴缸、打印机中，总计超过750万欧元。潘此次被捕主要涉及洗钱、偷税以及涉黑。报道称，潘在货物抵法之后，通过贿赂海关官员或寻找中间客的方式，以远低于实际货值的数额进行申报，以避免高额征税。随后他们将货物拉至市郊小商品批发店或是其他区域。这些收入必须通过一定方式洗白，用以支付国内供货商。按照规定，个人（普通游客）携带货币的上限是一万欧。出关必须严格按照当地缴纳税金的比例携带货币，过多则需申报，详细交代来源及用途，否则将处以所携金额一至五倍的罚款。华商惯用现金，为避税找了不少办法。一类通过小火车或私家车运载现钞，运至葡萄牙、西班牙、匈牙利甚至意大利的洗钱组织。有时甚至开至安道尔，再汇给中国。此类方式在早年并不罕见，不过风险也在与日俱增。除海关罚没的风险，还会遭遇来自内部的打劫。〇八年至一一年的多起劫案中，多条线索指向华人内部，受害者不敢报案，也不敢说出实际被劫金额。警方称，潘和他的团队以一种"化整为零"的方式来洗钱，大量钱币被分到多个人手上，然后他们从类似于速汇金（Moneygram）业务或者西联（Western Union）的汇款亭或者汇款公司汇出。单人汇出额不超过3000欧——这就是所谓的限制洗钱系统（SEPBLAC）。

随着事态的扩大，更多细节被披露出来。如 *La Croix*

发于 10 月 13 日的报道中写道，许多公司都通过一位名为 Rodrigo Puerto Cánovaz 的巴塞罗那商人和潘取得联系并洗钱。两人因进口箱包、皮鞋生意相识，有多年合作历史。也有人通过以色列女商人 Malka Manman Levy 与潘取得联系。同时，潘利用新侨民不熟悉法语和环境的特点，对其进行放贷业务，年息高达 60%。逾期不付，其在中国的家人可能遭遇恐吓和威胁。警方称，他们已接到数起被勒索者的报案，声称被潘的下属威胁。且有数名未付利息的人员失踪。潘的秘书，邵（春波，音译），为其一个分支机构的老大，专门负责桑拿业务。除负责保护潘及其家人安全之外，他还需监督那些骡子（注：将钱运送回中国或其他国家的工人），以及对其组织存疑或不按时付款的公司。邵拥有一个严密的打手及勒索网络，人员多来自于其拥有的十多家公司，以及家族成员。

报道和我之前的印象太过大相径庭。不过显然，报道本身也未见值得信任。追捕的最开始，警方对潘的指控共有十三项，甚至涵盖走私军火、组织卖淫等罪名，也许听起来过于荒谬，在其代理律师斡旋奔走下，最终减至三项。而他谈到的带人移民，则被指为在法圭低价用工。作为法国的海外省（区），法圭薪资远低于法国，人均收入不足法国的十分之一，但潘提供的薪水仍比法圭额定薪资低三分之一。其中有一则关于潘的发家史，再度跟此前他所谈的故事区别甚深。文章写道，潘出生于青田石溪一个普通农户内，父辈都是农民。十八岁这年，他高中未毕业，辗转前往巴黎，在一个广东人开设的中餐厅做了两年厨师。值得一提的是，和众多华人黑帮如竹联帮相似，他早期的帮派成员不少即是其餐厅厨师。之后他向国内亲友举债开了一家面积仅为三十五平米的中餐厅。一年后，因其勤勉，店铺迅速扩张，三年时间，潘已经拥有了三家餐厅以及十二辆送餐车。但这些送餐车在一次大火中被烧之殆尽，他不得不从头开始。其中最小的妹妹赴法，在服装厂做了一段时间的女工，嫁给了一位比自己大十多岁的华裔。在其妹夫的资助下，潘独自前往法圭，开始从事杂货和超市生意。起先他拿来货物，尝试在广东商贸店内寄卖，但在分成问题上二者产生了争议。他只能头顶烈日，骑车逐户推销，很快再度打开局面。之后他不断往复于法圭和义乌之间，从事小商品贸易，并带出数量众多的亲友、乡邻，给自己做雇佣工人。他和第二任妻子相识于一九九三年，第二任妻子杨（丽华，音译）原为法语翻译，当时由其雇来教授村民。在此期间，他解除了第一段婚约（"不甚愉快的"，报道形容）。一九九五年，他全家移民至法圭，杨负责一款中国箱包的出口代理业务，并借此进入贸易批发行业。他们在蒙辛里-通内格兰德租下一个约一千平米的废弃工厂，将货物带到此地销售。案发时杨因私事回国，恰好逃过此次追捕，但仍在通缉名单之列。两个儿子则因未成年，先后被释。二〇一一年，其集团的销售额对外口径是两亿元，名下公司十二家，合作商铺超过七百家。

我很难形容当时读到报道的复杂情绪，震惊，但也没那么震惊。譬如我很能理解他对父辈的装饰性说法，也理解他避谈第一次创业的失败以及东山再起的原因。我的困惑更多来自于职业本身。我困惑于职业所谓的"求真"性。我经常会意识到某种深深壕沟的存在，它横亘在我和被采访者之间，在我和我所欲求的真实之间，跨越填平几无可能，只是我当时并不知道，这个想法会持续、缠绕我那么多年。

二〇一一年是一个转折点，我对工作日渐混杂了失望、不满等诸多复杂情绪。动车事故发生时，因条线问题我并不在现场。地震发生时我不在现场。赖被遣返时我不在现场。京珠客车燃烧时我不在现场。这差不多就是我当时处境的一种总结——在任何一起重大新闻事件中，我都不在现场。环境在恶化，同侪在消失，公众对事件的遗忘速度也超过了我想象，对我进入行业时所怀抱的热切等于是一次迎头痛击。我对外部不满，对自己更不满。这种不如意蔓延到了采访过程之中。众人对媒体愈来愈警惕，寻找线索变得越来越难。最开始我联系了一位身在意大利的欧洲总商会会长，对方一开始同意在电话里谈谈他所知的消息，但两天后他婉言谢绝，称最近没什么时间。之后我再度联系了本地侨商商会的一个秘书长，说好下午一点见面，但他直到下午三点才出现。商会办事处设在一个废弃小学的办公楼内，刚下过一场大雨，花岗岩地面十分潮湿，我差点因此滑倒。秘书长的办公室酷肖档案室，充满了霉尘和白蚁的气味。他花了很长时间，从积满灰尘的书柜中找到一本厚厚的、刊印于二〇〇八年的名录，号称收录了本地所有侨商的照片以及简介，不过他也承认，因为收取一定的书籍设计和装帧费，所以难免"挂一漏万"。我在名录的中部找到了潘，简介只有几句话，是其头衔的简单罗列。照片约七寸大小，他坐在深棕色的办公室桌前，法国和中国国旗在其身后交叉成十字。秘书长凝神想了一会儿，然后说，他其实对潘的印象并不深，只在过年团拜会上见过一次。和其在海外的张扬相反，潘在国内深居简出，通常只在公司或老家一带走动，很少和商会往来。毋庸置疑，这是又一次徒劳的探访。我还记得，当时我住在青田县郊一家只有十二间客房的家庭旅店内，白天在山路间走动，山路无穷无尽，永无止境，晚上则看着没有信号的电视机和空采访本发呆，以期带来并召唤出空旷中的一点声响。整个采访十分低效，连着三天，几无所获。尽管据说潘后期在国内和法圭时间已经对半分，但其他商人对他的了解堪称为零，仅限于媒体上的几篇报道，叙述间模棱两可。在他长大的村落，当我提起他的时候，村民仿佛在回忆一个形象日渐稀薄的亡者（那处境简直跟科马拉寻找佩德罗·巴拉莫一模一样），其中一个老人冲我笑了笑，说道："他挣了那么多，也没见他给我们分点。"

最后一位在美侨商向我介绍了徐。徐大部分时间在法国，同样做商贸和箱包批发生意。这段时间因潘的事件，感觉

"周围乱糟糟的",生活生意均无法行进,只能回国休息。据说他的父亲和潘的父亲是故交。潘的父亲十多年前已经去世,而他和潘在九十年代中期有过几次生意往来。但两人后来在一起 K12 教育投资中产生了分歧,潘要求退出全部投资额。他同意了。这事之后,两人濒于断交。他同意跟我聊一聊,但他无法保证自己能够说出多少,毕竟他所知道的,也不过是堪称庞然大物的真相散落在各处的碎片中的一小片而已。

首先,徐认为,分散汇款的做法并不现实。潘被查处前,所涉及的清关货物价值超过八千万元,如果全部通过此一方式,不仅麻烦,而且容易引发警方监控。地下钱庄可能是比较合适的方式。钱庄提成在 3%-5% 间。华商直接洗钱的概率不大,大部分都会经欧洲(西班牙,比利时,意大利等)甚至东南亚的中间掮客。法国五月捣毁的一个地下钱庄,经营者即为泰国人。通过地下钱庄进行小流量的资金转移,或是通过裙带关系出境,而后带着商品出口,通过销售商品换取资金,实际是留学生和华商的普遍路径。年轻时我不大了解行情,徐说,第一次出国时带了三万多欧,入境时在调查表"携带是否超过一万"的选项上画了一个勾,结果被带到机场内的一个小办公室里,眼睁睁看着保安搜出现金点数,交了一笔不菲的税和罚金后才被放走。所以他后来"学聪明了"。按照操作流程,客户会在资金转移前半个小时给钱庄电话,告知具体转移金额和交易比重，随后可按当时黑市牌价确定兑换汇率。如果客户认可，需在半个小时之内将资金打入中介账户。但这一路径的风险也很大，除违规风险外，也有客户出于资金安全考虑，唯恐地下钱庄卷款逃走，所以对于庄家提供的账号，他们一般一次汇入不超过一百万元。更大流量的资金则需要在香港、开曼群岛、维尔京群岛注册贸易类壳公司，以进出口贸易为接口。

走这条路径没有办法，困难是显而易见的。徐说，去年九月，欧洲再度提高3%的交易税税率，进一步压缩了本就微薄的盈利空间。此外，对外口径和实际销售间常数额悬殊，法国媒体所述的七百多家店铺和潘之间实际只是松散的供货关系。

那些关于华人黑帮报道太过度，"简直可笑"，徐说，"选择社区自治只是没有办法的办法。"

说到这里，他忽然沉默了一会儿。此时我们正坐在他那间富丽宽敞又莫名混乱的办公室，深棕色丝绒窗帘垂下，中间是黄梨木茶座，茶壶边卧着一只紫砂蟾蜍，墙上挂着领袖的诗词，地上堆着石雕、图册，浮着尘灰，所有一切叠加一起显示出一种富有且漫不经心的态度。他舔了下嘴唇，将烟灰缸推向我，问，抽吗，我说不用，他用两指将烟灰缸重新夹回，从壶内倒了些高山茶给我，自己点了根烟，继续开始讲述潘的故事。

〇一年九月，本地居民因华人进入带来的失业、营收下滑等问题走向街头示威。示威者在试图闯入华人公司未果之后，拦住一辆华商运鞋的雷诺卡车，倾倒出车内所有鞋盒，放火焚毁。他记得，当时潘就站在距离起火点不到一百米的位置，靠近白色安全栏。两个脸上涂着亮绿色颜料、扎着头巾的年轻人爬上车辆，拉开车后箱大门，将那些棕色的黑色的男士皮鞋扔到路面。鞋子很快堆成一座小山。与此同时，他们拿着一根一米长的铁质撬棍不断敲击车厢侧面，以及车窗玻璃，大声要求司机下车，并抱头蹲在路旁。待司机下车后，十几个游行者随即攀上车辆，帮忙继续抛掷剩下的鞋盒。最后，一个穿黑衣的女人，四十来岁年纪，从其手提包里掏出一只打火机，点燃早已备好的横幅，扔在那堆货物上。塑料、皮革以及纸壳焚烧的刺鼻气味穿过了整条马路，游行者们也纷纷用手帕和头巾掩住了口鼻。但他记得，潘一直在旁抱胸看着，表情像围观众人踢死一只宠物狗。他不记得潘是何时离开的，等他再次抬头，发现潘已经不在人群中了。此次事件中，至少四十家华人店铺遭抢，损失包括鞋子、皮箱、电脑以及现金等。部分店铺选择闭店避灾，部分店铺改由本地店员看守，让中方人员撤离。其中一家华人鞋店店主因欠款和利息等问题，于九月的一个凌晨在店内自缢身亡。后来他才知道，店主是潘的朋友，并且是其一手带出的。

"我不知道他怎么想，对我来说，这次事件的教育是，在暴力和恐怖面前,我们几乎不值一提。"

徐继续说,一次在酒桌上,潘无意提到,他刚入法圭时曾经遇过一件事。当时他带钱进货,路上被一名本地警察拦截,对方顺手将其包内四千欧元截下。他愤然向警署报警,正好警察也回警署,当场被搜出等额现金。但警察则辩称钱为自己私有。最终他没能讨回,且挨了一顿毒打。

"这事是不是真的我不知道。但不管早年还是后来,这些境遇多少都会对他产生影响。他在北京建了一家艺术中心。你知道吗?"

我说我知道,传闻是这样,但几天前那家艺术中心刚在微博辟谣,说跟他没什么关系。

"是他的,他和几个百货业同行合做的。那家基金会下包括一家出版社、一个艺术中心以及一家画廊。国内则开设在北京和杭州。华人很少做艺术品生意,因为投资额高,回报率不定,门槛也高。听说这家基金每年至少得投入3000万欧元现金。"

我想起当时在 *Le Canard Enchaîné* 读到一则消息,说潘曾于〇七年现金贿赂博物馆馆员 Gaston Rüge,以远高于原价的价格向国家博物馆售出 64 件荒野鸟类摄影作品,这些看似只是在拍摄自然风物的作品据说实际探讨的是时间的延长以及瞬时的结晶。警方将艺术基金视为潘的另一条洗钱路径。

我问他是不是有这么回事,他说不太可能,因为艺术品洗钱手续在5%左右，周期约为两到三年，中间还需不断炒高艺术家价码，潘并不具备这样大的资金，也不具备这样强的能力。徐说，当然，我只是臆测，我想他很可能仅仅为了进入主流换取一纸通行券。但他没想到自己的所为反而会进一步恶化华人的处境。

"警方搜查区域一直在不断扩大，不少华人商贸深受影响，我们根本无法开业。他出事后，很多人删掉了他的联系方式，装作根本不认识他。"

"要删掉和抹除一个人轻而易举。"说完他站起身，从公司壁柜里拿出一些和潘的早期合影。潘在照片中看起来很年轻，像三十岁出头，杨也在，站在一切照片的左侧，穿着蓝或白的裙子，样貌普通，个子比潘至少高一头。见我盯了一会儿时间，徐说，他们关系很好。就像生意伙伴。

"潘对权力的兴趣远大于对女人的兴趣，"他笑了笑，"潘只在做生意和点餐时才和女的说话。"

如果他年轻，或许还有东山再起的机会。但是他不年轻了。时代早已跟我们没什么关系，他说，伟大的年代过去了，我们的幻觉、虹彩也都过去了。不，过去的不仅是这些，还有错误。

"已经有过那样的人生，还能冀求什么呢？其实他比大多数人都幸运，不是吗。"说完这句话后，他将照片重新插回相册。

我不知道潘还能冀求什么,但我会想起他被羁押后,代理律师提出缴纳保释金出庭候审的需求,法院裁决通过,但需缴纳八十万欧元。因其财产被罚没,经济出现困境,希望予以减免,法庭最终同意减半。五天后,潘的律师将九十三张由不同人签署的现金支票交给了法院。这些支票数额不等,但无一例外,都来自于其曾经帮助过的海外华人。也会想起他被保释后,曾经向法院提出回国申请。理由是母亲病重,但申请被拒。

这是我在这座枯索小城里待的第十三天,理应再搜寻下去,还有许多谜题待解,还可以试着找找人,但是那时我想,差不多了,可以了,到此为止,还能冀求些什么呢?

我记得在回城的列车上看见那些雨中失色的群山,看见迷雾里的铁轨,它们和第一次来时已经不太一样;看见被金黄灯带勾勒出的建筑线条——这类外墙装饰在这几年变得分外流行——它们倒映在漆黑的车窗,不断后退,仿佛扔进水里的火线或是夜钓灯珠。事实上它们看起来并非在后退,而是倾斜着上升,汇入天空,而天空正是这世界巨大缺口的一部分。这也令我想起他之前所讲的故事,譬如第一次抵达法圭时,朝阳如何以光明铺满海面,并改变了大海的颜色。那澈蓝,就像他命运改变的征兆一样,预言接下来将会一切顺利。他也谈到第一次从法圭回国,一路都在昏睡,在快要降落前,他忽然清醒过来，打开舷窗，看见自己和一小片机翼正置身于一片漫无边际的云海上。云海和天空交接处呈现一种如梦境般但清晰的渐变紫。最终色彩刺破了梦境，刺进了舷窗，变成触手可及的现实。那片初生的紫像一枚温热跳动的心脏那样喜悦鲜活。飞机继续往下，穿越云层。色彩渐渐消失，云朵仿佛污脏的棉絮，每一座都像兰伯特冰川或是比利牛斯山脉那么大。飞机因气流颠簸得厉害，仿佛随时可能坠毁。有人在尖叫。大半个中国都在下雨啊，雨滴争先恐后地在降落，他想，而我们正穿过几百万平方公里的雨幕，命运正隆隆而来，他对自己说，不会的，他的人生不会以那样的方式告终，而是会越过这些黑暗和困厄，走到昼光的所在。在叙述这个时刻的时候，他的语气充满笃定和自信，仿佛从遥远的他处找到当下的回声，连我也觉得，那一定是真的。一定是。

四季歌

壹·二〇一七,冬

去沈阳的飞机九成集中在浦东,凌空路是必经之路,沈阳也有凌空,只不过那是一个小区。梁波知道是因为女友杨绥。三年前的一天,他发消息问她,在哪里,在做什么,她答凌空。他愣了,你来上海了?杨绥答,没啊,和父亲在小区里遛弯,看几个老头打扑克呢。他这才知道弄错了,对此既失望,又好笑。可他们在一起那么久,所有情绪加一起,到底是失落多,还是幸福多,他并不知道。

和杨绥已经半年没见了,最近一次是七月,中间去了一次大连,在海边待了三天两夜。十一他本想过去,买完机票同她说了,她静默半晌,说算了,怕是来了也没工夫见。最近母亲摔了一跤,自己两头兼顾,早已精疲力竭。梁波说,我过来的话可以帮忙照应。杨绥说,就算过来,又能待多久呢?何况你也没有看护经验,人在这里,我还得分心。他被驳得哑口无言，只能把机票退了。十一月中，他计划去东北看她，结果先是母亲吃了老人和的过期酱菜，打了几天吊针，接着小阿姨女儿临近高考，她辞职回了合肥。梁父医务繁忙，向来不管家事，给祖母送饭便成了梁波的任务。一天两顿饭，精力全打散，别说去见她，有时一天下来，两人也未必能说上一句。

这样的状态已经持续了一段时间，他给她发去的消息，她常隔几个小时才回。几天前的晚上，杨绥给他发来一张照片，照片里她坐在医院窗台边读书，光从玻璃打进，给侧影镀了一层柔软的绒毛。他问，谁拍的，拍得挺好。杨绥说，邻床家属，你不认识。他没说什么，将照片一点点放大，看清她手中捧着的是《恋爱中的女人》。离开上海前，她从梁家带走了几本书，这是其一。之前杨绥发消息来，说上午打车去医院，环保袋丢车里了，里面有钥匙、设计图纸，还有看了一半的小说。他问，是网约车吗？杨绥说，不是，随手招的出租车。关键这会儿也记不起是不是在车上丢的。梁波又问，你爸爸身体如何了？杨绥说，就那回事儿，这种病难道还有好的可能吗？

能理解她心情不好，但他也一样。两人一下午没说话。看完照片，他才明白，原来掉的是这一本。问包找到没有，她答还没。他上网找到沈阳出租车总部号码，一路打去，问询，求情，折腾了近两小时，终于找到了那台车的司机。司机说，东西确实丢在车上，那位女士走太急，在后面叫了好几声，愣是没回头，旁边又有交警，只能开走了。现在太晚，明天抽空

夜樱与四季

送去。梁波听他口气，怕是明天也未必，客气道，朋友要得急，劳您今天加个班。您打表送去，多少我都按三倍计。司机同意了。过半小时，说是已经给到了。他付完钱，问杨绥拿到东西没，她说拿到了，口气里却并无失而复得的喜悦。

这是他们相处的规律，在一起怎样都好，隔段时间不见，例必起矛盾。圣诞已过，马上就是元旦，很快一月又过去大半，再等下去，便是过年。一月底，武汉有个里巷改建项目招标，他飞去和当地政府见了一面。除了他们公司，还有其他几家竞标，好不容易拿下，他跟大老板说，想提前休假。公司每年要拖到年二十八才放假。其实也没什么大事，无非结尾款，磨洋工，但一定得熬到那个时间。提前休假需走OA，层层审批下来，至少费一周。但这几年地产不景气，连累设计公司也萧条，一萧条便人浮于事。大老板把精力分摊在几个大项目，怕主将走了麻烦，对他就分外宽容。请完假，梁波便买了直飞沈阳的机票，鉴于去年的事，买时并没和杨绥说。

飞机落地时还有暮光，等他取完行李，走到打车处，天已全黑，恍惚间以为取了几个时辰。气温倒比想象得宜人。他从未在冬天来过东北，以为动辄零下几十度，大小毛衣带了四五件。也可能最冷的时刻已经过去了。打车处全是空车，他上了一部，报了地址后，穿着单衣的司机放下计价器，问去哪里，他重复一遍，司机笑道，不是问你，是问我对面的那个兄弟。他这才发现司机在打视频电话,方向盘边挂着两部手机,一部做导航,一部聊微信,刚才黑漆漆的没看清,还以为是个镜子,心说这样不大安全吧,可是马上要见杨绥了,一切都可亲可谅。他微笑着听司机唱了一路的歌。K11的标志在夜空里熠熠发光,歌剧院是个斑斓的水上泡沫。快到酒店时,他给杨绥发了消息。她不知是忙还是震惊,直接打了过来,说得等父亲睡下后才能找他,最快也得九点半。他想去医院接她,她说不用了,还得先回家收拾点东西,"你在酒店休息吧,千万别折腾了。"

这家酒店在和平区,他每次来都订同一个,因这里离她家、离医院都不远。次数多了,他总觉得至少有两次住了同一个房间,这在概率上是极有可能的。那座烟囱依然高高耸立着,透过落地窗就能看见,依然无法分清下面昏暗的方块是工厂还是民居。唯一明亮的地方是太原街,街口用广告牌封着,好像重新装修过。中间的小吃摊罩着塑料棚,看去灯火通明,棚子衬得像个剔透的灯罩子。上次他们在那里携手散过步,还在二楼的餐厅吃了顿饭。他记起哪儿读过,这里原名春日町。当时日本人想在沈阳再建一个新银座。可这么多年过去,他们估计没想到,新银座姑且不论,旧银座也快不复存焉了。

他打电话给前台,叫了一份小馄饨,吃完两只觉得饱了,扔在一旁,脱去鞋子,和衣躺在床上。原想休憩一下,没想到很快睡了过去。昏沉里手机大作,是杨绥打来的。说她人在楼下茶座,这里上楼要刷卡。梁波放下电话,看见手机里五六个未接来电,还有三四条未读消息,心里暗暗叫苦,迅速跑下楼去。

杨绥坐在茶吧的蓝丝绒沙发椅上,怀抱一只白色环保袋,袋子塞得鼓鼓囊囊,面前的玻璃圆桌上有杯干姜水,几乎没怎么动过。这个点了,除她之外,仅有一桌女客,听口音应来自江浙。杨绥起身拿包,他歉然道,对不起啊,刚才不小心睡着了。没事,她说,没等多久。

在电梯里两人没有拉手,进到房间,杨绥抽出围巾,脱了大衣,挂进衣橱,取出包里衣物,梁波拉住她,捉了她的手,坐在方凳上,道,不急,让我看看你。她笑了,有什么变化吗?梁波说,瘦了。她说,嗯,你胖了。梁波道,真的?她说,反正你也没瘦过。梁波伸手摸她发梢,道,你这个颜色很好看,都不用漂洗。杨绥说,我还想染个绿或蓝呢。你说哪个好?梁波愣道,绿了不像只鹦鹉吗?要么蓝色吧。头发白了也没什么。杨绥道,逗你呢。白了是没什么,就是掉得太厉害,早上起床经常看见枕上一大把。梁波沉默一会儿,慢慢道,我觉得,你什么样子都很好。你也是,她伸手轻抚他的脸,我们去床上说话吧。

两人和衣躺在床上,梁波关掉顶灯,留下夜灯和浴室灯。都关了吧,她说。梁波便拉下了总开关。屋内骤暗,室外反而明亮起来,天空呈现一片瑰丽的紫红,仿佛正酝酿着一场暴雨惊雷。坐了一天车和飞机,他原本很疲惫,但刚睡过,又上下

四季歌

折返,困意减了许多。杨绥压在他胳膊上,无知无觉地,像睡着了。干脆闭目养神吧,他对自己说,可思绪纷飞,也养不了什么。他抽出胳膊,轻轻甩了甩,搂住她。手机又响了,他跳下床,从兜里翻出手机。没有消息。是她的手机,搁在床头柜上。他望了眼屏幕。她母亲的名字。他将她推醒,她接过手机,手压在额上,蹙眉听完。怎么?他问。我爸又便血了,她说,我回去看看。包我先不拿了,但今晚未必能来。如果他没问题,我尽量过来,就怕到时吵你。你可以打我电话。

梁波说,我手机开着。实在过不来,也没关系。他从桌上拿起一张房卡,塞进她手里,这你也带着。她点点头。梁波把围巾递给她,迟疑了一会儿,问,我能陪你过去吗?杨绥扎好围巾,打了个结。算了,她说,在医院熬夜很辛苦。你在这边休息。他想说什么,还是止住了:我帮你叫辆车。

他趿着拖鞋送她下楼,直至目送她上车。剩他一个的时候,酒店房间就显得太空,太饥饿,没什么能够填饱。商业街的灯火已经熄灭,天空仍然是一种暴雨欲至的紫红,只不过正从浅转浓。他躺回床上,揿下按钮,随着一声绵长的滋声,窗帘慢慢合拢,将最后一点光隔绝在外。人陷在柔软巨大的被褥,跟躺在墓地也差不多,他在一种难言的悲哀里,渐渐睡着了。

醒来已经十点,他睡出一身大汗,坐起后清醒片刻,拔去充电线,看了眼手机。只有一条工作讯息。他怀着抑郁洗了个澡,出来后却见手机震动。是杨绥打来的,问他睡醒没有。

后半夜父亲情况稳定,她也趁机眯了一会儿,"想到你可能要多睡一会儿,就没吵你,待会儿我到酒店来,要不要给你带点什么?"

梁波问,伯父伯母知道我过来了吗?杨绥说,没有,还没和他们说。梁波说,嗯。杨绥道,我是怕说了,你不过去不行,可真去了,也很难办。梁波道,明白。就是怕以后不好交代,说人都到沈阳了,也不打个招呼。那倒不会,她说。梁波说不清哪里就是别扭异常,顿一会儿道,待会儿我去医院接你吧,正好出来找点吃的。

医大一院他没来过,杨绥说在门口等,他下车后发现门口空空,人在保安室。梁波把果篮和营养品递给她,说,你觉得不方便,我就不上去了,就说一个朋友送的。杨绥轻道,呀,你还是买了,还这么多。梁波撇开头,不去看她。上去吧,他说,我等你。

她上楼后,梁波坐在台阶上抽烟,看着街道往来的人群。对面马路的围墙刷着大字,鹅黄色背景上写着标语:"……忠诚担当……创新实干……建成……现代化、国际化大都市。"据说那里夜间常有站街者出没,乍看和一般的时髦姑娘没什么区别,但看上一会儿就能分辨。不是穿着,而是她们走路的姿势。看一会儿就知道,她们并不是真的要去什么地方,她们也不是在等待一个固定的人,这种松懈疲惫的姿态很容易将她们和其他人区分开来。但现在路上空荡荡的,墙壁和道路看起来

四季歌

黯淡且陈旧。树木也不多，大部分是杨树、柳树及桦树。杨绥在南方第一次看见乌桕，问他是什么树，"像落了一地的毛毛虫。"

一根烟没抽完，她已经下来了，手里依旧提着那只果篮和部分礼包。你买太多了，她说，他们都不怎么能吃，我给其他床的分了些，还剩这么多，我想要么送给我小侄女去。你饿不饿？要是急，我们找个餐厅先随便吃点，垫垫肚子。要是不急，就把东西送了，走路过去。这包东西太沉了。还好，他说，那先把东西送了吧。

两人招手拦了一辆车。坐在车里，还能望见那只烟囱，高高地矗立着，吐出一柱白雾。大桥下是巨大的停车场，停满待售的二手车。建筑上的石灰掉了，脚手架和墙壁上爬满灰尘，写着醒目的"拆"字。他默然看着。杨绥在叫车停下。麻烦靠边，她说，我下去给个东西，很快就走。

车子在一家小超市门口停下，铺内几排货架上摆着零食和卫生用品。一个小女孩穿着一件银光闪闪的羽绒服坐在货架边，像个浆了锡的轮胎。杨绥叫了一声，她便亲热跑来，赶着叫"姑姑"，杨绥问，你妈呢？你奶呢？小女孩望了一眼店里。在后边儿啊，杨绥说，要不今天去姑姑家吃饭？小女孩点头，叫"小妹儿"，另一个小孩儿也跑来了，穿了件黑底红花的羽绒服，呆呆地看着她们，杨绥摸了一把她脸蛋，正色道，去姑姑家吃饭，就跟姑姑睡了啊。小的瞬间跑得不见踪影，大的连连摇头，杨绥直起身。嗨，瞅你那没出息的样儿。东西拿去，帮我和你妈打个招呼，小女孩拎着果篮跑开，叫"小妹儿！妈！"，很快就不见了。

杨绥上了车。车子开出老远，她仍频频回头，半天才收回视线。她说，小孩子长得真快，个把月不见，好像又高了。梁波在旁看完了全程，问，她们是还没上学吗？杨绥说，不，大的上一年级，小的还在读中班。嗨，她揉揉右眼，握住他的手，出了会儿神，今天是周日呀。梁波道，不好意思，一不上班就过混了。

他知道她某些表达的意图，但诧异于她跟小孩相处得如此娴熟。以前她总把不要小孩衔在嘴边。梁波觉得，要不要都可以，不算什么必要和迫切的问题。可在上海的第二年，有回她经期推迟，怀疑跟上个月某次不戴套有关，十分恐慌。梁波强作镇定，笑道，有了我们就要好了，赶不上婚礼，就叫她做花童。她背对着他，半天没说话，蓦然回头，满脸泪痕。他一时错愕，不知说什么才好。虽然事后证明只是虚惊一场，后来谁也没提，却就此成了一个心结。

车子停在北二马路。杨绥说的那家日料店就在附近，走去大约三百米。梁波低头走了几步，停下笑道，不怎么想吃日料，就在这里吃吧。没等她回答，他几步踏进面馆，找了靠窗位置坐下。已经过了用餐时间，厨师在配餐台打瞌睡，服务员是个大姐，腋下夹了本菜单，慢吞吞走过来，问吃什么，菜单甩在桌上。所谓菜单只是一张封塑的粉纸，他看了看，我吃油泼面，你呢？杨绥道，跟你一样。梁波说，那两碗面，一碟酱牛肉，顺便给我些热水。等服务员走远，她问，怎么忽然想吃面？早知你想吃，附近有家本地面馆还可以，再走几步还有家上海面馆。梁波道，没什么，就是不想走了。他笑道，在这吃上海面？也真想得出。面很快上了，分量给得很实在。梁波吃了大半，抬头见她在碗里慢慢挑拣，道，怎么越吃越多？吃不下就算了。她点点头，放下筷子，喝了几口店家赠送的紫菜汤。他也不想吃了，招手买了单。去酒店的路上，梁波说，上次你就和我说过了，这里有家上海面馆。她低头看着路面，轻道，是吧。我忘了。

她居然忘了。以前她什么都不会忘。她记得每一个复杂的公式与人名。梁波想起第一次来沈阳，第二天下午两人去了彩塔夜市。去早了，摊子还没开张，只有一家卖土豆焖子的摊主在准备材料，旁边零星排着几个人。一条长道走下来，几乎没什么能看的。她有些窘迫，问他是否失望，他说没有，挺好的。他确实觉得挺好的，只要想象着她在这些宿舍楼间长大，背着书包走过这些散落煤渣的道路，他就感到和她的过去终于建立起了某些联系。傍晚两人各借了一辆单车，沿浑河缓缓骑行。她在前，他在后，他假装想要努力跟上她，拼命蹬着脚踏，她大笑着，骑得更快了。他在后面看着她因风鼓起的外套，看着灿烂的夕光洒在她身上，感觉太快乐了，快乐到害怕。

回酒店后，杨绥先去浴室洗澡，梁波在外等着，不知不觉又打开一包烟。有段时间他想戒，买了电子烟作为替代，但最近又开始复吸，于是自我劝慰说，不进肺的话，应该关系不大。他一边抽着，一边听着吹风机的声音，将烟灰掸进垃圾桶。声音忽然停了，杨绥走了出来，抖开头发，说，吹风机跳掉了，可能是烧坏了。他说，也许知道自己不大好用，所以自行断电降温。她没笑，一脸严肃，他也就当什么也没说过，将搭在沙发的浴巾递给她。她接过浴巾，擦起头发。他坐到桌边，开始翻看建筑图册。包里还有一本伊东丰雄的文集，谈日本"3·11"震后重建的，但他现在读不下任何字。杨绥擦完头发，去了浴室，出来时已经穿戴整齐，坐到方凳上，穿起袜子。梁波仍拿着书。手机响了，是同事Leo发来的讯息，问他项目进展如何，他读完信息，将手机放到一边，继续看书。手机声引起了她的注意，她抬头问他打算什么时候回去，梁波苦笑，这么快就想我走？不是，她说，就是我待会儿下午可能还得去医院，一弄也不知什么时候。你忙你的，他说，我不妨碍你。她的脸慢慢涨红了，你怎么不懂呢？你在这边，我根本照顾不到啊。

见她一脸难受，梁波忽然觉得，也许自己真的不懂她。她也一样，对他很多方面所知甚浅。他在心里叹了口气，说，明天早上十点有一班。明天？她问。是的，梁波说，明天。这么快。你觉得呢？看你。我都可以。他说，怀抱一丝侥幸。她停了一会儿。你要是定了，她说，就早点买票吧。他感到心发凉，下沉，像掉进冰冷的黑水。好，那就明天，他说。

她迟疑了一会儿，你会不会怪我？哪会，他说，我们之间，谈不上的。她踌躇片刻，又说，你要是不急，晚点也可以。不了，梁波道，就明天吧。公司还有事。

好，她说。她终于穿好了鞋袜。如果是十点的飞机，八点半得出发，你记得定个闹钟，这样还有余裕吃早餐。如果，她迟疑了会儿，如果来得及，明天早上来找你。没事，不用的，他说，我也未必起得来。她已经从衣帽架上取下包，开门前道，那我走了，去和我妈换个班。下午你睡会儿吧。明天早上我找你。他忽然很失望，不仅因为她的冷淡，更因为那些佯装的镇定、大度，还有所谓的尊严，如此脆弱，甚至经不起一句话的震荡。

梁波道，杨绥。她回头，怎么？梁波迟疑道，你还想和我在一起吗？她看着他，还是从前那张脸，几无变化，可他觉得以前的她仿佛消失了，如今寓居在她体内的是个陌生人。她笑笑，没有回答。

她走后，他试过开电脑，看图纸，可是很快的，他又把电脑合上了。除了睡觉，他并没什么可做的。也不知怎么熬了一个下午，醒来时天已全黑，窗帘依旧紧闭。浴室传来水流的声音，温热而迟缓，黑暗里影影绰绰，是杨绥回来了吗？什么时候进的房间？他睁开眼睛，水流停止，人影消失，刚才的一切不是真的，她没回来，整晚都没有。他在等着手机不可能出现的提示。这些怀疑和痛苦，仿佛要把他肢解，丢弃到各处，他就在这种辗转反侧中再一次睡着了。

听见刷卡声时，他以为又是幻觉，闭着眼睛迟迟未动，再次睁开，却见杨绥笑盈盈地坐在沙发上。他下意识坐起。几点了？他问。杨绥道，六点。我来早了，说完脱掉鞋子，钻进他怀里，静静抱住他。就这一刻，他简直想流泪。很快地，她又爬起。去洗漱吧，她说。

餐厅在二楼，分区规整，食物琳琅，服务员多过食客。杨绥拿了一碗豆腐脑，一碗白粥，他拿了一片全麦吐司，要了一份欧姆蛋。杨绥笑道，这么少？不太有胃口，他说。她点头，我也是。她看了眼四周，舀一勺粥送进嘴里，这里人越来越少了，早几年还行。他不作声，欧姆蛋被刀叉划开，蘑菇、芝士、蛋液一起流出，淌了半盘，服务员走来，问他要咖啡还是红茶，他说都不用。服务员在时她一直很沉默，走后她却像要说什么，梁波打破沉寂，问怎么了，杨绥说，我想，要是你不方便，我来说吧——我们分手吧。他对此毫不意外。没什么不方便的，我觉得很好，就这样吧。他踢开椅子，提上行李。轮子摩擦大理石地面，发出刺耳的声响。酒店门口停着一辆的士，他见空着，拉开车门，坐了进去。

的士司机看出了他情绪不佳，起先没作声，之后主动说起自己，说他岳父有酗酒恶癖，被母亲怂恿着打自己的老婆，有一回把妻子的小指都打折了，还因此进了派出所。岳母出人

四季歌

意料地忍了好多年，只跟一对儿女抱怨。妻子卡在其中两头为难，常把脾气发在他身上，她年纪小他六岁，他且让着，可是，"你说我能咋办？我跟谁发呀？"到机场后，他帮梁波从后备箱取出行李，笑道，嗨，谁还不是个熬。梁波接过箱子，一时茫然，忘了说谢谢，等记起时车子已经走了。他呆在原地，过了一会儿才进门。时间还早，也无法改签，他拖着行李箱，在并不宽敞的大厅走来走去。

贰·二〇一八，春

杨绥二十二岁这年在多伦多一家事务所实习，她考虑长居加拿大，但始终踌躇难断。她跑去问导师，导师吉林长春人，和她算半个同乡，听完问题，他并未直接给出建议，而是说起家事，说父亲以前在东北工学院教建筑，西学功底很好，一九七五年，父亲在学校宿舍的公共浴室，用一块沾水的毛巾，一头绞住脖子，一头套在帘架，把自己吊死了。一个月后，大姐在学校自习室用父亲留下的剃须刀割断了颈动脉。小妹当时不到十岁。几年后，母亲认识了一个司机，司机是武昌人，两人决定去湖北定居。离开前，母亲找儿子谈了谈，导师声明不想离开，母亲便只带走了小妹。

他考到了普林斯顿，在那里结识了自己的妻子，随她来到了多伦多，在此定居，在一家外资事务所做了几年。后来，一家华人建筑事务所向其抛来橄榄枝。事务所在业内排名略低,但提供的职位是合伙人。他独自飞到海边,想了两天两夜,决定接受邀请,一做又是多年,中间失去了一个女儿。〇四年,母亲去世,小妹辗转找到他的联系方式。在飞机上,他梦见了他们,梦里他们才七八岁,大姐也在,笑盈盈地推着他们的秋千。秋千荡得好高,高过云端。醒来他还在三万英尺之上,去国仍有几万里。跪在母亲遗像前,听小妹平静说起她屡次动过的手术,他忽然觉得,在外那么久,不过一场梦。

很难说清什么样的路是最正确的,我们能走的,就已经是最好的。

很多年后,她仍不断想起导师这句话。他说的没错。确实,没有最为正确的道路,人所能走的就是唯一的,而唯一的,当然是最好的。

她初中时数学不错,全因为暗恋数学老师。为了叫他在桌前多停留一会儿,她不惜代价找来最难的习题。同学目她为天才,她也差点信以为真。高中打过几次奥数比赛,终于认清了自己智力平平,所谓神迹,不过是一股年轻的执拗,于是务实地选了建筑。去多伦多读书虽有奖学金,但家中经济实已每况愈下。父亲所在的工厂倒闭后,他转去做了夜班司机,作息昼夜颠倒。所以在大学里,她什么都做,什么都接,没有绘画基础,就在自习教室反复练习。梁波也就是在那间教室向她告白的。后来他说，觉得她那副模样很动人，"有股与众不同的劲。"怎么说呢，也许错误的时刻总有对的部分。

毕业后，两人回到上海，各自去了心仪的建筑事务所，并买了套屋子，作为同居的所在。她去他家吃了几餐饭，和他父母相处得不坏。结婚只是时间问题。迟早的，他这么说。她也这样以为。

一五年十一月，父亲查出胃癌，收到消息前，她和梁波正在英国的天空岛。那里草原广袤，茵茵绿地间疏落几栋花园小屋，粉紫云彩铺满天空。见到这里，便信了世界确有童话。梁波说，以后年纪大了，我们就在这儿买个房子，看看落日，种种蔬菜。呆腻了我们就回国。她说好，以后我们一半时间待国内，一半时间待国外。说时充满信心。童话如有结尾，也该是"幸福地生活在一起"。结果晚上就收到了信息。她伏在旅店床上大哭，梁波抱紧她，抚她后背，安慰道，没事，没事。胃癌存活率高，尤其早期。治好了跟常人一样。有人三十多查出肿瘤，八十多才走。说不定比我们还长寿。

她有了希望。两人改了行程，提前回了国。他们曾计划将埃文河畔的斯特拉特福作为终点，但天空岛成了旅途的最后一站。

起先她还幻想着维持工作，但父亲的病总是好一阵，又迅速恶化下去。常常是清晨，蓦然醒来，看见两个未接来电，名字显示为"母亲"，于是战战兢兢地打回去，听母亲哭诉半小时，挂断再看时间，还不到六点；有时是在开会中途，又一个不速之电，只能熬到会议结束，再回拨过去——几无好消息。次数多了，画着图纸，洗着锅碗，仿佛也能听见有人正打来，于是速速擦干，找到手机。什么都没有，风声鹤唳，草木皆兵而已。所以隔段时间她就得换一次铃声。

两地奔走了一年后，她留在沈阳的时间不可避免地越来越长。起先是一周，十天，之后是一个月，两个月。还以为很难适应，结果发现并不难，这不过是她熟悉又忘却了的昔日生活：夏季游泳，冬日滑冰，和过去的同学和友人聚会谈天。规律而凝滞，陈旧又不同，习惯了之后就很难摆脱了。

一次喝酒，朋友道，最近与省政府合作了一个项目，想不想加入？薪水不低。酒瓶上的贴纸湿透了，可以轻易撕下，她在桌下揉挲着那团潮湿的纸球，对朋友说需要想想。打电话给梁波时，她提到工作，他充满愤怒：这是通知，不是商量。你已经做好决定，何必问我？

也许吧。她没辩驳，不知道自己是否已做出决定，也许旁人看去更清晰。她说想回上海取点衣物，没说最重要的是回去看他，他说随便，就挂断了电话。她上楼，看见母亲在长凳上倦极打盹，父亲躺在病床，不知是醒还是睡。刚做完第几次化疗？记不清了。他的面容枯槁而陌生，手臂干瘦且起皱，忽然有那么一瞬，她觉得或许他走了对谁都好，对谁都是解脱。这时，父亲嘴唇翕动，绥啊，给我口水。她坐在床边，调好水

四季歌

温,将吸管头对准他,他喝下两口,吃力笑笑,累了吧。累了去休息。她摇头,盯着手机发呆。不一会儿,他招手,她俯下身,他说,我有笔钱,你妈也不知道,到时给你结婚用。

她背过身去,面对窗户,站定了几秒。

她没有哭。在病人面前,在母亲面前,她总显得意志坚定,积极昂扬,在独处时,克制而审慎,不让任何一种过溢的情感伤害自己。她提醒自己不必把他说的所有话都当真,否则压根受不了。可是这一刻,她忽然记起来,以前的每个周末,他带她去散步,总会在路口的面包房前停下。吃面包吗?他问。她点点头。他掏出钱包,数出几张,买一只填馅面包,馅心是加了大量糖精的苹果泥。她吃去边缘,剩下馅心,当作最终的犒赏,用手指抠着,慢慢吃掉。别和你妈说啊,他叮嘱。自此父女共享了一个甜蜜而发烫的秘密。秘密是糖精、麦香、铁锈与汗水的混合,炽烈地、引诱地扑来,隔了那么多年,依然能清楚闻到。

刚上学时,她嫌名字笔画多,写起来慢,吵着要改名。他没说什么。某个深夜她醒来,见他在昏暗的灯泡下举着一本《新华字典》,披着衣服,一页页地翻着。遇上捻不开的,他就舔下食指,把纸张搓开。第二天去学校前,她说不想改了,慢慢练,会写好的,是吗?可,他说,就没我家姑娘干不成的事儿。

现在他再也不会这样说话了。柔慈和光辉已然褪去,恐惧和抑郁交替前来。化疗完回家，他独自坐在客厅看电视，一坐就是一下午。有时信号断了，画面全是噪点，他也就这样默默看了下去。有段时间他们想过去别的城市试一试，譬如北京，或者上海。往往中途就改了主意。他每次说够了，不想再治的时候，她觉得，也许他只是在试探她们对他耐心的极限。她只能在他疼痛愤怒时，像他从前所做的那样，握紧他的手，抚慰他，劝解他。他右手食指和中指那片大块的黄渍来自烟草，如今已经变黑。很多年前，他就为她戒去了。

眼下一切，无非领受。最后一次回上海是在九月，一六年的夏天还未完全过去。也许分开已成定局，两人都显得心平气和。对话间那种干燥而谨慎的距离，就像冬天里身体和涤纶布料需要保持的距离。夜里两人沿着斜土路散步，看见一个年轻人在绿化带边，于是站了一会儿，弄明白是有只猫受伤了，他想带去救治。那猫受惊得厉害，无论如何，都不肯出来。梁波主动提出帮忙，钻进灌木丛，待了许久，一无所获，反而手臂被带刺的荆条割出几道口子。最后那人打电话叫来了老手。老手到后，先开了一只罐头，等猫走近，砸下网兜，迅速收紧袋口，塞进猫笼。那是只半大橘猫，左耳受了伤，皮毛沾着血渍。橘猫被捕之后，草丛颤动，窜出一只白猫，十分瘦小，看去才几个月大，后腿有残疾，走路是蹦的。原来此前橘猫不肯出来，不是为自己，是为了它。她有些感慨，想说什么，梁波忽道，那人真有意思，救猫救到自己活不下去。

四季歌

那人养了六只猫,都是从菜市场或路边收来的,才三十多平的屋子,"女朋友都挤跑了。"他在迪士尼修机器,那会儿迪士尼才刚开园,"如果想来玩,随时可以找我。"她说谢谢,想起的却是南汇没开发前大片青绿的稻田。

好像也就那一刻,觉得真的不在一个处境,也真的无法再对话。离开上海前,她从梁波书柜抽走了几本他高中时代的旧书。在他家时,她打开看过。他对小说兴趣不大,以前买书读,无非为了翻到某个谙熟于心的章节(康妮和梅勒斯的约会,渡边和直子、绿子、玲子的约会),躲进被窝打手枪。翻到最后,书里掉出几枚枫叶,色泽黯旧,质地脆薄,但形态完好。那些落叶究竟哪里来的?学校的行道树,还是某个秋日花园?

走前她把书塞进包里带走了。在医院的时候,她反复重读杰拉德在医院那一节,感觉自己的生活也变成了一个空壳,内部是巨大的黑暗,如此孤立无援,杰拉德尚且有戈珍,她呢?只有自己。

她带走了一部分,剩下的,拿不走的,以及忘拿的,她打电话给梁波,说以后未必能回上海了,叫他寄去。他只寄来了一部分。

包丢了的那天晚上,司机最后送来了,钥匙、图纸、钱包都在,就是没有书。她翻了又翻,始终没有。也许根本没带出门,也许打车前就丢了。她把这件小事当作他们关系终结的某个预兆。不是吗？她不断在遗失关于梁波的一切：起初是时间，接着是历史，最后是记忆。

他离开的那一刻，她并不如想象得那么心碎。痛苦是缓慢凌迟，痛苦是出其不意。越快乐的时刻，回忆起来越痛苦。比如〇八年九月，两人开车去安大略湖露营。他开了许久，还没看见湖泊，这才发现弄错了路。好不容易遇到一个加油站，给他们指了方向。没等开到湖边，已近凌晨，露营泡了汤。回程路上她无意间抬头，看见房屋和岩石只剩黑影，漫天星光闪耀，银河横跨天宇，如被剖开的发光的鱼腹。这时天空窸窸窣窣降起流星雨，除了小型流星，还有火流星。后来她才知道当天正是英仙座流星雨，凌晨正是峰值，每小时最多可达一百颗。湖泊在东南，他们错开至东北，恰是最佳观赏位置。比如一三年的春节，他们在租屋包白菜饺子。他包得没一个像样，勉强凑了二十个，用抽奖得来的电磁炉煮了。饺子一个个被煮得皮开肉绽，他们就从浑水中捞皮子吃。

还有他清晨睡醒后的固定节目。

——以后开个视频专栏，叫作"梁波的拇指"。

他郑重地说，屈起拇指。

——现在两位朋友见面了。

两只拇指碰了碰。

——今天决定去爬山。

当然，无论爬山、攀岩、游泳，都一个姿势。无非是向前，奋力向前，仿佛有个看不见却绵延无尽的赛道。

她每每大笑着，挠他的胳肢窝。真希望时间别走了，就此停下吧。

父母俩是自由恋爱。外公不同意，母亲便偷跑出来，和父亲在机场旁租了间民房，住了两三年。没有暖气，没有窗户，就用报纸糊上。冬天搁碗水在窗台，不一会儿就冻瓷实了，凿出来能当冰朵抽。贫穷没什么，反而让他们更团结。是后来的平静击溃了他们。某个下午，母亲把她从幼儿园接出，说，以后就咱娘俩过了。她不懂为什么，但也没问。母亲租的屋子没有灶台，没法做饭。吃了几天泡饭，周日中午，母亲带她走了大半条街，找到一家餐厅，点了一盘软炸虾仁。她从小爱吃，但因为费油，家里很少做。埋头吃了大半，发现母亲未曾动箸，天真问道，你怎么不吃呀？母亲答，不爱吃。她信了。吃完说想看电影，母亲带她去了影院，只买了一张票。她拿着软纸，问，那你呢，母亲说，不爱看。可我怕黑，她说。没事，母亲蹲下身，怕的时候就抓住邻座，咱就不怕了。她出了影院，见母亲坐在潮湿的台阶上，身下垫着的报纸早已濡透。

睡的蚊帐有破洞，一夜四肢被咬出许多包。母亲终夜守着，她说，你睡，我给你抓。第二天她看见母亲将自己的裙子拆了，缝在破洞上。后来，奶奶去世，母亲回到家里，她和父亲关系就这样了,不见得比陌生人好多少,但至少比那些到最后连墓地都不愿靠在一起的好。他们都是好人:忠诚、勤勉,但好人也不能保证婚姻永远波平无浪。走不下去是因为疲惫,能走下去,或许还是因为疲惫。成年后,她和母亲心照不宣地,从未提起那次出走。有个阶段她看不上母亲,虽然她们曾在某个时刻里结过盟。可再过一段时间,她就会发现她们那么相像:自以为冷静理智,实则冲动执拗。每当回忆起那一年,她都能看见幼年的自己坐在自行车的后座,背着书包,小腿垂在轮毂的两侧,双手攥紧母亲的后襟,身体随骑行的节奏轻轻摇晃。也就在那辆车上,人生的困惑与两难第一次攫住了她,一端是父亲,一头是母亲,到底该怎么选?她没答案。

如果叫梁波抛下一切来沈阳,他们之间也消磨至此,又该怎么办?与其如此,还不如让他去过宁静、闲适的生活,而不是叫他一袋袋往身上扛砖块。她没去细想他是否也这样考虑,她只是自以为。

还以为已经做好了准备呢。还以为所有问题早已清晰透彻呢。得要到真的发生,才发现自己从未准备过。

隔壁家属姓卢,小她两岁,母亲肺癌三期。父亲恶化后转到了同间病房,住久了,也都熟了。她叫他小卢,他则叫她姐。有时他打水,会顺带帮她把水瓶灌满,或是捎份食堂打来的盒饭。他爱开玩笑,像生病前的父亲,饭量也大,像生病前的父亲。

有次他主动说起和初恋女友的分手：

"那回她在楼下等。我赌气没开门。她坐了几个小时，还是走了，再也没出现。其实那门没关，随便一推就能开。可她只是坐着干等，试下都不曾。"

也许梁波应该试着推一推，门一直敞着，从来都对他敞着，可他并没有。

我以后可能不考虑生孩子了。他说。她笑道，我也是。过一会儿摇摇头，我不知道。嗨，也是，他说，该找上你的，怎么也逃不掉。

听多了，她笑着叫他去找个女朋友，"怕啥呀，哪儿见不着女的。"

姐，他说，我这条件谁瞧得上呀，您看您瞧得上不。

她悄悄地红了脸。也许应该试试接受其他人，她想，譬如小卢这样的，聪慧知礼，无论说什么，都能懂。也有趣，毫无希望的时刻，乐观比什么都管用。也只有病人家属才知道彼此的软弱和无助。她记得无数个深夜那些在走廊节制而隐秘的对谈。他们坐在靠墙的椅边，病人的呻吟和咳嗽不断传来，他对她说，最难的时刻总会过去，"虽然你未必相信，但这是真的。"

会吗？她问。会的，他说，至少我是这样过来的。有一年在北京，找不到工作，住在顺义区的一家民房里，每天中午都去胡同尽头的一家山西面馆，要一碗刀削面，一碗五块钱。一天仅能吃上一顿。坐在室外冰冷的板凳上，他忍不住问自己，这样的面，还得吃多久？

"可你看，我不也熬过来了？现在可以吃八块钱的拉面。"

她大笑。可能人生最难的是等待。最难就是不知道得等多久。人总是在问自己，这碗面到底得吃多久？究竟还得多久？

也许一生就是那一碗面。年轻时总是想违逆什么，改变什么，后来一次次被击溃、落败，发现还不如往昔。她没能够爱上他，但她感激他带来的抚慰，意识到自己并非一个人。

已经是春天了。每个春天都差不多，今年无非更冷。从前的每个清晨，她打开手机，等他说出第一句话。现在的每个清晨，她起床、洗漱，沉默走向街道，将手捂在脸上，呵出第一口热气，看着白雾在空中成形又消失，再穿过街区，打上车，去到医院，注视着针尖和导管插入父亲的身体。某些早上，她走过马路，汽车飞驰而过，会期望着它们中的任意一辆碾过自己，或是从枕头上醒来，期待自己从未醒过。

可是不会的。她如常醒来，如常重复与昨日相同的事。还有人需要她。而他们除了她，别的什么也没了。

母亲近来常常当着父亲说起墓地，并不避讳他还活着。今天她又说了。外公祭日快到了，想找个人诵经。这么多年，就这样过去了，也不觉得。还记得咱家墓地吧，母亲问。她当然记得。从市里开去，不过一个小时。这几年家族人丁凋敝，每年清明，扫墓的越来越少，甚至凑不满一席。他们老家在天津，曾祖父那代迁来。成年后她因工作去过一次，印象并不深，情感也淡漠，有时想起自己的来处，总觉得很奇妙。母亲去食堂打饭后，她换到床边，听见父亲在呻吟，问怎么了，他说想吃根雪糕。两口也行。这一个礼拜，他都在提雪糕，"想吃的时候没咋舍得吃，现在没机会了。"化疗的放射线灼伤了口腔黏膜，他张嘴就疼。她想，也是，事已至此，吃根雪糕又能怎样？忽然记起小时候的冬天，那些雪糕就摆在公园的地上卖，才两毛、三毛一根。每次补习结束，父亲接她回家，就给她买一根。

她冲到楼下，买了根德氏。当年他买给她的皇姑雪糕已在市场销声匿迹几十年，再回病房他已经走了。

据说临终时人会感到五脏六腑如烈火烹煎，他说想吃冰已是征兆，可她什么也不知道。

遗体被移走后，她坐在床边收拾剩下的被褥衣物、面盆水杯，还有那些肥皂、牙膏……人最后所需要的，那么多又那么少，人一生所需要的，那么多又那么少。全部收拾完，她感到了一点轻微的如释重负。轻微的，满怀罪恶的，却还是如释重负。紧接着是空虚。空虚汹涌袭来，几令她趔趄跌倒。

她应该多问几次。在还有机会的时候，应该多问几次。问问还能做些什么。以为自己已经做得够多，但和他给的相较，根本不算什么。

三年了。她无数次地设想过他的死，却从没意识到死原来是一种真切的不在，一种彻底的寂静。她三年生活的全部重心，正是这具毫无生气的病体。她如此依赖它。是它支撑着自己每天准时爬起来，洗漱，穿衣，煮粥，装好保温杯，在最不堪忍受的时刻，都能走进日光下，像其他人一样。

再也没人这样等着她了。还以为死亡是带着狰狞的面目渐次逼近，鼓槌却不会真的落下；还以为告别是真的发生，真正的离别还会延宕。可就像旅行，有时终点并不在你预设之内。

小卢走了，比她早一个月。他母亲决定回家，安详待死。他说得对，再难的时刻都会过去。无论是父亲的死，还是和梁波的分手。父亲去世之后，事情就变得常规了，有迹可循了。守灵，葬礼，火化，落葬。有迹可循总是好事，至少知道还能做什么。

至于梁波，他依然是她的置顶。她关闭了朋友圈的入口，却也会在深夜翻看他的：去踢球了，听了张新专辑，事务所做了新的项目。没什么，跟过去一样稀少，而今更少。岁月流逝，人要么变得更沉默，要么变得更啰唆。有时他多发几句，反而要勒令自己别多想。

父亲离开后的某天，她给梁波发了条信息。下午时梁波回过来，说节哀，过一会儿道，我们打个电话吧。电话打来，她才发现能说的极少。最近好不好？工作如何？身体怎样？一一答完，不知再说什么，只能挂了。过了几天，才忽然记起那天是自己的生日。他忘了她的生日。难怪如此心神不宁。难怪期待什么却欲言又止，还以为是久别后的疏远所致。

最后一次见面，她曾问梁波，你怪我吗。梁波道，不会的，都能体谅。她想，可是我恨你呀。最困难的时候，你不在我身边。她能理解他，但无法原谅他。以为不分彼此，一遇到事，始终你是你，我是我。所有僵局，总有一方要妥协，谁妥协合适？谁都不合适。好几个失眠的夜晚，她打开手机，打下几行又逐一删去。想他想得难捱，怀疑再也熬不过去的时刻，她也没去找他说一句话，允许自己流一滴泪。书里说，在马丘比丘高地，人们不哭，因为寒冷和高原让眼泪显得无用，不仅高原和寒冷之地，在任何地方，眼泪都没什么用。

只有一次，她醒来，发现还是发出去了，只有他的名字。他什么也没说。他既然坚持缄默，她便也当作什么没发生。她不原谅他，但她理解他。北方太冷了。每次下楼取快递，哪怕戴着手套，碰到铁皮的那刻，她都感到世界坚冷如冰，于是理解了他说的，很多处境无法让爱人经受。

现在她只在梦里见他。有些梦境不错，他说他会永远等她。永远，他说。有些则是提问："什么时候可以在一起？"好像他不是在她的梦里，而是站在他的梦里向她提问，两个梦境就像彼此的倒影。有时他们什么都不做，并肩站着，沉默仰

夜樱与四季

望空中黑压压的群鸟。它们振翅而去,并不在意寒冷或雨水。它们为何要这样?它们不会生病吗?他们凝视着那群飞鸟,看着它们有力地拍打翅膀,毅然向着高处,全不在意寒冷或雨水,甚至上方无垠的虚空。

一切都在掌控之中。除了梦境。在梦里,总有什么悄悄地,挣脱了控制。

已经是一八年的春天了。这个春天来了又去,很快就是立夏。夏天过去,冬天也不会遥远。一年四季,周而复始。时间和人马不停蹄地往前,看起来进步,不过是马不停蹄地迈向死亡。她始终无法判断自己所做的是对,抑或错,她只知道,眼下所走的,就是唯一的道路。

很久之后的某天晚上,她第一次梦见了父亲,梦里他把后院的围墙用水泥重新糊了一遍。她握着他的手,爸,别做了,咱歇会儿吧。他们站在后院的厨房窗前,远远地,能看见母亲在水龙头下洗碗,他问,你什么时候能结婚啊。哎,我也不管你了,至少你妈能看见吧。她说,快了。我想快了。他沉默一会儿,道,很多事情,只有一次机会啊。他终于不像后来那么瘦,也就在此时,她意识到这是一个梦,很快地,她将再次失去他。他也意识到了,说,别哭,孩子,这是梦。这只是个梦啊。她在无声的啜泣中醒了过来。是的,很多事情,机会仅有一次,失去,也便失去了。

叁·二〇一九,夏

梁波和凌美慧多年后的第一次见面是在医院。那天梁母打电话叫他去趟医院,把表舅的报告给取了。走到三楼,他忽然听见有人在身后叫他名字,并笑着走近了:"刚才还想怎么那么眼熟,想不到真是你。上海这么大地方,毕业了特意和同学约一次都未必能见上。"

虽然逆着光,他还是看清了她的样子:圆脸,黑裙,短发烫了卷。是凌美慧,以前和他一个部门,算他下属。和几年前相比,她无疑有了很大的变化。以前她总穿那种棉质的T恤,偶尔开会穿次西装,像偷了旁人的衣服。她问他是否还在原来的公司,他说是的,你呢。她报了名字。梁波听过。总部在闵行,成立不到十年,但几个商业项目都做得很出众。她问他有没有换过号码,他答没有。

还以为你换了,之前给你发消息,你没回,她说。他愣道,你发了?她说是的,祝福短信而已。他向她道歉,笑道,你的位置被人坐了。她回头望向队伍,沉默了一会儿。没事,她说,哦,我不住中山北路,换闵行了。梁波点头,也好,离公司近。她含笑着,不置可否地,朝他挥挥手,回到人群中去了。

晚上他回到公寓,拿出手机,一直翻到最后。他的手机换过几轮,但数据都在。以前杨绥常笑他太恋旧,他没解释,没说这么做只是想保留和她历年累积的聊天记录。分开的这一年，深夜辗转难眠的时刻，他都会拿出手机，读一读两人过去的聊天，像偷吃一种早已停产的糖果，甜蜜与心碎兼而有之。

和凌美慧的对话框在底下。新年和元旦她都发了。他读过，以为是寻常的群发信息，现在才意识到它们并不寻常，那些表情，那些图案都精心设计过。他回忆起白日的见面，发现她身上那种改变，不仅来自容貌，也非因服饰，而是一种难以言喻的气质的变化。她化了妆，但仍难掩憔悴，憔悴背后依稀可见过去那个小姑娘的影子。

凌美慧曾是他的下属，离职前他请她在新天地的一家餐厅吃了顿饭。有几次加班晚了，他曾送过她回家。她是四川南充人，那会儿住中山北路一带，据说和一个室友合租。那餐饭的大部分时间他们都沉默着听台上的黑人女歌手唱歌，旁边那桌却相谈甚欢，他们也有幸恭听了旁人几十年的家史。结束后美慧给他发去一个网址，说是自己的私人网站，他打开看了看，里面除了建筑手绘图，还有模型、动画和摄影。看完后他想，也许离开是注定的。公司太小了，盛不下她。他发消息给她，半带自嘲地说，手机还在用。她向他请教一栋旧建筑改造，之后是关于千思板、阿鲁克邦铝复合板等部分新材料的运用。她给他发去几家酒店，几家公园的图册链接，聊了聊他们的设计。后来说到关于一个叫朱成州的山东同事。梁波以前和他很熟，常结伴去楼下吃午餐，被同事取笑是一对。后来朱成州所在的部门整个被撤，他也离了职。走前他送给梁波一支德产钢笔，梁波送了他一台可以绘图的电子阅读器，之后断了联系。美慧说，我们吃过饭。梁波说，嗯，小朱人不错。他没问后续，想必没什么后续。朱成州父亲早逝，母亲患有肝病，唯一的姐姐初中毕业后，嫁给了村里的电工。夫妇俩都寡言节俭，造了新屋没钱装修，就把塑料皮铺在地上。好几年过去，他们还是睡在地上。

他能感到她对自己的兴趣，几乎每次谈话都是她主动。她有如此众多的问题，他却只有一个，那就是为什么。如果仍是她上级，尚可理解，如今她发展尚佳，他原地踏步，充其量不过多几年经验。他不知理由，但他乐见自己还存有某种微弱却真切的吸引力，而他曾经以为这一切早已消失殆尽。

杨绥父亲是一八年开春走的。葬礼结束后，她给他发了条信息。他祖母比她父亲早一个星期去世，但他并未在后来的电话中提起。亲人渐次离开，父辈缓慢凋零，对他这个年纪的人来说，是再常见不过的事。祖母已在养老院住了好几年，离世前记忆混成了一团，常把梁波当作儿子梁以正，甚至丈夫梁锦春。但梁波之前就有种预感，感觉杨绥那几天会找他。读完消息，他给她打了个电话，不知说什么，问候几句就匆匆挂断了。后来才记起那天是她生日，至少应该补一句生日快乐。可她又能多快乐？唯有咽下话去。最冲动的时候，他也曾想过去找她，后来觉得也许不打扰更好。拖着拖着，心境已变，想补都没机会。他不知道怎么评价自己这种性格。以前他以为最大的阻碍是她父亲的病，人走了，也就免去了挣扎和选择，后来才知道，一个人的死不是终结，而是一系列死亡的开端：她还有外婆，还有母亲。他要延续这样的等待吗？他从未真正理解过她的选择，他也从未想过为父辈牺牲什么。

一个向晚时分，美慧忽然打来电话，说今天正在1933老场坊看场地，难得来次市区，有空的话，不如一起去看场电影？但他几天前就和朋友约好了在广延路的一家私人球场踢球，那端顿了几秒，道，要么我来球场找你吧。

她到的时候，梁波已经进场了。他不大在状态，踢脱了脚，还摔了一跤。球场正在整修，道路被挖开了许多槽口，水泥管道扔在槽边，渣土车和压路车胡乱四停。中场休息时，他汗淋淋地跑到场边，透过围网铁丝，见她穿着一件深紫色的背带短裙，坐在那堆管子中间，像一个放学后等人回家的小学生。

真不好意思，他说，踢得稀巴烂。她走到围网边，抓住铁丝，笑道，别呀。你踢得比他们都好。

也许受了鼓舞，下半场形势逆转，他甚至进了个球，一下子拉回了比分。结束后他挥手跟朋友们告别，望见美慧遥遥站在场外，于是加快步子，走到她身旁。

他一时不知道去哪里。路面被施工队挖得面目全非、泥泞不堪，部分路段连路灯都被起运走了，稍不留神就会踩进积水的坑洞。两人沿着球场慢慢绕圈，他低头看见她的白球鞋，决定先带她回到大路边。以前每次来这踢球，为图省事他从不开车，这会儿才意识到是个莫大的疏忽。半小时后，他们才打到一辆的士。到底该去哪？看电影太晚，吃消夜又不健康。要么静安寺吧。不，她说，要是你没什么计划，我带你去一个地方。

他当然没什么计划。经过虹口公园时，他以为她或许是想去那里坐坐，看看夜间的鲁迅纪念馆或是环湖而生的密林。但车子继续往前，经过公园、大厦、餐厅，最后在曲阳路的家乐福超市停下。超市早已关门，她要去的地方在五楼，想上楼得绕到后门，再搭乘电梯。上到四楼，电梯颤动两下，忽然停了。两人吓了一跳，赶紧出了电梯。这层正在装修，地上散落着砸坏的石柱、石膏板和装饰板。居然有人，两个男人站在落地窗边抽烟，窗户玻璃都被卸走了，窗框绑着五六根交叉的铝合金条，他们就这样怪异地站在废墟和空洞中。两人没惊动抽烟者，静静下到一楼，改走楼梯。五楼全是饭店，除了一两家夜宵，基本都关了。沿着那些铺面走到最西，可以看见一扇刷成乳白色的木门，推开之后，是一条隐蔽幽暗的过道，沿途堆满压扁的纸箱、矿泉水瓶，一块布帘斜吊在过道尽头，入口摆着一张榆木矮桌，一个胖胖的中年妇人坐在桌后玩手机，背后贴着手写的价格牌：一小时十块，半小时七块。凌美慧把二十块钱放在桌上，招手叫他进去。

帘后原来是个舞厅。空间极大，但总有些年头了，霉尘挥之不去。天花板上悬着一只圆形彩灯，不断将彩光投到舞池。舞池呈长方形，四周立着方柱，柱上贴满菱形玻璃，靠墙则是成排的雕花老式木椅。两人找了贴近舞池的空位坐下。舞池里的男性都上了年纪。舞伴则年轻得多，可能不足他们年岁的一半。老翁们的手在女人臀部上流连忘返，不肯撤去。也不是完全没有六十以上的妇人，无非找不到舞伴，只能独舞而已。

乐曲变舒缓了，彩灯的颜色正从金属银过渡到海水蓝，之后是三种深浅不一的橙黄。其中一对从舞池退下，站在他们一侧，开始讨价还价，一个说五十，一个说一百，价格实在悬殊，谁都不肯让步。之前他们还在舞池时，男的将头靠在舞伴肩上，他起先以为是对恩爱情侣，听了几句，不免有些尴尬。他转头看美慧，她闭目端坐，仿佛在思考，意识到他盯着自己，便睁开眼睛，冲他笑了笑。

随着曲子重回嘈杂，一些原本坐着的人逐渐也加入到池子中。他估摸着俩人差不多坐了半小时，足够了。走吧，他说，我们出去走走，这儿太闷了。她说好。在楼梯上的时候，他问她是否常来，她说不是，之前一位朋友带她来过一次。什么样的朋友会带她一起来这里？这里不像老年迪厅，而是疯子和淫乱者的集会。想到这个问题，他未免心情沉重。在舞厅，有几个瞬间，他曾想握住她的手，猜她不会拒绝，可最终却没那样做。

他们走到了二楼，音乐已经被远远地甩在身后，只能听见脚步和心跳，仍在窄小的空间里盘旋。他们快走到出口了。

已至深夜，万物静谧，夜空里看不见任何星星，对面的居民楼少数几户还亮着灯。

我送你回去吧，他说。她说好，随后跟司机报了地址。开到楼下，她先下了车，站在一旁等候。他原想搭同一辆车回去，见她在旁等着，便也下来了。

十年前这里还算郊区，现在已经建起了成排的公寓。她的公寓在二十三层，看起来刚入住没多久。墙壁刷了喑哑的砖红，客厅的黑陶壁炉下摆着克莱因蓝的大卫雕塑，叠放着英文的图册。姜黄色丝绒沙发上是黑白几何纹靠枕，茶几上的咖啡杯印着橘红色虞美人。画册上的样板场景，而不是真的生活。但日常该有什么，这里又欠缺了什么，他也说不上。她煮起咖啡，又打开电视机，放起纪录片，《乐满哈瓦那》。两人坐在沙发上看了会儿。梁波看看手表，显示已经一点，于是起身说得回去了，明天大早上班。她也起身，说要送送他。走到电梯口，她却止步笑道："那就到此为止了。"他点点头。电梯到了，他进入轿厢，看着她的脸慢慢消失在银色大门之中。

到此为止。他在之后几天试着回忆此次约会的种种细节（如果能称之为约会的话），都觉得最后这句仿佛别有意味，令他不免思量自己是否应该更主动。

和杨绥分手之后，他能感到生活正趋于平静与孤寂：健身，工作，偶尔去父母家。他也一点点适应了这种稳定、自由的节奏，谈不上多幸福，但也没有不幸，对于是否要做出改变，他没那么确定。可那天下午行政举着一沓话剧票，问大家需要不需要时，他迟疑了一会儿，还是开口要了。票子写着《枕头人》，演出地点在兰心剧院。行政总有渠道搞到各类演出的免费票单，见梁波拿了两张，她笑问，有约会？梁波也笑笑，不作解释。行政又说，今天是新版首演，主创都会来。他发消息同凌美慧说了。她说真好，就是不好意思，能否多要一张？我有个朋友，特别喜欢麦克唐纳。没事，也就问问，不行的话，我让他自己去现场买票。梁波便又硬着头皮要了一张。

他对于三人同行深感别扭，可临时不去，又未免显得小气。话剧七点开演，六点半他居然已经到了。剧院外人山人海，混着不少黄牛。主创们在入口处，被人群团团围住，梁波避开他们，站在维护秩序的志愿者边等凌美慧，那里拉了一条红绸。她也到了，穿了一件浅蓝色牛仔衬衣，一条卡其长裤，头上扎了一条蓝底印花丝巾。比起前两次见面，她气色好了不少，看去容光焕发，旁边的男生想必是她口中的朋友，跟她一样时髦，紧身牛仔裤，白色衬衣，款式是梁波从没尝试过的那类，短发涂着发蜡，下颚干净得可以做剃须刀广告。两人挽着手臂，看起来很亲密。

这边分单双号入场，半途他们就走散了，到了会场才重见。位置在第二排，演员的每一句独白都犹如响在耳畔，情节被大量的声响弄得很碎。他没吃晚餐，胃部有些抽痛，想努力将注意力重新集中至情节,却很难做到。凌美慧和她朋友倒看得颇为专注。他找了个间隙,悄悄对她道,你们慢慢看,我去抽根烟。

剧场一楼是咖啡厅和零食铺,此刻空旷而寂静,原先喧哗拥挤的人群仿佛全被瞬移走了,连一小片碎屑也没落下。他走到剧场外,感到疼痛缓解后,回到门厅,给美慧发了条信息,说自己不进去了,"在外面坐一会儿。"她叫他稍等。几分钟后,她夹在中场休息的人群里走了出来,丝巾从头上摘了下来,披在肩膀上,对梁波说:"你还看吗?我不打算回去了,空调打得太低,实在吃不消,刚才就想走。"他问,那你朋友呢,怎么办?他呀,她道,没事。让他自己看吧。我们走吧,去吃点东西。我太饿了。什么都没吃就出发了。我也是,他说。她从口袋里掏出一只陈皮糖:先给你,抵抵饿。梁波撕开糖纸,放入口中。久违的酸甜在舌尖弥漫开,他对此有些意外。

附近有家墨西哥餐厅还不错,她说,想试下吗?

不太远就行,他说,什么都行。

夏季快结束了,商场的橱窗换了新的秋季装饰,星际旅行,气球宠物,枯枝落叶,橘系花卉。橱窗明亮温润的光线,仿佛将世界水洗了一遍。他喜欢产品按时更新,从不因个体的意志曲折改变,他也喜欢资本堆砌出的年轻自由、无穷无尽的想象力和活力,而意识到自己正是它们中的一部分,则会让他更愉悦。

他们已经走到了巨鹿路。这样算来，他们至少走了两公里。餐厅在四方新城物业楼的二层。向保安问地址时，他一度以为找错了路。他们在吧台边的长桌坐下，酒架倒悬着无数玻璃杯，顶灯透过玻璃，将彩光投下。墙壁四周悬挂着墨西哥面具，宽檐尖顶草帽，条桌上放着酷似蜥蜴的染色木雕。门前立着两只玛雅石像，石像怀抱水盆，盆中浅水漂着几朵鹅黄色缅栀子。坐下后她说，今天那位朋友的酒吧是我设计的，就在这附近。有空可以去坐坐。他点头说好。她迟疑片刻，又说："他是同志。"

他接过服务员递来的果汁，时间正巧，让他避免了回答。无需她解释，某个时刻他已经知道了，也许是从她谈话的口气，那人的姿态中获悉的。他为自己将她搁置在这一处境中而惭愧。

我还以为你不大喜欢看剧，她说。

是的，他说，不怎么喜欢。

有那么一段时间，他和杨绥无论到达哪里，都会找本地的剧场，看看有什么剧目在上演。看过《李尔王》，也看过《汉密尔顿》，但确实谈不上多喜欢。他对公众普遍报以热情的艺术（戏剧、绘画甚至电影），都谈不上多大兴趣。他偶尔会被触动，但多数不了解，更不迷恋。不少同事说他无趣，不过杨绥的观点却恰好相反。

餐厅人不多，他不免怀疑是否早已过了用餐时间。他旁边的窗户正对路灯，灰白的光笼罩着一株高大的香樟。几个健身回来的外国人走入树下，进入前厅，走进这座放大的圣灯。

她又说起别的。最近的项目，佘山的一个私人别墅。他打起精神，尽可能地给了些建议。对于她的那些想法，他真想说她进步良多，可很快他就记起她的网站，很早之前她已经如此了，而今不过更明晰。人不可能生长出他本不存在的东西。离开了那些问题和建议，他不知道还能说些什么，而她跟他交流的目的似乎也仅限于此。

她用叉子拨动芝麻菜，却不往嘴里送。它们卧在盘上，交缠在一起，像柔软翠绿的箭镞。他叫住服务员，问洗手间在哪里。

他不是真想上厕所，只是迫切需要抽根烟。去洗手间得拂开一片叮当作响、过分艳丽的珠帘。服务员穿着白制服蹲在帘后，见他过来，闪身让开。梁波在帘后站着抽完，冲净手上的烟味，回到座位。

我吃饱了，她说。

她其实压根没怎么动。塔可几乎还保持着原状，玉米片和牛油果蘸酱只浅了几分。点菜时他试过猜测她的喜好，现在发现全没猜对。

无论如何，他也饱了，没人提出离开，那就先坐着。杯中的冰块早已融化，果汁和酒渐渐变温、变稀，无法入口。餐厅的客人多了两桌，其中一桌像经年久别后的重聚。她支起手臂，袖子挽到肘部，撑头望向他们。幽香袭来，似有若无，冷淡也妩媚，令他想起雾霭中黝黯的岩石与苔藓，拒绝中蕴含着深层的邀请。这让他心跳加快。以前他送她回家，或是单独待在办公室时，从未留意过她身上的气味。

窗外的路灯亮得出奇，这让他涣散、失焦，发现凌美慧在注意他之后，他移开视线，招手买单。

走出餐厅，才发现其实坐了很久。除了日料店和夜宵摊还亮着红灯笼，绝大多数的店铺都业已关门。路口停着卖瓷器与卖鲜花的推车，小贩站在车侧，紧张而戒备，很快就从一个路口换到下一个路口。这样晚了，监管者和顾客都几不可见，只有水桶中的数十支飞燕草、洋桔梗在晚风中寂寥地轻摆。他还记得早几年，十多年前，这里有许多卖香水或手机的小贩，他们快速跟上行人，纸袋硬角碰触人们的腰际，"要伐？"他们问，声称那些货品都是正品，从附近的商场偷来。他们大多穿着浅灰色夹克，脸上有种饱经忧患的沧桑，说话时满怀希望和羞怯。他从不相信他们是小偷。那些手机拿回家后，不出意外，必是模型。这种生意，或说骗局，一夜间流行，又一夜间消失。也许跟新世纪的到来有关系。购物方式变了。一切都变了。人们有各种各样的途径获取廉价而丰富的商品。

他琢磨着还有什么正在改变，什么业已消失，哪些铺面，哪些生活。物质如何改变了我们的心灵。变化之初，我们往往毫无察觉，以为生活一贯如此，还将一贯下去，直到某个时刻,蓦然望去,才发现早已大相径庭。两人并肩走着,她低头发消息。有车经过,他伸手将她拉到路侧。之后走路的方式换成了一前一后。她总是比他稍稍领先几步。

快要走到环贸与新世界百货了。有光正拨开浓稠的黑暗。他抬眼看见巴黎春天顶楼巨大的LED屏。屏上不是广告女郎立体无瑕的脸庞,而是整饬有力的宣传标语,背景是交叠的鲜红的旗帜。有人在街头分发英语培训的传单。他曾经在这里遇见过两个传福音的小姑娘,仅一次。她们都很腼腆,其中一个加了梁波微信后,向他推荐过几次在线集会。他从没回过。

等待过马路的时刻,他问,十一有安排吗?要不来我家吃个饭。她回首看他,几缕头发被风吹到眼前,她伸手将它们夹到耳后。我不知道你会做饭。还可以,他说,可能比你预期的好一些。除了面食,他补充。你怎么知道我预期?她说。他没回答,惊奇地注意到新世界商场楼下的集市尚未休市,热闹更甚白日。他还以为这里只是个临时集聚的市场,供自由职业者们卖些服饰手作:首饰、线香、瓷器,等等,但规模比商场还大。她停下,弯腰试戴几枚耳坠,珐琅和亚克力材质的,对镜端详一会儿又放下。

没什么可逛的了,再往前也是一样。那么我回去了,她说,十一见。好的,他说,十一见。

已经连着约会好几次(究竟算不算?),他们还未牵过手。杨绥不喜欢牵手走路,她觉得这样不够安全。她离开后,许多过去的习惯莫名维持了下来，但这种维持，令他感到自己像一株凭屋而长的藤蔓，屋子拆毁后藤蔓还在，那姿势却空洞而虚幻。

她是否注意到这一切？梁波想。但她只是挥挥手，未加迟疑地转身，走下台阶，进入站台。地铁还未停运，她还来得及赶上最后一班。街上的人变多了，交错着，不知从哪钻出来的。他想起被放弃了的话剧，那些观众和主创想必也早已散场，零星分布于某班列车，或某个街道之中。他将手插进口袋，慢慢踱回集市。

九月还是艳阳天，进入十月后，天气忽然转凉了。凌美慧拜访时穿得像她刚进公司那会儿：牛仔裤，灰色套头运动外套，拎了一只系着丝带的红纸袋。梁波打开，发现里面是糖果，笑道："怎么带这个？"自己做的，她说。他递给她一只小巧的粉灰色丝绒盒子。呀，她说，后来你又去买了？也不是什么大不了的东西，他说，你戴着很合适。她放下耳环的那刻，他才想起此前从未送过她什么。当然，也算不上多好的礼物，确实不是什么大不了的东西，耳环而已。她试戴了，没再摘下，这让他颇感宽慰。厨房是敞开的，他站在灶台边，可以很清晰地看见她半椭圆形的侧脸。她今天把头发扎起来了，看去下颌角线条分明。他说还得一会儿才能吃饭，没事，她说，慢慢来吧，不急。这里不错，她说。应该早点邀请你过来，梁波说。

他没说之前为什么没那么做。是他和杨绥共同设计了这间公寓。当时完全可以买套新的，但杨绥喜欢旧屋子，她喜欢旧物萦绕，觉得这样才安心。刚买下时，这里只有一张老式的双人木床，红色亮漆地板，钉在墙上的衣柜以及花哨上霉的佩兹利纹墙纸。房东在交通大学教物理，几年前妻子因病去世后，他把这间记忆之屋卖了，搬去了杨浦纪念路上的一家老年社区。梁波他们并没怎么做格局上的改动，最大的改动是厨房。封闭的砖墙打掉了，改成了一米高的敞开吧台，这样无论是在客厅或厨房，都能相互看见。

有必要吗？他问自己。很多事情他不知道是否必要，可就是那么做了。隔板是她打的，墙漆是她刷的，有时他夜半醒来，看见昏暗中事物流动的影子，常觉得自己安睡在她留下的财产中，而他也不过是那些遗产之一。

他没说为什么，可她说，现在也不迟。

她提出想参观他的书房，他打开房门让她进去。门上贴着他写的春联（"观复吾行"）。梅雨季一来，纸张发潮，四角拳曲。书房本身没什么特别的，三面书柜，一面矮柜，中间是一方长桌。矮柜上悬着胡桃木百叶窗，打开只能看见黑黢黢的天井，所以叶片常年紧闭。他高估了他们的需求，书柜造得过于宽裕，大量的闲置空间被用来堆放杂物，除了建筑书，柜里能被称为书籍的只有杨绥收集的旅行手册，剩下的都是卷轴、画册、明信片、画框。杨绥有收藏小物习惯。他还记得她那堆搜罗来的冰箱贴：袖珍的亚历山大，断臂的维纳斯，内蒙巴花园壁画，罗塞塔石碑，阿尼莎草纸书，甚至还有秘鲁土陶和达摩……冰箱贴满了就塞进深柜，长出了青绿色的霉斑。既然如此，收藏的意义何在？

当时杨绥不肯回沪，打电话叫他把东西寄去，并未细到提及那些沉重芜杂的图册。他寄去一部分，期望她有天会因为某件难以割舍的东西回来，可她并没有。这些历年藏品，连带他，都被一并弃置了。梁波想过，哪怕只是为了这些物品，开口和他多说一句也好，哪怕一句。可同样的，她也没么做。他不愿寄去，也不想扔掉，不知道自己究竟在等待什么，又能等来什么。

美慧蹲下身，打量书脊，手指掠过它们。很多我都没读过，她说。我也没有，他说。他也蹲下，随机抽出一本，你看，塑封都没撕。

她笑了，撑住书柜，准备起身，手肘却碰到了书籍，碰落一件筒状物。她弯腰捡起。是他的字帖。你写的？是的，他说。

昨天临字帖，越到后面，气力越弱，写得越糟。写过大字的纸他很少乱扔，一般先堆于一处，再择日处理。

她抽出一张细看："欧阳询。"

他承认："是，没写好。"

她居然同意："是一般。"

他十分尴尬，卷起字帖。别看了，他说，遏住轻微的愠怒，将字帖塞进书柜。

炖菜和汤已经好了，他叫她用餐。你们分开多久了？她忽然问道。

刚才她就看见了杨绥的相片，照片里杨绥坐在张掖的红色砂砾岩石上，背后是一辆白色吉普越野。那是一四年秋，他们在甘肃青海租车自驾了十五天，停下休息时，他随手给她拍下。他很喜欢这张照片，洗出后用四枚大头针钉在柜侧，已经挂了好多年。

也许不单单是照片。不管怎样，她都看出来了，看出他还有一部分扎在回忆，不肯出来。

一年，他说。

"为什么？"

像求职时会碰到的那类常规面试题：为什么离开上一个公司？为什么？

"我做得不够。"

没什么，她说，不够只是求自保。我也一样，总怕什么都没有。

是啊，怕什么都没有。可总有几个时刻，两手摊开，发现空空如也，什么也没有。

杨绥舅舅是狱警，前年刚退休，年轻时出过一档事。上世纪八十年代初，他送一个犯流氓罪的大学生去新疆，途中犯人多次要求上厕所，舅舅同意出城后带他去芦苇地解决。甫一下车，犯人即戴着手铐就向芦苇深处跑去。他开枪警示，犯人仍拼命逃跑，被什么绊了下，犯人摔倒了，手揣进怀里，他未加迟疑，开了第二枪。这一枪正对心脏。围聚而来的众人揭开犯人衣襟，发现内里空空，但右手握成了一只拳头。

你猜拳头里是什么？她问。不知道，他说，棍吧，还是枪？不会是信吧。嗯，她说，他们掰开，发现里面空的，什么也没有。

还是在大连那次，他们站在夏末的海滨，她将鸟食撒在手心，招呼海鸥前来啄食，之后伏在栏杆，沉默着凝视水泥堤坝上成群的海鸥，看着它们落在长方形的铁皮餐桌，落在覆碗般的路灯底座。海风渐起，夜色缓缓漫上脚背，爬上小腿，侵入膝盖，她的脸和衣衫都融进了黑暗。她跟他讲起这个故事，他问她，如果是你会怎么做？我不知道，她说，可能跟我舅一样。人不在同一处境，永远不知道自己会做出什么，所有的假设也真的只是假设。手里有没有枪，区别是本质的。

后来那一年，他常常记起这一幕，想起他在那刻握紧她的手，发现她的指尖如此冰凉。广场的大雾，海上的寒气，正是在他们未曾留意的时候，悄悄集结、浓重，再也不肯离去。

他一直以为她坚强果决，后来发现，其实惘然才是那几年她的常态。这么长时间，他强令着自己不去想她，可今天总忍不住。他猜自己在美慧眼中，也是一副相似的模样。他不去谈论杨绥,只是作为一种基本的忠诚。他竭力恪守着这种过时的忠诚,从恋爱到现在,一贯如此。参加工作的第二年,去西安谈项目,接待方问想吃什么,他说随便,牛肉拉面吧。他懵懂的模样引发了对方的大笑。后来他才知道,西行二十公里,有个寡妇村,男人们离开后,村中妇人因生计做了私娼,一次只收八块钱,事后还会奉上一碗牛肉面。光顾的多是离家日久的工人或是宣泄无处的穷学生。他方恍然大悟。也曾差点走入那处境。那是在长春,睡醒后的一个清晨,无意走入酒店后的某条狭巷,一家足浴店门口走出一个穿豹纹短裙的女人,上了年纪,也未打扮,头发松松扎着,垂几绺发丝在颈前。手抱浅蓝塑料盆,盆上印着史努比,腾腾冒出白气。她蹲下身,将水泼向门口的窨井盖。他第一次动了心,因为一个妓女极为日常的一幕。但他迟疑着,还是往前走了。多一步也就过了,再没回头。有些则是更奇特、他也无法弄清性质的机会:工作场合的某次暗示、某次调情。社交性的友善和真正的示好他总是很难区分。那是他判断的混沌地带。无论如何,他自始至终都保持着少有的、说不上是清醒还是惯性的忠诚。不是别的,是他喜欢。他渴求忠贞,与世人仿佛不同。他渴求成为一个好人,因为并无选择,因为如此才能受益,才可持续。

没什么的,他听见凌美慧在说,我也一样。人求自保,并没什么错。

餐毕她抢着洗了碗。他提及她的屋子很干净，她说，扔就行了。扔时千万别心软。他不知道她是不是在暗示他有太多应被扔去，屋子的混乱就是他心灵的写照，空间的褶皱藏着数不清的垃圾。他们这会儿正坐在沙发。她把玩着投影仪的遥控器，却并不打开。她瘦了些，某个角度看去，跟杨绥有点像，也许只是他习惯了在所有事物上找杨绥的影子。他撕开袋口，将酥皮牛轧糖放入口中，糖果很快融化，他尝出葡萄干与莓果干的味道。

他们坐了一会儿，她说她得回去了。不留下来吃晚餐吗？他问。不了，她说。他送她到楼下，告诉她附近有不少流浪猫。它们相当警惕，猫粮放置很久，也不会去碰一口。有些是家猫，生病了主人不想治，弃到草丛，就此成了流浪的一员。他半开玩笑的："要是你有兴趣，可以收养一只。"

不了，她说，猫咪很黏人，睡觉时房门敞开，它会钻进去，睡在你的被褥上。猫喜欢看着人做事，而且必须知道你在做什么。一旦它们弄不明白，便会跳到高处，以图弄清。连上厕所它们也想跟着，因为担心你忘了把粪便埋起来。

真操心啊，他说，你养过？没有，她说，听人说而已，我朋友养过。她停一会儿，又说，这个朋友很有意思。他每天都很早起来，穿过大半个城市，去一个女孩的家里。女孩还睡着，所以他只是打开冰箱，取一罐可乐，喝尽离开。如此过了大半年。

四季歌

为什么是凌晨?他问,为什么不是其他时刻?

"因为那会儿他的女友还在睡觉。"

梁波点点头,不问为什么那人可以进去——也许有钥匙,也许有密码。都不是最重要的。女孩换了地址,他仍固执地前去。直到一天,她和他说不用去了,她喜欢上别人了。

就这样,她说。后来朋友没再去过,但女孩怀孕了。嗯,梁波说,然后呢?不知道了,她说,你怎么看?别人的事,他说,怎么评价都不合适。是的,她说,别人的事,随他们吧。是的,他笑笑。他听懂了,只是每个人都靠着那点藏起的记忆碎片在生活,犯不着一一拆穿。

肆·二〇一九,秋

那天梁波问她想不想去陆家嘴水族馆,"上海小囡的天堂"呀,她说去吧,去看看你们的天堂。去时是周日,排队花了半小时,但不用两小时,他们已走至线路的尽头,他感慨道,童年的庞然大物,成年后再看,不过是座袖珍塔,狭小且紧促。她说,早知如此,刚才应多待一会儿,看个痛快。他想了一会儿说,也不是不可以,我知道一条秘密通道,小时候无意发现的。说完他带她搭乘自动履带,走入消防通道。通道走到底部,空间豁然开阔。原来经此可重返蝠鲼喂食区。玻璃幕墙前放着四把长椅,两人选了一张坐下,看着满屏海水,蝠鲼拖着细长的尾翼，庞大而温和地滑过幕墙。她想起某个电影中的一幕：海水自天花板上倾下，淹没床铺，人随之浮起。还有另一部，一只蝠鲼死在沙滩，人们跑去，把它翻了个儿，没有生气的眼睛朝向天空。它在死盯着什么呢，走出舞会的人们说。

她将左手悄悄向他移近，沉默中他伸手握住。过了一会儿，他问，还想再看一次吗。她说是的，还想。两人再次乘上履带，穿过头顶成群的游鱼和角鲨，进入通道。走到中途，她停下步伐，笑着倚在墙上，他也停下，低头吻了她。

出口连着速食餐厅。餐厅边的货架堆满玩偶，孩子们拉着家长的手，贪心地挑选着。他挑了一只中号海豚，拿在手里，晃了晃它的脑袋。跟你有些像啊，他笑着说。为什么不买白熊呢，她说，跟你更像。外面的雨下得没完没了，去我公寓吧，她提议，给你煮点东西。用餐时，她说去年酿下的梅酒还没启封，不如喝掉吧。一喝她就喝多了。在他身下时，她一直在发抖。高潮来得过于容易，不知是酒精作用，还是其他。她感觉快死了，但最终清醒过来，醉意褪去，起身将被子拉至胸口，散乱的头发一并向后捋去。床头柜立着一只亚克力相框，照片里她剪了短发，晒得黑黑的，穿着白T恤和牛仔裤，背景仿佛是在某个小城的风景区。梁波取来，仔细看了一会儿又放下，笑道，变化很大。是好还是坏的变化？她问。变化就是变化，没有好坏可言，他说，都挺好。她沉默着，屈身抱住膝盖。他伸手抚摸她的鼻梁，那里有一块小小的凸骨。你的鼻子很好看，他说。也就鼻子能看，她自嘲道。

她告诉他今年没回四川。房子今年年中才装修完毕，所以干脆留在这边过了个新年。父母是政府公职人员，退休又返聘去了企业，过了元宵，才请了几天假，来上海看她。他们在这住了一个星期，以补她没回去过节的遗憾。

父母都这样，他说。

他们过来一次不容易，她说，我们离上海太远了。他说，离得近也不好，全在父母羽翼下，做什么都觉得束手束脚。

"你不懂，有时回去，真觉得是两个世界。"

"你的病怎样了？"

"没事，只是肝功能有点问题，吃点药就行了。你呢？"

哦，他说，不是我，是给表舅拿报告，他查出了白血病。他没结过婚，和舅姥姥住在青浦乡下。几年前舅姥姥去世了，剩下他一个。

他告诉她，表舅从小聪明，曾经设计过一种单人棋牌，牌面是其自绘的古典战将：王翦，白起，李靖，韩信，卫青，霍去病，规则参照奇门。他送过一套给梁波，那副牌应该还在梁波家里，深埋于某个抽屉，褪色蒙尘，无人问津，规则也被他忘记了。

她不知道说什么。也许真有一个万能而任性的主宰，在人的身上倾倒灾难像倾倒垃圾。当然了，它也会偶发仁慈，比如安排一次经年后的重遇。

或许是感到她不想继续，他说起别的：想下棋吗？象棋？围棋？什么都可以。五子棋？飞行旗？她点点头。要么象棋吧。不用半局，她已知道他技艺平平。从前有一任，只要他愿意，五步之内，就会让你陷入无子可走的窘境。有那么一年，他们每次都在晚餐后下上几局。她的棋艺没什么进步，永远止步于那些年，而她人生的某些部分也永远停滞在了那里。

再来一局吧，他说，脸和脖子一齐涨红了。

她觉得那模样天真，令人怜悯，于是笑着说好。

炮二平三，再让一次。

她知道梁波对于自己的主动有些困惑，可该怎么说，每次坐在他车里，她就像坐在一五年的夏天。

一五年的六月，她走到和HR在电话里约定好的那座大厦，乘电梯上至二十八层，却见地上铺着灰色防尘毡布，落地玻璃门贴满黑胶布，根本没有公司运营的迹象，不由地呆立了片刻。绕了一圈，再细看数字，发现这里是二十三楼，按键"3"上沾了块黑渍，变成了8。经此乌龙，上到二十八，她在茶水间待了一会儿才出去。透过玻璃门，她看见一个年轻人坐在桌边，躬身向着图纸，专注且热切。她轻敲玻璃，他抬头，看向她，走到门边。你要找谁？他问。哦，我是来面试的。她说。他微微颔首，开门让她进去。她走出几步，回头再看，他已坐在桌前，看着图纸。

面试官们坐满了长桌的对面，一个月之后她才弄清了他们分别是谁。她还记得居中者戴的那副白色边框的眼镜，以及身上的浅灰色西服和白色西裤。还会有人这样搭配吗？像上世纪的流行。后来她才知道他就是老板。两天后HR再次打电话来，说她被录取了，"我们有半年试用期，但试用期薪水跟正式入职一样。"

她很高兴通过面试，报到时比要求的提前了一小时。HR将她领到部门领导前。正是昨天给她开门的人。他自我介绍叫梁波，颇为郑重地伸出手，同她握了握，把工位指给她——就在他对面那排的最左，靠墙靠窗。

时间久了，有那么几天，加班加到了十二点，他主动提出送她回家。车程不长，但总还可以聊点什么。开启话题的通常是梁波：最近的展览看了吗？觉得如何？新开业的那家酒店怎样？那会儿她还很腼腆，简单作答后看向窗外。他们正驶过卢浦大桥，路灯染黄悬在车窗的雨丝，钢筋斜拉索在夜色里快速向后掠去，江面一片漆黑。她感到不是在车上，而是在小舟上，风雨中一条无形的纽带将他们紧密地拴在一起。

很难形容到底是什么感觉——又该怎么说呢，在那辆车上，她总是觉得分外松弛。

那是她最勤快的一年。很多个深夜，办公室人都走尽，只有她还在，电脑和窗外大厦点着唯一的光亮。对面大厦的天台有个圆顶小亭，终夜亮灯，仿若有个马戏团正在此举行一场盛大的聚会，她却不在邀请之列。她深吸一口气，脱去鞋子，在桌下悄悄伸直小腿。通常也就那么一会儿。多数时间，她脊椎弯曲，盘腿坐在椅上，不知疲倦，蓦然抬头，发现已过凌晨三点，才关灯下楼，打车回家。一到这时，大厦周围仿佛存在着黑洞，吸食掉所有车辆。得要三十或四十分钟，才能等来一辆。可即便如此，只需睡上几个小时，她就再度投入工作，甚至还能匀出精力运营一个私人网站——得到三十岁之后，她才开始为精力的快速消退而震惊，为之于睡眠的强烈渴求而震惊。

楼下有条长道，两侧种满悬铃木，下班后的多数时刻，她穿过松林色的树荫，快步走向公交车站，穿过十字路口，经过首饰店、服装店、咖啡店、蛋糕屋，看见成群的人们身着华服，坐在墨绿的遮阳伞下，明亮的LED灯串缠绕在枝干，晶莹如含露的花朵。空气里掺杂着欧芹、胡椒和肉汁的气味，夏日午后打翻在厨房的气味。美甲店和咖啡店中间还夹着一户，看去昏暗而狼藉。户主六十来岁，生过小儿麻痹症，脸上和身体有大片疤痕。夏天他的两只手常常从背心的同一个袖口出来，人就坐在成堆的纸箱垃圾中，将奶锅搁在大腿，抬起那只唯一能用的胳膊，将煮糊的泡面往嘴里送，筷子与面条贴脸而过。第二天早上，那些泡面几乎原样不动地倾倒在路边，被清洁工一一扫去。

又能怎样？不过一种显而易见的警示，提醒她这里，这座城,还有多少被自己罔顾的真实。可是遥远的真实又何尝重要?真实是握起水杯,指尖上那点近在咫尺的滚烫,真实是站久之后,小腿痉挛传递的疼麻,真实是被触碰、能感受的当下,需得有形有质。她无时无刻不置身于自己的真实世界,反而其他的:主义观念,他人生活,革命历史,遥远得多,虚幻得多。

她喜欢工作,渴求荣誉,但也想要一只质感不错的包,一双合心合意的鞋,一件裁剪精良的衣服,二者并不矛盾。欲望如此简单、明晰,谈不上虚荣,也不涉过度,只是必要自尊的一部分,和希望被这里认同、接纳,在这里有所作为一样——都属于必要自尊的一部分。

——可是在他的车上,那种柔软,那种尺度,令她松弛。一种真正的松弛,几欲令她在车上睡去。她不知缘由,但就是如此。

也许跟他说话方式有关,平和而简洁,重音与众不同。他提出的问题就像一个简单的质疑——这里线条会不会有点多?或者,我们能不能试试别的?他这么说,因为他确实这样想。他自有一种从容不迫的善意,可它们又究竟从何而来?如何养育?

她知道他有女友。同事们半开玩笑地说,他们谈了多久了?一个世纪总有了。他们也开玩笑地说,梁波和朱成州才是一对，因为每天他们都结伴去楼下吃饭。她当然清楚他们不是。那会儿她正和一个女孩同居，女孩姓林，台湾人，父亲在上海做食品生意，称之为室友也并无不可，但实际上她们是一对恋人，两人在中山北路的一间老公寓携手度过三个酷热煎熬的五月。

她的初恋发生于高二这年。他们从小一起长大，小学，初中都是同学，高中才分别去了不同的学校。高二这年的暑假，她每天下午都会找他打扑克，除了她，还有她的女友，以及他的发小。他家开了个小餐馆，地面和桌子总是油腻腻的。打牌的地方在他们家的后厨，角落里立着一只不锈钢熏桶。她一边洗牌，一边抱怨食堂伙食之恶劣，抱怨寝室女生的刻薄和虚荣，以及老师的愚蠢势利，她说直到现在还没交到一个真正的朋友。他在那张不知积了多少污渍油脂的桌上，拍出一副对四，不耐烦地说，少啰唆，出牌吧。她端详牌面，打出对七。过，他说，换了个坐姿，尔后轻轻道，我们不是朋友吗？

她听懂了，却一时不知怎么接。她出了一身汗，裙子贴在皮肤，大腿粘紧板凳，腋窝发出阵阵异味。她回忆起他初中时的恶作剧，那些戳在校服背上的蓝色笔芯，被划烂的笔记本，拆散的书挡和笔盒。一点蛛丝马迹也无。她还想起有一年，大概是读初三时他那件轰动全校的旧事。有个低年级女生在学校告示栏向他告白。他跑到女孩的教室，叫她晚自习下课后，在三楼楼梯口等他。女孩欣喜赴约，他走到跟前，伸手甩

四季歌

了她一巴掌，咬牙切齿道：叫你喜欢。

女孩愣在那边，再也没跟他说过话。他却为摆脱麻烦得意不已。要不是住得如此之近，她甚至都没想过是不是朋友这个问题。她抬头看他，发现他高了许多，唇上微黑，长出了一片细密的须髭，已经不再是记忆里的顽童。可脸依然那么圆，头发依旧如此坚硬，好像还是那个随时会把书本支起来，躲在后面嗑瓜子的男孩，稍不注意，就会把你的鞋带绑在板凳腿上，在你想起身喊"到"却向前扑倒时爆发大笑。

她的生日是在十一月。那天中午下课后，刚走到操场，她就看见他穿了一身劳保用品商店买来的旧军服，和一群家长挤在一起，站在铁门外，鞋帮上全是污泥，朝她挥手，然后蹲下身，从门下递来一只蛋糕盒，再挥挥手，潇洒离去。食堂快收工前，她叫了个还算熟悉的室友，打开盒子，唱了生日歌。蛋糕上裱着鲜艳的寿桃、月季，是小镇上最为常见的植脂蛋糕。两人用筷子奋力吃了大半，实在吃不动了，就单挖奶油。仍然没能吃完，于是先拎回寝室，塞进床底。等再次打开，奶油和蛋糕胚都已发硬了，像威化，咬起来咔嚓作响。

高考结束后，学校都走空了，他跑到她学校，接她一起回家。收拾行李时，他打开她衣柜，观摩一番，啧啧不断，又钻进她们的卫生间，怪叫起来。哟哟哟，谁的奶罩？不会是你的吧。他在胸前比出两个圈，肯定不是，你没有。他从挂钩摘下胸衣，两根指头钳住肩带，嫌恶地扔到她箱子上。她冷脸甩到上铺。他的玩笑未能奏效，终于老实了，坐在搬空的床板上发呆。她收拾完，准备关门离去，手搭在钥匙上，在铝门前站了一会儿。他看出来了，不急，车子还有一会儿才开。我们去操场走走吧，去赛跑。

跑完两圈，两人瘫坐在跑道，午后的阳光温热而刺眼，中央的草皮稀疏且松软。塑胶跑道斑驳脱落，教学楼矮小陈旧，像隆冬时节挤挨在一起相互取暖的羊群。微风从四周拢近，拂过年轻的耳垂，柔软的脖颈。某个阶段过去了，终结了，她听见他在说，人生并没有很多个这样的下午，也许一生只有一次。她闭上眼睛，将头靠在他腿上。

毕业后，他去了重庆工业职业技术学院，她去了同济。每天九点他打电话来，一打就是两小时，打到宿舍熄灯为止。他没什么钱，父母给她打来的生活费，她每次都给他打去三分之一，有时一半。他说不必的，但也没退回。他逃课来看她，她发现他多少有了变化，迅速地发胖，迅速地磨旧。吃完她问他住哪儿，他说哪里都行，能借地打个盹就行。他计划着在网吧或茶室过一夜，最后还是她掏钱订了间小旅店。她想陪他坐会儿就离开，但他一直说到了半夜。她累了，躺到床上，他也累了，躺到她身侧。最开始两人背对背，到了半夜，他转过身，试图拥抱和亲吻她。她没拒绝，但也没迎合。他泄了气，松开怀抱，两人再度恢复到之前的睡姿。夜半她听见有人朝塑料袋上砸豆子，醒来时发现是外面正下着暴雨。强风疯狂摇撼行道树，路面满是积水。少数几辆车蹚过水潭，渺微，脆弱，一根指头就能将其掀翻。酒店对面的广告灯牌，霓虹管拼出的餐厅缩写被暴雨浇灌着，也变得黯淡昏黄了。

他也醒了，半靠在床头，躺下又坐起，如此反复。她问怎么了，他说，有点牙疼。没事，你睡你的。这场暴雨下到了凌晨五点。天都亮了，他清醒依旧，掀开被子，开始弯腰穿鞋。她又问怎么了。他起先不作声，过了一会儿道，我去下医院。她问他是否需要自己过去，他说不用了，你上课。近午时他打电话来，说没什么事，牙龈发炎了而已。今天回去了，他说，下回再见。没过多久，她在他的QQ空间看到他和一个女孩的合影，女孩穿着吊带衫，涂着绿色眼影，染了一头金发，他则裸着上身，手臂上的美杜莎文身刻着另一个人的姓名。她打电话去追问为什么，他坦承自己和别人睡了，打游戏时认识的。我们太熟了，他说，很多事情，做不到的就是做不到，怎么都做不到。不管怎样，是我欠你。

他只提欠，却没说该怎么还。

过了半年，她搭公交去展览中心，车子坐满了，她在车尾好不容易找到一只空把手。车辆行进时，身体因颠簸而摇晃。一抬头，有人正朝自己走来，在她背后停下，帮忙固定住。她认出是之前室友的男友，开口问道，你和她还好吗？他说，分开了，"没多久就分开了。"你呢？还住在那里？她说不了，搬出来了。她告诉他，现在租的地方跟原来那处也不远,"就是对面那排居民楼。"他点点头,忽然说,我之前就知道你。有一回你和她打电话,我就在她身边。

很早之前的事情了,他说。还有一次,他撞到她从门口书店出来,头发恰好及肩,像新剪了刘海。

同样不知哪一次。刘海和齐肩短发,还有可能夹在腋下的书籍。多半和其他女孩搞混了。

她倒真的记得他。刚分手那会儿,课没法上了,寝室也没法再待,她搬去校外,同人合租了个单间。某天下午,她在公寓冲完澡出来,看见一个男生坐在客厅沙发上,T恤的袖子挽到肩膀,手中拿着一把钥匙扣,她认出了是自己的,挂饰是和前男友的大头贴。见她出来,男孩笑笑,淡定将钥匙放回茶几,伸脚去够沙发底下的夹趾凉拖,趿拉着走进另一个房间,顺手把门带上。后来在学校她也曾见过他几次,去球场或是自习室的路上,极快的一瞥,甚至无法判断他是否也看见了自己。

对于到底要不要和他在一起,她犹豫过。她和他的前女友上同一个选修课,对方曾经开口向她借过课堂笔记,有次上课,女孩无意提到她租的那套屋子还有房间空着,正在招募室友,过了两天,她打电话问女孩是否空着,女孩答是的,你来住,我帮你和房东还还价,可以便宜点。无论如何,她们都算是朋友。可又有什么道德准则能够限制年少气盛的恋爱?很快她就把这些问题抛在了脑后。放假时两人在学校牵手散步,压

四季歌

马路，累了一屁股坐下，看着人群，以及人们脚上的鞋子。他们数一个下午路口究竟能经过多少只鞋。

大二这年暑假，他去了美国做交换生，她去浦东送他，说好了等他回来。坐在出租车，透过玻璃，还能看见那些细如星点、横越天际的飞机，不知道他在哪一架，为此大哭了一场。一年后他回国，同时有了个新女友。大三这年暑假，她没回家，留在上海做兼职，顺便准备毕业论文。也正是在兼职时认识了林。起先她以为遇到了一段稳固可靠的友谊，渐渐地，喜欢什么衣服，林都给她买，喜欢什么餐厅，林都带她去。时间久了也懂了，在这里，没什么是稳固的，也没什么是简单的，于是坦白道，其实我不是……林沉默一会儿，说，我知道。没什么的，我一直都知道。

如果不涉及性，那某种意义上，同性和异性的恋爱区别不大，既有关爱与温存，也免不了暴力和胁迫，既给予信心，又击溃信心。毕竟在这里，没什么是简单的，也没什么是稳固的，坐在车里的很多时刻，她都想问问梁波，为什么他能如此稳定，几无变化？她不知道，但她希望也能如此。

她常常看着他们。看得多了，朱成州却误会了。一天下班后，他问她愿不愿意一起吃饭，她说好。两人在公司附近的一家餐厅吃了顿饭。说着说着她就聊到了梁波，有意无意地，之后话题就没再离开过。他憨厚，但并不愚蠢，中途他就明白了，这是一顿错位无效的午餐。最后他笑道，可能快走了，想给梁波送个礼物，几年的兄弟了。考虑到他的处境，她建议买盒茶叶，因为"气味最持久"。之后补道，听人说的，我猜也是。饭毕她抢着买了单，睡前记起承诺，给他发去几个购物网址，福建岩茶，浙江白茶，以及英法调味茶。他一定要把饭钱给她，她退回转账，他又发来，反复几回，她没有办法，只能收下。最后他送了一支钢笔。她从未见梁波用过。他从未用过，却一直把它插在笔筒。

过了半年，她也提了辞呈。一家新成立的事务所问她愿不愿意加入，合伙人之一就是当年找她聊天的人。她刚毕业，还在四处面试的时候，一位大学同学在线上找她，说有人想找她们做设计。于是她们转了两趟地铁，在那间办公室坐了一个下午，与对方相谈甚欢。之后又是一个下午，加半个晚上。如此过了一周。她以为进展顺利，最后，那人说，一切还只是一个想法。预算是想法，设计也只是想法，某天上班路上，他坐在公交车上，忽然觉得这个想法也许不错，于是决定找人聊一聊，并未想到会成为现实——她也是。

一九年的初夏，她和林分手已经有好几年。这几年，她不断更换着交往的对象。有的只有四个月，有些稍长，但也长不过一年，彼此之间甚至都找不到共同点。有些单身，有些即将结婚，还有些尚在分居。和林交往时，林反感她与任何男性交往，如果忘记分寸，多说几句，就会被指斥为"下贱"。分手后她如释重负，甚至一度以为跃进自由。

是的，在一开始，她并不觉得这会是个问题。她把这部分当作个人隐私的一部分，却未料渐渐失控，乃至完全偏离预期。其中一个住在临港，为了见她，每天四点起床，赶五点地铁到她家中，七点前再回去。这个点她多半还在熟睡，所以他从冰箱里拿一罐可乐，喝完就走。她觉得长此以往不是办法，想避开他，再也不见他，他却置若罔闻，如常造访。一次吵到不可开交，她求他再也别来，他一言不辩，转头离开。

但过了一个星期，有天她醒来，发现他依然躺在自己身边，她伸手摸到他的脸，摸到他的胡须。都是真的。他也醒了，看着她，将她拉进怀里。

事情就有如此凑巧。她的经期一向不够稳定，中间内裤上陆续出现的几滴血，也让她错过了判断的最佳时机。等她真正确定时，已经超过了两个月。对方有女友，她从未考虑真的在一起。她只能把意外当作一种告诫，告诫她自由蕴含了混乱，混乱必招惹不幸。

她删去他号码，在线上挂了号。取完号码牌，领完手术卡，坐在等候室，看着人群来来往往，这才感到延迟的恐慌。恐慌渐渐加剧，令她无法若无其事地继续坐下去。她想起自己的父母，对她的当下几乎一无所知，如果知道她变成眼下模样必恓惶无措。他们四十多岁才生下她，这导致了他们对她的过度纵容，她自私自利、任性妄为的性格，正滋生于无底线的纵容。她想，也许所有的做法都是错的，甚至包括当下抉择。她起身下楼，心烦意乱，慌不择路，以为自己逃出了医院，却惊觉正坐在三楼等待区，右手紧抓蓝色塑料椅坚硬的边缘，和一群陌生的呼吸科病人坐在一起。也就是在那里，她再度看见了梁波。和几年前相比，他的变化微乎其微，这让她倍感宽慰。她忽然升腾起一种希望，像一个启示。简直不可思议，在这样的时刻——这种希望，这种启示，让她意识到自己身处泥潭太久——实在太久了。她回到五楼，做了手术。

好像麻药还在体内，还起着作用。每天醒来，她不急于起床，而是闭眼假寐，试图厘清处境。人究竟应该以什么来总结自己的过去？以何事件，以何节点？总有主要与次要，高潮和低谷吧，可她回忆起来，只是一段又一段肤浅的恋情，短暂的交错。身处其中，她常以爱说服自己，取悦自己，可一旦抽身出来，才发现并非如此。最好全部塞进黑皮行李箱，一概打包寄还。

这些想法往往存在于她至为悲观的时刻。略有气力后她总会发现，若说一无所获其实并不公平。他们多少还是留下一些东西，譬如梅酒——他于去年四月酿下两罐梅酒，已经可以喝了。吐司炉，净化器。某些思维习惯，某些生活方式，浸染了她，改变了她，或多或少，可她无法将它们从身体逐一抽出，仔细审视，彻底厘清，哪部分来自他们，哪些又属于自己。

四季歌

她带梁波去了家乐福楼上的舞厅，其中一任正是在此和她初次约会，在她专注看向舞池时，出其不意地吻了她。也有人像梁波一样，悉心给她做过饭，一日三餐，餐餐不同，差点以为就此稳固不变，孰料半年他就已厌倦。她也曾和其他人去过水族馆，看过永远静止在假冰块上的麦哲伦企鹅及被灯光打亮的僧帽水母。

所谓体验，大部分陈旧且雷同，但也非全无收获，譬如通道是崭新的，某些感触也是。而她要的无非那么多。他呢？是否觉得某些行为，太多感受，都陈旧而雷同？

九月初，两人去美琪大戏院看一部摄制于上世纪九十年代的爱情电影，这版重新修复过。她看哭了，他却中途睡了过去。醒来她缄口不提自己哭过，嘲笑他居然睡着。走出电影院时，天空飘起细雨，俩人都没带伞，在檐下避了一会儿。她说，下得不算很大，要么继续走吧。走到十字路口，遇到一座人行天桥，一根香樟枝丫延展到桥面上方，她侧头避开，他伸手扶住，手搭在她腰际，下了天桥又放下。她停步几秒，但没说什么。她记得过去坐在他车里他和女友打电话时的神情和语调，在他家里见到女友照片后，她觉得和想象中的差不太多。

十月中旬，他带她去参加一个高中同学的婚礼。婚宴在瑞金酒店，是个户外婚礼。两人到达会场后，和新人打了个招呼，拍了张宝丽来合影，之后找了位置坐下。那天天气反常地热，烈日炎炎，晒得人头晕，甜品台招来了许多墨蚊。嘉宾的致辞太长，开席时热菜大多已经变凉。他看起来没什么胃口，只拿了橙汁与前菜，"结婚真麻烦。这辈子我都不想结了。"她听到了，同样的，也非首次听闻。但在这句话之前，那个约会者说的是，房间很美，你也很美。她美不美，过于主观，也许有人这样觉得，更多人并不，但房间确实很美。下楼与约会者散步时，她目睹了一场筹备中的婚礼。满地桔梗与芍药，阳光在草叶上跃动。服务员拉扯白纱，捡拾散落的枝叶，那人淡淡评价道，我感觉我这辈子都不结婚。

她没接话。她在渴求什么呢？安定也好，温存也罢，无论是什么，反正都不会被满足。一段关系中，总有那么几个时刻，她的平静会被刺痛，自尊会遭折损，可又能怎样？第二天她还是照例在他们身旁，期待通过行动带来些许改变，他们呢，不改变，也不拒绝，最后打退堂鼓的多是她自己，终于认清哪怕费去诸多力气，兜一大圈，不过在老路徘徊。今天此一感受尤其强烈。可没人应对另一个人的愿望负责。错不在他们，也不在梁波。是她虚构了一个更好的他，加诸他并不存在的品质，她的匮乏是永不可能满足的匮乏。

魔力消失了。她取完香槟，走到树荫下，直至宴毕，都没有再回餐台。

婚宴结束后，人群向着四周辐射。她和梁波走出酒店，走至马路去打车。路上车水马龙，却没什么空的士，直走上复兴中路，才陆续有亮着绿灯的车子闪过。两人因为某种突如其来的困倦，都显得十分沉静。他问她待会儿是否有安排，她说没有。要么去看个展？他问，徐汇区有个美术馆在做扬州书画展，有人说展出的多是赝品，我们去鉴定一下？不去了，她说，我累了。是有什么事吗？没有，只是累了。他顿一会儿道，如果有什么问题，可以直接跟我说。她说好。来了一辆空车，她快步上前，坐到副驾驶上。你再等一辆吧。她说，随手关上车门。

她第一次长时间没有主动发去消息，他打来的电话，她也没接，他发消息问她怎么了，一切还好？没什么，都挺好的，她说。没事就好，想出来走走吗？不了，她说，不怎么想走。要么我来找你。不了。是最近太忙了吗？工作还好，但想自己待着，待段时间，仔细地想一想，"你不会介意吧？"不介意，他说，然后挂断了电话。

伍·二〇二〇，春末夏初

梁波不觉得自己了解美慧。从前他自以为了解杨绥，分手时却觉得也没有。总有几个时刻，他会意识到，他们宛如陌生人。他们还在一起的时候，有次她醒来大哭，他问怎么了，她不肯回答。两人为此大吵一架。他精疲力竭，满腔愤懑，完全不明白自己做错了什么。得到很久之后，她才告诉他那天怎么了。在梦里，一个久未谋面的朋友和她说，我们出去骑车吧。花朵多已残败，自枝上纷纷凋零，拂过肩头，堕在地上，落入闪光的河流。所以是春天，她们正经历着一个春天的尾声，许多的丧失正在到来之中。街角生有一种春日常见却不知名的灌木，花朵同样是粉白的（金叶大花六道木？或许），她说，XX说（到底是谁？）这么好的季节，我们偏要在家绘图。朋友又说，但你没有办法，这就是你选择的生活。这就是我们的选择。

她一面因掷费的时间可惜，一面却觉得风景很美。朋友在后面推了一把她的车子，车速骤然加快，她感到快要摔跤了，于是大叫着，求朋友让车停下，可车速并未减慢。转过某个街角后，她看见了那一排工人楼，孤独地矗立在沙砾中。楼变了，她们从小嬉戏的院子不见了，苏联似的红砖墙也不见了。墙壁成了落地玻璃，垂着长长的帘幕，泛着廉价的金光，像是葬礼用品。无法看见屋子内部，帘幕之内仍是帘幕，可她知道，这里就是她的家。那扇原本存在于此的窗户，在梦里变成了无法开启的后门——幽暗无比，爬满青藤，似乎已多年无人居住。她站在门口张望，忽然意识到这屋子是空的，没人在等她。他已经去世了。她绕到侧面，想去看下他们的墓地（墓地离老楼那么近，他们离去了多少年？），天空渐暗，已经不适合去墓地，她回到那条走了成千上万次的老路上。气温骤降，仿佛瞬间跃入冬季，老宅和墓地再也无法看见，她于此刻醒来。

当时她父亲还在，但在梦里，他已经走了。她的家空空如也，无人等待。她情绪低落了一整天，拒绝同他说话。她的过往世界柱毁屋坍，岌岌可危，她的归家之途在所难免，他却毫无察觉。

他应该更体谅一点，做得更好一点，这样也不至于每次想起都心怀愧疚，还以为在一起的九年，无论如何，都可算尽心尽力，其实做错了那么多。太多了。

他也不了解美慧，不知道她为什么主动找他，又为何变色离开；不知道她为什么喋喋不休，又骤然沉默。他曾以为性的发生可以作为一段关系开启的标志，后来发现其实也不是。印象最深的反而是结束后说起他们说起父母，亲人和以前的事，那一刻才觉得她是真的，有什么悄悄潜入了他们之间，揭去厚厚的遮蔽，让他可以一窥其本质。

即便在那个时刻，他也忍不住想起杨绥，想起那年在大连海边，离去前她说还没放过烟花，他四处搜寻，才买到一种叫作"金玉满堂"的盒装烟花。他记得那天傍晚赤红的烟霞，鎏金的海面，空中的轰鸣和光亮。他想给她指出夏日北方天空最明亮的几颗星辰，但天还很亮，只能看见漂浮着的微弱火光。起初他以为是余烬，后来才发现是萤火虫。他叫她看，可无论她如何瞪大眼睛，也找不到。那几粒光芒最终消隐在越来越浓的黑夜里。只有一团白烟，像巨大的星云，在回去的路上一直如影相随。那时刻和后来所有竭力延迟的时刻一样，难忘且动人，同时也笼罩着一层永恒的阴影。

两件不怎么相关的事怎么会串到一起呢？算了，他对自己说，就这样吧。

有段时间他没怎么想起美慧，激起的涟漪与失落也随着时间渐渐平息，但过了个年，忽然一切都不同了。无论是自己，还是世界，许多变化他都难以接受，自觉孤独更胜以往。可是仔细一想，变化不过是固化，七十、五十岁的人觉得礼崩乐坏，三十岁的人同样觉得礼崩乐坏。每个时代的人都觉得遭逢末世，但断了的文明或早或晚、半死不活地还是会续接起来，大家忧心的仍是吃喝拉撒，纠结的犹是爱恨妒愁，走来走去的还是方寸之地。

五月，美慧忽然发消息来，说自己在北京，负责一个项目的陈述。他说，北京？她把定位发给他，地址显示是三里屯。你在哪儿？她问。

梁波的项目拿了一个建筑业的奖项，理论是颁给他的，但他让下属Leo去了。领奖地是怀柔区的雁栖湖核心岛，Leo到会场后，给他发过定位，他顺手转给她。你也在北京？她问。他不回答，转而问她何时回上海，她反问：你什么时候来找我？他想了想，说，今晚回去。事情结束了。那十号见，她说。十号见。他说。我在上海等你，他又说。

她问话的方式就像那些缄默时刻从未存在过，这让他觉得很不可思议。他继续看着图纸，心里却不知不觉地盘算起日期。今天二十六号,还有十五天。为什么不是现在呢?他问自己。念头一旦升起就很难打消了。等他意识到自己在做什么的时候,已经在浏览首都机场的 APP。

为什么不是现在?他问自己。

请假太麻烦,明天还有例会。他必须在。当然,也不是全无办法,他可以坐明晚的飞机,后天中午再回来,这样至多算旷了半天。对了,还得订酒店。于是他又看起酒店。

最好别了。老板需要他,下属依赖他,部门不能没有他,意见需要他陈述,方案需要他敲定。

所以还是别了。何况周四中午有个会议。

但他发现自己还在浏览机票。

为什么不是现在?他不断地问自己,为什么?

他确实很想见凌美慧。和杨绥分开后的那段时间,他常觉得将来仿佛可以一眼洞穿:认识新人,结婚生子。吵架,和好,分开,复和好。他会做到合伙人,也可能跳槽,直至某日拥有自己的公司。他的父母会相继衰老,死去。他也会衰老,死去。出生,死去,一代复一代,漫漫长日无事发生,贫瘠自足交替而至。每个黑夜,他躺在床上注视着天花板,想起这些都深感绝望。窗外树影摇曳,命运如鬼,隐伏于暗不见底的前方,旁观者始终缄默。

他甚至以为自己不再会感到幸福。可是那天,那么久之后,他第一次再度咂摸、体悟出甜与陈皮的滋味,也正是从那时起，他终于能够再次注意到雨水坠落、划过玻璃的身姿，听到路旁商铺传来一首曾经听闻，但名字早已忘却的曲子，打开水龙头时，感到清澈的水流注入手掌，而夏天正在到来。

日子一天天过去，创伤原来也会一点点变淡。尽管缓慢，但也确在变淡，至少表皮已经结痂，不刻意撕开，就不会痛。或许都是因为凌美慧。他不了解她，可有些部分，他觉得不言自明：谁不曾心碎？谁又完全不曾背负记忆之重，被无意瞥见的某种可能反复折磨？

人到底如何才能愈合，再次重拾曾经拥有的惊奇与力量啊？过去他曾如此坚定不移地以为，命运的主动存在于理智与自控，后来却又祈求着奇遇，托付于巧合。可又如何呢？他所相信的一切，不还是一次次，一片片地被撕碎了吗？最艰难的时刻，他真希望有什么人告诉他，莫测里究竟应该什么选择，到底怎么做才是正确的。

只能向前，竭力往前走，抛下一切往前走，不被绝望所囿——就像他希望杨绥做到的。

这些微不足道的爱，它们总在潜移默化地改变什么。他不知道它们如何作用，原理何在——好像它们都不用做什么，只要出现，存在于此，即是恩赐，便是奇迹。它们如此珍贵，可一旦你习惯，视若寻常，它们便会抽身离去，带走光辉，裸露不堪，叫人难以承受。

很多事情确实是他该做而未做的。太多了，不胜枚举。

但他如此渴望，渴望自己更渴望杨绥，可以重获哪怕只有那么一丁点的幸福的可能——即便幸福永远无法解开有限之扣。他也会想起那些年轻的从尘埃里诞生的星群，生命短促却异常明亮，它们选择剧烈燃烧直至躯体殆尽。

其实杨绥记得凌美慧，她知道有段时间他会送一个实习生回家。她极少吃醋，却对这件事颇为介怀。有次她笑着说，非得你送吗？她不能打车？她没有朋友？口气温和，很难视为抱怨。梁波答，顺路而已。是的，只是顺路，可也没那么顺，需要绕两个街区。后来她再也没提过。他说服了杨绥，也以为说服了自己。有天晚上，他回家迟了，见她一个人呆呆坐在沙发，举着遥控器，不知等了多久，忽然充满愧疚。另外，他始终不想承认的是，那会儿大家都加班，为何偏偏觉得对凌美慧有所歉意。那种莫名的情绪究竟从何而来？人的记忆独立自长，会失信，会叛逃，会随境况与时间自行篡改——过去太久了，很多问题无从探究，再也弄不清了。

他发消息给美慧。

他说：我这边事情还没结束，需要再多待一天。明晚有空吗？我知道三里屯有家餐厅不错。

从梁波的公司去浦东机场，凌空是必经之路。他回忆自己，仿佛总在启程－抵达－再次出发的路上。他坐在出租车里，看着绿牌上的白字闪过，记不清过去多少次目睹，也记不清年复一年，从南至北，自己又轮转了多少季节。那些时刻，他常常怀着不必再等待、不必再上路的期望，却从未如愿。现在他终于觉得，其实也没什么，人总应该为了一个人，去启程，去泅渡，去重复那些欢欣与痛苦。他想，他已经准备好了。

后记

小说集中的作品大多写于二〇二〇年七月至二〇二二年四月间，前后跨度近两年。中间尽管也写了其他的小说，但并未收录其中，我希望它们是一个主题、不同位置间的探讨，质量均衡，各篇目间彼此相连又彼此独立，我希望自己完成了此一预期，当然，仅是希望而已，评定权不在我手里。

《移民》是最早完成的一篇，也是我七年记者生涯的一次总结，此前尽管做的基本都是财经报道，但我从未将商人群体纳入小说写作之中。一方面觉得情感、经历皆相去甚远，二是在处理此类人物或题材上尚未找到一个能够自我说服的办法。现在的方案未必是最好、最合适的，但却是一种办法。写完没多久，我自觉生活与写作都难以为继，于是辞职，离开上海，去了广西，在那儿待了一年。

我不可避免地怀抱着重建生活、搜集素材的期望，所以在那儿的一年间，我尽量写下了自己的生活与观察，作为训练或是储备。其中一些故事与细节，略作修改后进入到《江洲月》内，其主体故事也正是来自于美容院的一段讲述。当我站在今天，重新回看那些笔记和速写，我觉得它们呈现出一种故作的轻松，那种愉悦和我当时的整体感受其实大相径庭。我确实去了一些地方，遇到了一些人，但绝大多数时间，我还是坐在租来的民宿的厨房内，对着屏幕写作，我的右边是隔断墙，左边是钢制水槽、小冰箱，以及花十五块钱从超市买来的电暖炉。那炉子不能开很久，每隔一会儿时间我就得起身，把它关掉，以免它因温度过高而起火。傍晚时分，我坐在阳台，看着西山、河流，以及地面缓缓上升的灯火。那里有着数不清的雷暴与大雾，就像诸神在持久地发怒。人们贫穷而多病，不得不一再求医问卜。公寓楼下是个临时菜市场，每天我都会下楼，找附近的农民买点蔬菜，许多食物我闻所未闻。我见过一个骑摩托车的男人深情地和后座笼中的鸡对视，仿佛那是他的爱侣，而他不得不把它卖掉；我也曾遇到建筑工人们在积满水洼的废墟里放炮竹，他们看到我，快乐叫道："阿妹！来玩！来！"我想起卡森·麦卡勒斯的童年故事——她感到花园的围墙之内有个派对，那里面人人兴高采烈，但她却从未获准参与；或是西蒙娜·薇依的感触——她没有受邀进入那个房间。她被隔离在外。我对生活的感受也一样，我们都隔着玻璃看，却无法参与其中，这些陌生的邀请总是让我很感动。

　　邀请，但仍隔着玻璃。我不知道自己花了多久时间才有勇气承认那不是自己的地方，根本无法留下。那些笔记的乐观语调，本质上正是对这种窘境与错误的遮掩，所以每个趣味事件乃至人物速写的背后（龙舟赛、龙舟宴、去丹洲等等），都有个看似突兀的急转直下的结尾。尽管我们可以说，人生没有对错，而写作的意义之一，即是将所有挫折转化为礼物，至少看起来像个礼物（安妮·卡森说的好得多：……它无关悲痛，而在于你想将一个人离去后的巨大混乱变得出色。她说的是挽歌，小说同理），但仍是一段很沌的歧路。我也可以看到那段经历的益处，譬如，我真正开始了一个全职作者的生涯，度过了一段焦灼但也平静的时间。它允许我停下思考，而我已疾行太久；它也向我指出，那种记者式的写作方式应该告一段落，故事不该是通过这样的方式找寻。

二一年春节，我开始写、改此前写的小说，《面具》即修改于此时，原稿一万七千字，在《大益文学》主编陈鹏的建议下，删去了四千字。同一时期，我开始写作《四季歌》。最开始这是一个讲述两兄弟的故事，但写的时候，梁波与杨绥之间的关系更突出，我便将重心放在他们之上，第三人的加入使得故事走向再度发生了改变。我不想写都市情感故事，尽管它们看起来是也很难被认定为其他，但我仍然觉得那非我的旨趣所在。小说的动因始终是"爱"而非"爱情"，它延续的是《似是故人来》对于个人幸福、历史记忆的探查和思考。后来的很长时间，我都在修改它，不是内核而是速度。我带着稿子在不同城市间穿梭，感受着每个城市不同的流速，这些流速也影响了我对小说的阅读观感，许多时刻的修改正是基于此而来，它是一个叠加了内心自我和历经城市的平均速度。

在写一个未收录的中篇小说时，我彻底离开了广西，回到了杭州。离开的原因和离开上海的原因大致接近。《奥德赛之妻》写于同年十一月，取材自大学时期参与戏剧社、一四一六年参与戏剧工作的经历，因为资料足够，成稿也较为顺利。但我真正想写的还一直没写出来，也就是《洄游》，讲的是渔嫂及一起船难。所以除了基本的资料搜集，我又去了几次奉化桐照，看看自己还能发现什么、有何遗漏。

在回忆自己的写作时，我总想起亚里士多德谈诗作——最重要的是专注，决定一个目标，然后贯彻下去，心无旁骛。事实上，就我的实际写作来看，最初的写作意图极少能被贯彻下去，我的计划一直在被各种各样的新事实、新感触所修改，不断演变的事件进程、不断增补的素材资料、实际写作中的种种阻碍都可能让整个计划彻底转向，除非故事够短而我写得够快。或者这样说才对，我的早期想法太天真、太愚蠢，所以根本不堪一击。最终的成稿舍弃了许多东西，但可能比此前略微清晰。小说写作某种意义上就像是对真实人生的模拟，一个句子就是一次抉择，我们面对的都是大片的空白、不安的忧惧的未来，所以迟疑着踌躇着不知将步伐踏向哪里。

我很难说清为什么小说对我有着持续不绝的吸引，我对小说的兴趣和期望远大于我对自己人生的兴趣和期望，我反复审视她仅仅因为她是一个最直接、最长期的观察对象。我在这里谈了太多写作之事，而实际上我应该写一个故事，关于一个作者跑来跑去，寻找自己的根系和主题，一个人跑来跑去，寻找自己的定居之地，但我没能完成，写不出因为这不完全真实，真实就是她和她都失败了，就像今天的讲述一样，你可以清楚地看到这种失败是如何产生而目的是如何偏移的，她们可能获得了某些答案但同时她们也清楚那些答案都是阶段性的，这几年她们感到的否定数目远超她们苦苦想获得的肯定。但奇怪的是她们仍然如此乐观，因为于其而言，小说就是乐观，它根本不是悲伤的沉溺的逃避的消遣而是强力的积极的热忱的行动，尽管你看见那个人不过坐在那边日复一日，所有的冲突与争斗都发生在内部，但通过这样的尝试，它将反复捶打你的精神，再以某种意外的方式作用于你的现实。我努力工作不仅因为我始终坚信，还因为我拒绝相信——不信真理已被揭示，黄金时代早已过去，古典时代即包含着全部的真理，我不信生命是一次次徒劳凄凉的往复，而人类就是一步步地走向衰微、行至末路。希望，Ελπρις，厄尔皮斯，赫西俄德写，潘多拉没有听从普罗米修斯的劝告，打开了宙斯赠送的礼盒，所有的礼物都飞了出来，给人间酿成了数不清的灾祸，唯独希望被截住，留在了瓶腹里。所以希望不是礼物，而是包装成礼物的厄运，没有希望的人们反而躲避了宙斯的残酷意志。还是保存这样复杂的缺陷吧，一如情感也是我们的缺陷，我们固执地葆有它们，因为人类的事实就是不完美，因为我们的力量就在其中。

  小说集交稿后，我回到了江苏，为下一个作品做准备。这里和杭州、广西都不一样，它有着无止无尽、自由丰沛的晴天，而我其实已经忘记了生命的前十七年正是在这样的晴天里度过的。傍晚时分，光线照进西面窗户，房间如同被矿液浸染，黄金在奔涌。我一如既往，最喜欢两个时刻，一是黎明，二是傍晚，它们宛如一次盛大庄严的交接仪式，说着这里的生活凝滞不前中仍有其缓缓的流动。午后时分，如果写得顺利，我就会下楼，去护城河那边走走。然后驻足，在河边长椅上坐会儿，风吹过树梢，空中一丝云也没。那些时刻里，我会想起读过的诗歌，它们和鸟鸣交融在一起，是我听过的最动人的曲调，但我很少会想起那些已写过的小说，词句和故事都渐渐陌生，离我远去，此刻更是，它是个实体、一个出版物，已被讲述的，不能再重复，我无法为之辩解，如果还能说什么，我想那是一个人或一些人过去的几年，她们的时序，他们的季节，她曾在他人的故事里获得过宽慰，也感受过战栗，所以她携带在身，以至成了她的一部分，而今她把它们拿了出来，交还给他们自身——冀求着，我们能短暂地、免于孤独。

图书在版编目（CIP）数据

夜樱与四季 / 张玲玲著. -- 上海：上海文艺出版社，2023
ISBN 978-7-5321--8693-8
Ⅰ.①夜… Ⅱ.①张… Ⅲ.①中篇小说－小说集－中国－当代
②短篇小说－小说集－中国－当代 Ⅳ.①I247.7
中国版本图书馆CIP数据核字(2023)第061762号

发 行 人：毕　胜
责任编辑：张诗扬
封面设计：山川制本workshop
内文排版：艺　美

书　　名：夜樱与四季
作　　者：张玲玲
出　　版：上海世纪出版集团　上海文艺出版社
地　　址：上海市闵行区号景路159弄A座2楼　201101
发　　行：上海文艺出版社发行中心
　　　　　上海市闵行区号景路159弄A座2楼206室　201101　www.ewen.co
印　　刷：浙江中恒世纪印务有限公司
开　　本：889×1168　1/32
印　　张：10.375
插　　页：4
字　　数：196,000
印　　次：2023年4月第1版　2023年4月第1次印刷
Ｉ Ｓ Ｂ Ｎ：978-7-5321-8693-8/I.6844
定　　价：68.00元
告 读 者：如发现本书有质量问题请与印刷厂质量科联系　T:0571-88855633